敏言细读

屏山君 编著

海峡出版发行集团 | 海峡文艺出版社

《敏言细读》编委会

愿望与期待

"敏"，勤勉也。

古汉语中，"敏"字兼"敬""审"之义，可释为诚敬谨慎。

去年以来，《福建日报》推出一批署名为"敏言"的系列理论评论文章，引发了广泛的关注。

何为"敏言"？

除了对"敏"字含义的把握，"敏言"亦是"闽言"的谐音，意为立足福建，坚持以主流声音传播主流价值、以创新的表达展现党报言论的新作为。

深探思想之源、力量之基。福建是习近平新时代中国特色社会主义思想的重要孕育地和实践地，坐拥得天独厚的"理论富矿"。"敏言"系列文章创作的第一要务，即为深入挖掘阐释、宣传报道好这些理论和实践。

士不可以不弘毅。在这个信息爆炸、思想激荡的时代，如何让理论的鼓点直抵人心？新闻工作者要"出新意于法度之中，寄妙理于豪放之外"，以敏锐之眼捕捉时代脉搏，以灵动之笔阐释创新理论，使之不仅高悬于学术殿堂，更能深入寻常巷陌，温暖人心、启迪智慧。这是一项既有挑战又富有意义的尝试。

《敏言细读》一书，集纳的正是这样一批以创新文风引领理论普及新风尚的佳作。

那么，何以"敏言"？

伟大思想引领伟大时代。习近平同志曾在福建工作17年半，在政治、经济、社会、文化、生态文明和党的建设等方面，开创了一系列重要理念和重大实践。让党的创新理论"飞入寻常百姓家"，福建显然有优势。

"敏言"系列文章的最鲜明特点在于创新文风，用浅浅的话语讲述深深的道理，用通俗的文字揭开理论的晦涩面纱，让人能体味到经典理论的发人深省之处。这样的文章，群众愿意看、喜欢读、真接受。

创新文风与创新理论紧密结合，正是这部报道集的亮点，正是何以"敏言"的生动阐释。

文风，看似是讲话、为文的风格和技巧，实际上体现了学识能力、思想方法、工作作风等。只有理论功底扎实了，知识储备夯实了，才能做到厚积薄发、融会贯通。如同庖丁解牛，在写作中爬梳剔抉、娓娓道来，讲清每一个大道理所关涉的小故事，讲清每一个小故事背后的大道理。

文风，乃文章的气质与灵魂。当前，我们面对的是变革的大时代，每个人的脚下都有着历史的投影。要做新时代的"听风者""追梦人"，就要立足脚下这方热土，以更加生动、鲜活、接地气的语言，将理论知识转化为读者易于接受和理解的信息。

而理论，则是时代的镜子和灯塔，指引着人们前进的方向，揭示着事物发展的内在规律。在这部报道集中，创作团队不仅深入挖掘理论的精髓，还结合时代特点和实践需求；不仅拓展了理论的边界，也提供了新的视角。

在日新月异的时代，知识的更新速度超乎想象，理论的创新成为推动社会进步的重要力量。"敏言"系列文章，不仅是对新思想进行"探源"，对当下社会创新实践进行梳理，更是对未来发展进行积极探讨。

给人杯水者，必心怀江河。

这些文章的广泛传播让我们相信：只有保持敏锐的洞察力，勇于尝试新的表达方式，才能让创新理论在更广阔的天地里生根发芽，开花结果。

本书同时收纳了一批"屏山君"文章。"屏山君"系福建日报社这几年来重点打造的原创新媒体时政栏目，首发于福建日报新福建客户端，再进行二次创作刊发于《福建日报》。

"屏山君"坚持以习近平新时代中国特色社会主义思想为引领，重点聚焦省委省政府中心工作，对重大政策进行权威发布，对重要会议深入解读，对重大活动创新传播，对福建故事生动讲述。

和"敏言"相通之处在于，"屏山君"创作者同样致力于创新表达，力求高站位、小切口、大视野。从中可以管窥福建日报新闻人的守正创新和不懈努力——善讲故事，与人共情共鸣；善用哲学，使内容蕴意深刻。

报道集还体现了新闻人对社会责任的担当和对时代使命的践行——通过深入调研和精心策划，将理论与实践紧密结合，为读者呈现了一幅幅生动鲜活的社会画卷。这种结合，不仅提升了作品的可读性和传播力，还为党的创新理论"飞入寻常百姓家"开辟了新的路径。

由此，衷心希望"敏言"能够成为连接理论与实践、学者与读者的桥梁，激发更多人的创新热情，推动社会不断向前发展。同时，也期待未来能有更多像"敏言"这样的优秀作品涌现，共同书写属于我们这个时代的辉煌篇章。

因是报道合集，编者对每一篇作品都进行了细致的筛选，同时希望读者以"细读"的方式，去品味每一个字句背后的逻辑，去感受作品中所蕴含的情感与力量。

唯有通过"细读"，才能穿透表象、触及本质，从而在纷繁复杂的信息世界中找到方向。

愿所有的努力，能像划破夜空的光，能穿过时间的尽头；

愿笔下的文字，能像簇拥烈日的花，也能去有风的地方。

本书编委会

2024 年 10 月

目 录

敏言·传承弘扬"四下基层"优良作风

敏言·加快建设"海上福建"推进海洋经济高质量发展

屏山君·思想之源

屏山君·力量之基

敏言·深入开展主题教育

2023 年，学习贯彻习近平新时代中国特色社会主义思想主题教育在全党深入开展。在中共福建省委宣传部指导下，福建省习近平新时代中国特色社会主义思想研究中心和福建日报社联合策划推出"敏言"系列文章。

6 月 12 日至 28 日，共有 7 篇系列文章先后在《福建日报》一版通栏刊发，同时转化为新媒体产品在新福建客户端、福建日报官微及学习强国总平台推出。

重要节点、显著版面，这一系列署名"敏言"的文章，很快被刷屏并引起广泛关注。

"敏言"即"闽言"的谐音，意为代表福建的声音、言论，是对党的创新理论进行溯源式探究、创新性表达、学理性阐释。

"敏言"系列文章得到关注和认可，有其特定的环境与土壤。

福建是习近平新时代中国特色社会主义思想的重要孕育地和实践地，坐拥得天独厚的"理论富矿"。

如何用好福建优势，让党的创新理论"飞入寻常百姓家"？"敏言"系列文章的创作初衷即为深入挖掘阐释、宣传报道好这些理论和实践"富矿"，为开展好主题教育，提供丰富理论滋养、营造浓厚舆论氛围。

一石激起千层浪。"敏言"系列文章注重创新文风，深入浅出，让党的创新理论创新表达，更加喜闻乐见。这组系列文章犹如夏日里的扑面清风，让广大读者享用了精神大餐。

（写作小组：陈祥健、黄茂兴、林在明、张文彪、孙璇、叶琪、杨顺昌、雷晶晶、陈伟雄；潘贤强、戴艳梅、林清智、严顺龙、郑昭、刘必然）

满怀深情　深学争优

从区块链技术到量子科技再到加密电子货币，从元宇宙到 ChatGPT 再到各种数字人、机器人……现代社会飞速发展，科学技术日新月异，新理念、新事物、新名词层出不穷，常常让人感到眼花缭乱、措手不及、无所适从。

面对越来越"高大上"的世界，只有不断学习，才能克服"本领恐慌"，化解"能力危机"，融入时代大潮，顺应发展步伐。

学如逆水行舟，不进则退。

党的二十大报告强调，"建设全民终身学习的学习型社会、学习型大国"。2023 年是全面贯彻落实党的二十大精神开局之年，在全党深入开展学习贯彻习近平新时代中国特色社会主义思想主题教育，是贯彻落实党的二十大精神的重大举措。

学习，是此次主题教育的重中之重，需要满怀深情地投入。

苏格拉底说过："教育不是灌输，而是点燃火焰。"学习也是一样，不能机械地、照本宣科地学，而要带着感情、充满动力地学，才能点燃心中的"火焰"，以知识为武器改造客观世界。

对福建人民而言，满怀深情是历史赋予的使命。

习近平同志在福建工作了 17 年半，度过了人生中最美好的年华，和福建人民结下了深厚的情谊，福建是他始终牵挂的地方。党的十八大以来，习近平总书记多次亲临福建考察调研，看望父老乡亲。他曾饱含深情地说："这里的山山水水、一草一木，我深有感情。"

情暖山海，温润人心，激励着八闽儿女满怀深情、深学争优，坚定不移沿着习近平总书记指引的方向勇毅前行，把对人民领袖的感恩爱戴之情转化为推动福建高质量发展、谱写中国式现代化福建篇章的不竭动力。

一

习近平同志始终重视学习，在福建期间就率先垂范，躬身践行。

在福建工作期间，习近平同志带着为福建发展尽心竭力、为福建人民造福的深情学习，他好学善学的品质给福建人民留下了深刻印象，也为福建广大干部群众树立了为什么要学习、如何学习的典范。

在厦门，习近平同志经常联系厦门大学知名教授，向他们借阅名著或登门请教；在宁德，习近平同志经常在工作之余到新华书店看书、买书，有时看到一本连北京都买不到的书，就特别高兴；在福州，同事帮习近平同志搬家，搬得最多的就是书。

学习的目的在于应用。习近平总书记心系福建人民，留下了许多善学善谋、为民造福的佳话。比如，在担任宁德地委书记时，习近平同志常常每到一个县市调研，就借阅当地的地方志。他认为，"一个县的历史最好的体现就是县志，府志则更为全面，里面既写正面人物，也写反面人物，我们一看就知道这个地方发生过什么事，可以从中有所借鉴"。通过学习《福宁府志》，习近平同志了解到霞浦"因洋中有淡泉涌出而得名"，盛产大黄鱼，民谚也有"官井洋、半年粮"的说法，便叮嘱当地干部"把以养殖业为代表的海上经济带动开发起来"，带领闽东人民"靠山吃山唱山歌，靠海吃海念海经"，走出了一条自力更生、摆脱贫困的新路。

在担任福建省省长期间，习近平同志常常支持和鼓励专家学者参政议政，经常邀请省内专家参加季度经济分析会等会议，还专门给专家写信，鼓励专家学者积极研究全省经济发展中的重大问题特别是深层次问题，及时向省政府提出有价值的建议和对策。

在长达 17 年半的峥嵘岁月里，习近平同志对福建人民满怀深情，为推进福建改革开放和现代化建设事业学而不倦、善学善谋、学以致用，为福建干部群众在不懈学习中开拓进取树立了光辉典范。

这难忘的 17 年半，也已成为福建人民对习近平总书记满怀深情，从总书记语重心长的谆谆教诲中激发学习热情、争当学习先行者、凝聚奋进力量的最大财富。

二

问渠那得清如许，为有源头活水来。

作为习近平新时代中国特色社会主义思想的重要孕育地和实践地，福建开展主题教育具有独特优势，也承载着深情厚望。可以说，对福建而言，深学争优，责无旁贷。

深学争优学什么？

主题教育总要求的第一条就是"学思想"。"学思想"是"强党性""重实践""建新功"的基本功和"总开关"。在福建工作的 17 年半里，习近平同志开创的一系列重要理念和重大实践，成为我们福建广大干部群众"学思想"取之不尽、用之不竭的"富矿"和"宝藏"。我们满怀深情地"学思想"，就要挖好福建"理论富矿"，以"深学"铸忠诚、强本领、促落实，把深情深学转化为干事创业的强大武器和奋斗前行的不竭动力。

要深挖"经典著作富矿"，深悟学理道理哲理。

经典著作之所以成为经典，就在于其揭示了自然界和人类社会发展的本质特征和普遍规律，因而能经受时代的检验，成为世人所称颂、值得反复品读的经典。马克思主义经典著作是共产党人的"理论富矿"，也是共产党人从"富矿"中坚定理想信念、汲取精神养分，做当代中国马克思主义和21世纪马克思主义坚定信仰者、忠实实践者的思想之源。

在厦门工作期间，习近平同志和厦门大学经济系的张宏樑同学分享了自己研读《资本论》的体会："读马克思主义原著要重视序、跋以及书页下面和书后附录的注释，还有马克思、恩格斯之间有关《资本论》的通信内容。"他还回忆起自己下乡时在窑洞的煤油灯下通读了三遍《资本论》，记了很多本笔记，还读过几种不同译本，最喜欢厦大老师郭大力、王亚南的译本。他语重心长地启发大学生，"要反复读，用心读，要把马克思主义原著'厚的读薄，薄的读厚'"。

习近平同志深学细读马克思主义经典著作的故事，为我们深挖"经典著作富矿"、满怀深情学习树立了光辉典范。我们只有把马克思主义经典著作作为傍身的"理论武器"，才能真正做到内化于心、外化于行，融入灵魂、指导实践，用马克思主义的立场、观点、方法观察时代、把握时代、引领时代。

要深挖"福建实践富矿"，深探思想之源、力量之基。

"离开福建以后，我也一直关注福建。在这里工作期间的一些思考和探索，在我后来的工作中仍在思考和深化，有些已经在全国更大范围实践了。"习近平同志在福建工作期间开创了一系列重要理念和重大实践，描绘了一幅幅波澜壮阔的福建改革开放与现代化建设画卷，为八闽儿女留下了"福建实践富矿"，也为福建在新时代谱写中国式现代化福建篇章指引了前行方向，提供了力量之源。

求木之长者，必固其根本；欲流之远者，必浚其泉源。

今天，我们满怀深情"学思想"，就要把《摆脱贫困》和《习近平在福建》系列采访实录、《闽山闽水物华新——习近平福建足迹》等学习材料重温好、学习好，多去习近平同志当年工作过的地方、打拼奋斗过的实践地走一走、看一看，聆听当地老百姓讲总书记的故事，深刻感受今昔八闽大地的巨大变化，从理论和实践的源头知其伟大、晓其精髓，真正感悟新思想的实践伟力，从而学出深厚感情、学出坚定信仰、学出使命担当，真正做到将有字之书与无字之书结合起来，把改造主观世界与改造客观世界统一起来，做到坚定沿着习近平总书记的足迹砥砺前行。

三

情感表达是艺术表演的"灵魂"，在一颦一笑、一招一式中呈现丰富的内心世界，从而引发观众共鸣。

情感不会凭空而生。"体，谓设以身处其地而察其心也。"深学争优把真挚的爱国爱民情怀与全心全意为人民服务的行动浑然一体，率性而为，自然而不做作，是彰显新时代党员干部本色的基本"招式"。

满怀深情、深学争优，就是要传承优良作风、学出忠诚。我们要牢记"江山就是人民，人民就是江山"，学习习近平总书记深入基层、访贫问苦的优良作风，涵养深厚为民情怀；放下架子，深入基层，饮瓢水，品百姓甘苦；摸炕被，感乡亲冷暖；掀锅盖，知人民饥饱，设身处地感受老百姓的"喜乐悲忧"，想方设法解决老百姓家门口的"急难愁盼"，在实干担当中增强党员干部的责任使命。

满怀深情、深学争优，就是要胸怀"国之大者"、学以致用。理论学习贵在知行合一，要把学习的落脚点放在学以致用上。我们要杜绝学与做、说与干"两张皮"，把理论学习与工作职责结合起来，做到干什么学什么、缺什么补什么，胸怀"国之大者"，心系发展大局，不断提高运用党的创新理论解决实际问题的能力，把学习成果运用到推动福建高质量发展的生动实践中。

满怀深情、深学争优，就是要满腔热情学、真心实意干。其中满怀深情既是一种学习姿态，更是一种学习乐趣。需要我们带着特殊感情、特殊责任学，让纸面的理论"活"起来，让无形的思想"动"起来，把探索的经验"用"起来，用科学理论之"矢"去射实践之"的"，努力在"实干争效"实践中创造优异业绩。

"我们党依靠学习创造了历史，更要依靠学习走向未来。"学习是一种政治责任、思想修养，是一种精神境界、人生追求。我们要把对习近平总书记的深厚爱戴之情转化为自觉学习的强大动力，在"深学争优"上下真功，坚持学思用贯通、知信行统一，在创造性推进各项工作中增动力、激活力、聚合力。

从最美人间四月天到生机勃勃的孟夏时节，八闽大地处处涌动着学习的热潮、闪耀着理论的光芒，广大党员干部持续怀着深厚感情、带着特殊责任，把实施"深学争优、敢为争先、实干争效"行动，作为开展主题教育的重要抓手和实践载体，牢记嘱托勇担使命，感恩奋进再谱新篇。

（发表于《福建日报》2023 年 6 月 12 日第 1 版）

做好调查研究，福建最大优势在哪？

调查研究是谋事之基、成事之道，没有调查就没有发言权，没有调查就没有决策权。在福建工作的 17 年半时间里，习近平同志始终重视调查研究这一科学方法的运用，扑下身子、深入群众，将调查研究贯穿各项工作全过程，创造了一系列弥足珍贵、一以贯之的重要理念和科学方法，为全党深入开展调查研究树立了光辉典范。

2023 年是全面贯彻党的二十大精神开局之年，恰逢毛泽东同志才溪乡调查 90 周年，习近平同志提出"四下基层"35 周年。在全党大兴调查研究之际，这些重要理念、重要方法，是福建上下做好调查研究工作的独特优势、源头活水。

穿越时空、追根溯源，我们一起探寻福建做好调查研究的最大优势——老一辈革命家在八闽大地开展调查研究的历史实践，习近平同志在福建工作时开创的注重调查研究的重要理念和科学方法。这些历史实践和思想财富是福建各级领导干部做好调查研究的重要遵循。

——

看才溪乡调查历史，深入学习领会我们党深入群众、实事求是的光辉典范。

闽西是中央苏区的重要组成部分，毛泽东等老一辈无产阶级革命家在闽西苏区深入调查研究、密切联系群众，模范实践了党的群众路线，形成了血肉相连的党群关系。1930 年到 1933 年，毛泽东同志 3 次到才溪乡调查研究后写成的《才溪乡调查》一文，充分展示了我们党密切联系群众的优势。

在才溪乡调查中，毛泽东同志运用马列主义的立场、观点、方法，系统总结了苏区革命斗争和政权建设的经验，写下了著名的《才溪乡调查》，为中华苏维埃第二次全国代表大会作准备，也树立了共产党人走群众路线、深入实际、调查研究、实事求是的光辉典范。1933 年，才溪乡因在乡苏维埃选举、扩大红军及发展经济等方面的突出表现，得到中央苏区及福建省苏维埃政府的嘉奖，被誉为"第一个模范区"。才溪乡调查是中国共产党人走群众路线、深入实际、调查研究、实事求是的光辉典范。因此，从调查研究历史进程、经典调查研究文献中汲取理论和实践经验，是福建做好调查研究的最大优势所在。

二

谈作风传承，大力弘扬习近平同志在福建工作期间重视调查研究的优良作风。

在福建工作时，习近平同志提倡：做县委书记，一定要把下辖的村走完；做市委书记，一定要把乡镇走完；做省委书记，一定要把县走完。他是这么说的，也是这么做的。

在厦门，习近平同志亲自抽调 100 多人分 21 个专题组深入调研，不仅邀请国内百多位专家到厦门调研、座谈，谋划发展，还带队到新加坡考察、比较，在调研基础上分析论证，制定了厦门经济社会发展战略；在宁德，他跑遍了闽东，在反复调研的基础上提出了闽东地区"弱鸟可望先飞""扶贫先要扶志"等发展思路，并大力倡导"四下基层"；在福州，他带头深入基层开展调研，提出"马尾的事，特事特办，马上就办""四个万家"，更是历经"万人答卷""千人调研""百人论证""十易其稿"，打造出影响深远的"3820"战略工程；在省委省政府工作时，八闽大地的山山水水，都留下了他的足迹。比如，习近平同志六年七下晋江，多次深入企业、基层、农村调研，从实践中寻求发展对策，不仅帮助企业找方向、定航标，而且调研总结"晋江经验"，推动县域经济和民营经济持续健康发展。

可以说，在福建工作17年半，习近平同志相当一部分时间花在调查研究上。多位曾与他共事的退休老同志回忆说：坚持先调研后决策，坚持以调研发现问题、推动工作，是习近平同志一贯的工作方法。

其一，把"调研起步、调研开局"作为工作的首要步骤。谋于前才可不惑于后。在福建工作期间，习近平同志十分注重调查研究，始终把调查研究作为打开工作局面的起点。他在《任职以来工作情况的汇报》中写道："从到任开始，就尽可能多进行调查研究，尽可能快地熟悉市情，以便更好地进行决策。"

其二，把"立足调研、规划引领"作为推动工作的重要方法。不贪一时之功，不图一时之名；甘做铺垫工作，甘抓未成之事。在福建工作期间，习近平同志强调，各级领导机关在制定政策措施时，一定要坚持走群众路线，要充分调查研究，广泛听取各方面意见，并进行反复比较、鉴别和论证，"这样，制定的决策就有依据，执行决策就有基础，才能保证决策实施的坚定性、有效性和可操作性"。

其三,把调查研究作为倾听民声、汇聚民意的重要途径。治理之道,莫要于安民;安民之道,在于察其疾苦。在福建工作期间,习近平同志最喜欢直接接触群众,倾听群众呼声,为群众排忧解难。在调研途中,他不知道"掀了多少锅盖、掀了多少桌盖、掀了多少铺盖"。无论是在厦门、宁德,还是后来主政省会福州、担任省领导,百姓的安危冷暖,习近平同志始终记挂在心,访贫问苦成了他工作中不可或缺的一部分。"四下基层""四个万家""三进下党",就是习近平同志深入基层、深入群众的一个生动缩影。

其四,把调查研究作为"改进作风、狠抓落实"的有力抓手。在福建工作期间,习近平同志注重将调查研究作为改进机关作风的有力抓手、提高干部思想素质和工作水平的有效方法。他在《把心贴近人民——谈新形势下领导的信访工作》中写道:"通过深入基层,提高领导机关的办事效率,有利于把问题解决在源头,把矛盾消弭在萌发状态;同时,要积极做好群众的宣传、发动和思想教育工作,改进各级领导的工作作风,使党的方针、政策真正落到实处。"

三

历史映照现实,当下福建如何用好调查研究这个"传家宝"?

调查研究是我们党的优良传统和制胜法宝。习近平总书记反复强调用好调查研究这一"传家宝",做好调查研究这一"基本功"。

首先,要弘扬优良传统,走好党的群众路线。"四下基层"是习近平同志在福建宁德工作时大力倡导的工作方法、工作制度,是党的群众观点与群众工作的有机统一，是深入调查研究、密切联系群众的实践创造。从 1988 年"四下基层"创立以来，福建省不断开展"四下基层"活动的探索与创新，创造了许多鲜活形式与方法，其所蕴含的精神内涵、所体现的价值追求不断转化为福建党员干部的自觉实践，越来越显示出强大生命力。实践证明，"四下基层"是密切联系群众的重要途径，是调查研究、化解矛盾、推动发展、促进和谐的有效办法，是来之于实践又指导实践的创造性举措。我们要深入践行"四下基层"重要理念，走稳新时代党的群众路线。

其次，必须坚持正确态度和科学方法。态度和方法直接决定了调查研究的成效。开展调查研究的正确态度，最重要的是两条：一是实事求是，二是"眼睛向下"。实事求是，一切从实际出发，是我们想问题、作决策、办实事的出发点和落脚点。在调研工作中，要理论联系实际，听真话、察实情，真正把功夫下到出实招、办实事、求实效上。所谓"眼睛向下"，就要"拜人民为师，向人民学习，放下架子、扑下身子，接地气、通下情，'身入'更要'心至'"，满腔热忱自觉问计于民、问需于民。

再次，必须坚持常态化和制度化。实践发展永无止境，调查研究也永无止境。调查研究重在坚持，贵在经常化。要做到调查研究常态化，建立和完善调查研究制度是关键。在福建工作期间，习近平同志就非常重视调研工作的制度化建设，开创性地提出坚持和完善"领导机关、领导干部的调研工作制度""四下基层制度""领导干部的联系点制度"，极大推动了调查研究制度化、常态化建设向纵深发展。这一系列制度，我们必须长期坚持，不断传承弘扬。

最后，将调查研究内化于心、外化于行。实现由"知"到"行"的转变，需要实际行动，重点要落实在"做"上。在落实为民办实事方面，福建省委、省政府在深入基层调查研究、广泛征求意见、反复论证的基础上，决定每年为民办一批实事。从 1990 年开始，福建省委、省政府连续 33 年每年实施一批为民办实事项目，解决了一大批老百姓急难愁盼的民生突出问题，深受群众欢迎。

一语不能践，万卷徒空虚。我们依靠调查研究走到今天，也必将依靠调查研究走向未来。

面对新形势新任务，大兴调查研究，显得尤为重要。如何把"传家宝"的作用、能量最大限度地发挥出来，把福建在这方面的优势转化为胜势，也成为摆在福建广大党员干部面前的"时代之问"。

如何答好这一问卷，我们共同期待。

（发表于《福建日报》2023 年 6 月 13 日第 1 版）

扑下身子、沉到一线，需要拿出定力

调查研究是我们党的"传家宝"，代代传承的不仅是工作方法和作风，更是责任使命和人民群众对党的信任。调查研究的方式有很多，最直接、最简约的莫过于习近平总书记多次强调的：扑下身子、沉到一线。

领导干部走出办公室，下基层、拉家常、讲政策、话民生；放下案头卷，进车间、下农田、入商户、跑市场，越来越成为家常画面。扑下身子，"扑"的是发现问题、解决问题的气势和决心；沉到一线，"沉"的是摸清情况、服务人民的行动和成效。

《尚书·说命中》："说拜稽首曰：'非知之艰，行之惟艰。'"孔传："言知之易，行之难。"因此，扑下身子、沉到一线，也是"知易行难、行胜于言"，做一时容易、长久坚持难，必须要拿出定力。

一

问题大多不会自己跑出来，需要有一双发现问题的眼睛。领导干部只有扑下身子、沉到一线，开展调查，才能练就一双慧眼，发现问题、解决问题、科学决策、推动发展。

"基本功"是从事某种工作所必须掌握的基本知识和技能。"练武不练功，到老一场空"，习武之道讲究先练好基本功，才能把武艺学精学透。同理，"调查研究是获得真知灼见的源头活水，是做好工作的基本功"。扑下身子、沉到一线是调查研究这一基本功的基础招式，只有经常练、反复练，才能把基本功做扎实。

"必修课"是指为达到某一目标必须要修读的课程。习近平同志每到一个地方履新，必以调研开局。到任厦门后，他组织调研，牵头编写出《1985年—2000年厦门经济社会发展战略》，擘画了厦门长远发展的宏伟蓝图。刚赴任宁德，他就一头扎进基层，不到3个月时间已走遍了闽东9个县，初步确定了闽东的发展思路。正是扑下身子、沉到一线，首先把调查研究这门课修读好，才有了在摆脱贫困、国际化城市建设、生态省战略、数字福建建设等领域的科学决策、高瞻远瞩。

"金钥匙"往往被用来比喻解决疑难问题的好方法好手段。毛泽东同志在《反对本本主义》一文中指出："调查就像'十月怀胎'，解决问题就像'一朝分娩'。调查就是解决问题。"1930年的寻乌调查为毛泽东同志找到正确的土地革命路线提供了依据；20世纪60年代初，全党大兴调查研究，制定出一系列恢复农业生产的有效政策；习近平总书记50多次调研扶贫工作，走遍全国14个集中连片特困地区，考察了20多个贫困村，以精准扶贫的战略带领全国人民打赢了脱贫攻坚战。正是扑下身子、沉到一线这把"金钥匙"，打开了不同时代的问题之锁。

二

问题是时代的声音。"每个时代总有属于它自己的问题，只要科学地认识、准确地把握、正确地解决这些问题，就能够把我们的社会不断推向前进。"然而，每个时代的问题不会只有一个，一个问题往往会牵出一串问题，小问题如果不解决，也会变成大问题。扑下身子、沉到一线，一次两次作用不大，一天两天不够，要拿出滴水穿石、抓铁有痕的决心和持之以恒、久久为功的韧劲。

向内看，"不发展有不发展的问题，而发展起来后出现的问题并不比发展起来前少，甚至更多更复杂了"。我国要让超 14 亿规模的人口实现现代化，其复杂性和艰巨性可想而知。

往外看，世界百年未有之大变局加速演进，世纪疫情影响深远，逆全球化思潮抬头，单边主义、保护主义明显上升，世界经济复苏乏力。进入 2023 年，受全球消费市场疲软影响，我国集装箱市场一度"空箱堆积"。我国高科技企业华为已经遭到美国四轮制裁，近日无人机制造商大疆也被美国政府罚款近 20 亿元人民币。

朝前看，"新征程是充满光荣和梦想的远征"，《中国美好生活大调查 2022—2023》发布的数据中所透出的人民群众对幸福感、获得感和人间烟火气的向往，现实中还有不少差距。远征路上，机遇和风险挑战并存、不确定难预料因素增多，我们既要高度警惕"黑天鹅"事件，也要防范"灰犀牛"事件，在答好"时代之问"中不断满足广大人民群众对美好生活的新向往、新期待。

内在问题、外在挑战、未知因素交织在一起，不是一朝一夕能够对付得了的，更不是喊喊口号就能解决的。只有扑下身子、沉到一线，以脚踏实地的定力、毅力、勇气和决心，一件件事情去办，一个个难关去闯，有的放矢、对症下药，方可"任凭风浪起，稳坐钓鱼台"。

三

1986 年，厦门市军营村，时任厦门市副市长习近平步行进村，挨家挨户拜访贫困户；1989 年，寿宁县下党乡，时任福建宁德地委书记习近平头戴草帽、脖子上搭着擦汗毛巾，步行两个多小时才到达，直接召开现场办公会，解决当地面临的紧迫问题；1999 年，周宁县梧柏洋村，时任福建省委副书记习近平与老红军罗成生坐在一条板凳上，嘘寒问暖、亲切交谈……

习近平同志在福建工作期间深入基层调研的一幕幕，至今读起来仍然很具画面感，这是扑下身子、沉到一线该有的样子、生动的示范。

扑下身子、沉到一线，不是"走秀"，而是"走心"。有些领导干部只是"走过场""做样子""搞摆拍""看门面"，这种形式主义的调研反而会引起老百姓的反感，要坚决摒弃。

焦裕禄有句名言："蹲下去才能看清蚂蚁。"只有蹲下身子、拉近视线，才能把问题看得清清楚楚、明明白白；只有倾听民声、用心思考，才能找到解决问题的好办法。来一次不够，那就来两次、三次，拿出一定要解决问题的决心来，就没有克服不了的难题。

扑下身子、沉到一线，不是"一阵风"，而是"四季雨"。风刮过了就无影无踪，可能还会留下"烂摊子"。就像有些领导干部为了表示对调研的重视，扎堆调研、搞运动式调研、专挑好的看，不仅给基层增加负担，而且在刮一阵风后还让调研工作半途而废。

古人云："凡应天下之事，一切行之以诚，持之以久。"扑下身子、沉到一线，要常态化制度化实效化，成为领导干部日常工作的一部分，成为一种习惯。要勤下基层走群众路线，多到困难较多、情况复杂、矛盾尖锐的地方去研究问题、解决问题，真正把问题解决到群众的心坎上。

四

"定力"不是天生的，而是日积月累的修养，要时时加以巩固。强化扑下身子、沉到一线的定力，就要做到：

一是强化学习，练好内功。理论修养是一个人由内而外散发的气质和学识，是"有趣的灵魂"。有了理论的加持，才能做到沉到一线有方向，在"高大上"和"接地气"之间自由切换。

马克思主义理论，是我们做好一切工作的看家本领。领导干部学好理论，就要坚持与时俱进的学习态度，就要坚持读原著学原文悟原理，带着问题学、联系实际学，在常学常新中加强理论修养。

二是躬身实践，提升本领。"一语不能践，万卷徒空虚。"理论虽烂熟于心，如果脱离实践，也是毫无意义的。实践是检验理论学习的"标尺"，理论学得怎么样？看问题的角度对不对？解决问题的方法行不行？要以实践为镜照。

领导干部要多参加实践，保证时间实践，带着问题实践，凡事亲眼看一看，动手做一做，见得广了，做得多了，遇到再复杂的事情也不会"乱了阵脚"，沉到一线处理问题就会更加娴熟、老练。

三是改进方法，提高实效。基层的问题千头万绪，扑下身子、沉到一线也要讲究方法。要学会用逢山开路、遇水搭桥的"巧劲"，从"硬骨头"最软的地方开始啃，做到温和而不尖锐、有力却不过猛，方法用对了，就能达到事半功倍的效果。

既要掌握传统的调研方法，又要擅于运用数字化、智能化新技术，备好调研方法"锦囊袋"，对企业、对群众等不同对象随时"出招"，做到方法"精准"。同时，还要在实践中不断总结新经验、新方法。

扑下身子、沉到一线，老一辈革命家和习近平总书记躬身垂范、身体力行；焦裕禄、谷文昌、杨善洲、廖俊波、黄文秀等一批党的好干部也为我们树立了很好的榜样。

新时代，新征程，扑下的是姿态，捧起的是民心，沉下的是责任，聚起的是力量。只要广大党员、领导干部拿出定力沉心调研、用心解决，问题就会越来越少，经济社会发展就会越来越好。

（发表于《福建日报》2023 年 6 月 14 日第 1 版）

以拼的姿态、抢的劲头啃下发展"硬骨头"

"人生可比是海上的波浪，有时起有时落……三分天注定，七分靠打拼。"正如歌曲《爱拼才会赢》唱的那样，"敢为人先、爱拼会赢"的开拓创新精神早已刻进每个福建人的 DNA 里，代代相传、发扬光大。

全国 1/4 的运动品牌来自福建、1/3 的水龙头在福建生产、70% 的隧道由福建平潭施工队承建……在各个领域，福建人都拼出了累累硕果。无论身处何地，从事什么职业，福建人不是在打拼，就是在打拼的路上。

一

福建人到底有多"拼"？

福建素有"少年不打拼，老来无名声"的说法。如今，崇尚"爱拼才会赢"的福建人志在为推进中国式现代化多作贡献，"拼的姿态""抢的劲头"更为迫切。

福建人拼位次、拼实绩、拼典型，在高新技术领域"拼"出了福建风采。"新能源"是福建宁德打造的亮眼名片。宁德动力电池和储能产业的亮点，可以用一组数据素描：2011 年，宁德时代开始"拼"动力电池、储能电池、电池回收；2018 年，宁德时代动力电池总销量全球第一；2022 年，宁德锂电新能源产业产值 2750 亿元，增加值增长 44.3%。福耀玻璃是追逐时代浪潮的"弄潮儿"，钻研技术、苦练内功，拼出一个世界第一大汽车玻璃生产商。圣农集团在南平光泽的一个村子设立了育种基地，用 10 多年时间培育出第一代国产白羽肉鸡种鸡，打破国外垄断，实现种业的自主研发。乾照光电顶着技术压制，追学赶超，拼出了光电转换效率 31% 的砷化镓膜太阳能电池，领先世界。

福建人拼行业、拼质量、拼项目，在日常用品开发上"拼"出了福建力量。生活中，很多人点外卖毫不犹豫选了美团或者朴朴，拍照修图果断打开美图，喜欢刷短视频就打开抖音，喜欢说书评弹的首选喜马拉雅，这些平台都是福建人打造；当你奔赴健身房，从安踏到鸿星尔克，从特步到贵人鸟，用的这些装备都来自福建；你用的纸可能是恒安集团生产，你买的年货小零食或许是盼盼食品……可以说，福建人在生活应用上拼出了"无孔不入"的福建力量。

福建人拼实力、拼勇气、拼胆略，在面对风险挑战时"拼"出了福建担当。闯世界才是福建人的本色，只要太阳能照到的地方，就有福建人。中国有 5000 万华侨，福建人就占了 1500 多万，分布在全球 180 多个国家和地区。可以说，世界上有人的地方就有华人，有华人的地方就有福建人。从古至今，福建人屡开风气之先，充分体现出勇于搏击时代浪潮的胆略和气势。在近现代历史上，有林则徐、沈葆桢、严复、林觉民等心系国家、胸怀天下的侯官人为民族复兴而奔走；在社会主义建设和改革开放进程中，有谷文昌、廖俊波、孙丽美等为国家富强、人民幸福殚精竭虑、鞠躬尽瘁。福建人的脚步从未停歇，不断为"爱拼会赢"注入新内涵。

一个"拼"字，描绘出福建人敢拼会赢的最美样子。在不同的赛场、赛道上，4100多万八闽儿女"拼"出属于自己的精彩，勾勒出福建的拼搏姿态。

二

"拼""抢"二字，是"超常规的紧迫感""一刻不放松""开局就冲刺"的生动注脚。

习近平同志在福建工作时，十分推崇敢拼会赢精神，鼓励地方、企业迎难而上、主动作为。今天的福建更不会"坐等"政策，而是抢时间、抢效率、抢要素，以"今天再晚也是早、明天再早也是晚"的效率意识，保障推进各项工作。

抢时间，拿出目标定位先人一步的雄心。从大环境看，受三年疫情影响，需求收缩、供给冲击、预期转弱，总需求不足成为当前经济运行的突出问题。从自身看，创新驱动能力不足、产业转型升级质效不够、民营经济生产预期不稳，这些发展难题躲不开、绕不过。从第一季度各项经济指标看，全省经济发展势头有所回落。第二季度，福建九市一区要学会抢时间，以"马上就办 真抓实干"的工作作风为引领，抓住最佳时间节点，想尽一切办法，用尽一切招式，全力以赴找线索、促对接，持之以恒盯项目、求突破。

抢效率，拿出项目推进快人一拍的决心。4月20日，福建省委召开一季度工作会议，强调以奋发有为的精神状态，创造性地推进各项工作，奋力推动上半年"双过半"和高质量发展。大道至简，实干为要。福耀玻璃可以在同一条生产线上实现数十种不同汽车玻璃的生产，生产线上每一件产品的每一道加工程序都通过电脑记录信息，生成条形码，形成完整的可追溯体系。坤彩科技耗资 30 多亿元，从 0 到 1，利用萃取法生产氯化钛白，提高市场占有率，为自身赢得广阔发展空间。"项目现场"就是"效率考场"，实现高质量发展，需要"千里马"驰骋，需要"老黄牛"实干，需要"福建智造"赋能，把项目的事当作自己的事，在一线落实责任、在一线发现问题、在一线解决困难。

抢要素，拿出落实见效优人一级的信心。落实是最好的担当，把工作"规划图"转化为"施工图"，关键要做有创造力的执行者，靠各级干部敢于担当、积极作为，拿出大抓落实、狠抓落实的鲜明态度和实际举措。让那些把心思花在干事上、力气下在落实上、本事用在创业上的干部"香起来"，让那些吃苦不叫苦、干事不避事、担责不塞责的干部"红起来"。纵使有多区叠加政策优势，也不可能躺赢，有好政策，还要花大力气用好政策，毕竟"悠闲换不来高质量发展"。

三

百舸争流，奋楫者先。全力以赴"拼经济"正成为全国各地的最强音。八闽大地奋力冲刺、紧张忙碌的氛围愈发浓烈，以拼的姿态、抢的劲头，掀起齐心协力抓发展的热潮，奏响全力以赴"拼经济"的最强合音。

"拼经济"本质上拼的是人，是格局与担当的比拼，是推动工作落实的执行力的比拼。习近平同志当年在宁德工作调研时看到了地方发展的劣势，在《弱鸟如何先飞——闽东九县调查随感》一文中提出，处于一种弱鸟的境地，观念不能"贫困"，要树立"先飞"的意识，把"事事求诸人转为事事先求诸己"，认定"我们完全有能力在一些未受制约的领域，在贫困地区中具备独特优势的地方搞超常发展"。当前，从"九市一区"比看到省直部门督政，从乡镇街道交流到"百姓考场"媒体问政，不同层面设置比看平台，既是引导各地各部门深学争优、敢为争先、实干争效，更是为了给想干事、能干事、干成事的干部创造机会和平台，形成"千斤重担众人挑、人人都要挑好担"的新气象。"拼经济"不只是通过比拼来实现经济快速恢复，更期望让动能转换取得"质的跃升"，放大福建优势，实现高质量发展。

"拼经济"关键拼的是优势，是聚焦发展重点、精准发力，是把"不可能"变成"可能"的势能。发展难题是什么？是制约经济社会更好更快发展的困难和问题。福建自古就有"八山一水一分田"之说，全省的丘陵山地分布占了全省土地面积的95%，用来种植粮食的面积只剩下5%，粮食紧缺一直是福建面对的困境。上天给福建关了一扇门，也给福建开了一扇窗。福建人选择了出海贸易，选择了种植茶叶、烟叶和甘蔗等，依靠这些推动经济发展。福建的其他优势还有哪些？福建的数字赋能势头强劲、营商环境不断强化、山海协作有序推进、城市品质不断提升……随着一个个优势不断释放，福建正从"量变"迈向"质变"，在困境中实现"逆袭"。时间的书页次第翻开，发展的篇章不断更新。从高速增长转向高质量发展，从"有没有"转向"好不好"，推动解决福建发展难题也要遵循这一规律。高质量发展之路不会是一片坦途，还有许多"硬骨头"要啃，还有许多难关要闯。"追风赶月莫停留，平芜尽处是春山"，我们虽然走过千山万水，但仍需跋山涉水。

"拼经济"归根到底拼的是人心，是人的信念，是由此凝聚起来的勇气和奋斗精神。经济是千家万户的生计，是柴米油盐酱醋茶，是教育、医疗和养老，是百姓对幸福生活的向往与追求。有形的"考场"暂告段落，无形的"考场"未有穷期，要一如既往地用"看得见、摸得着"的幸福感书写民生答卷。把监督权和评判权交给社会各界，让群众和企业的声音成为检验发展成色的"度量衡"。这既有利于在公开透明中累积政府公信力、画出最大同心圆，也有利于促进各地各部门把工作着力点与百姓需求相结合，从群众"怨言"中找问题、从群众"呼吁"中寻差距，更好践行以人民为中心的发展思想。

善谋者行远，实干者乃成。哪怕身处"山重水复疑无路"的困境，也要想办法创造"柳暗花明又一村"的新局。福建，敢为天下先，勇于追求卓越，锐意改革创新，正以争的意识、拼的姿态、抢的劲头，做有创造力的执行者，推动各项工作见实效、有良效、显长效。

（发表于《福建日报》2023年6月15日第1版）

实现"三争"目标，
为什么要践行"马真"精神

如今的福州，"马上就办、真抓实干"8 个大字和榕树一样随处可见。

20 世纪 90 年代初，在福州工作的习近平同志着眼提振干部队伍精气神、提升行政效能、更好顺应改革开放时代浪潮，提出"马上就办、真抓实干"。30 多年来，"马真"精神指引福州经济社会发展发生巨变，并成为福建乃至全国宝贵的思想和精神财富。

2023 年新春开假第一天，福建省委即部署实施"深学争优、敢为争先、实干争效"行动，高亢而嘹亮的冲锋号角提振了"马上就办、真抓实干"的干事激情、创业热情，持续回响在八闽大地。今天，让我们沿着历史足迹，寻找新时代新福建的破题思路。

一

福建缘何提"三争"？不妨从三个"关键词"来理解。

第一个是"传承"。福建是习近平新时代中国特色社会主义思想的重要孕育地和实践地，持续流传着习近平同志作为"人民勤务员"造福于民的一系列生动故事，镌刻着历久弥新的精神坐标。

"50个小时编写出一本《福州办事指南》以回应群众呼声""一个中午拟定一份文件""两天办好办厂手续"……翻开《习近平在福州》等系列采访实录，关于习近平同志倡导"马上就办、真抓实干"的故事俯拾皆是，"马真"精神的孕育过程和实践轨迹清晰可见。

文有脉，水有源，树有根。从2021年开展"再学习、再调研、再落实"活动，到2022年实施"提高效率、提升效能、提增效益"行动，再到2023年部署"深学争优、敢为争先、实干争效"行动，无不来自"马上就办、真抓实干"的精神传承。福建以求真务实的思想自觉和狠抓落实的行动自觉，一以贯之推动习近平总书记对福建工作的重要讲话重要指示批示精神落地见效。

第二个是"人民"。"今后如果有条件、有机会，我要从政，做一些为老百姓办好事的工作。"从黄土地走出来的习近平同志，很早就树立了"为人民服务"的远大志向。在八闽大地，这一颗种子结出了"马上就办、真抓实干"的硕果。

党的二十大报告指出，江山就是人民，人民就是江山。中国共产党领导人民打江山、守江山，守的是人民的心。当前，人民对美好生活的向往更加强烈、更加丰富、更加多元，福建传承"马真"精神，提出"深学争优、敢为争先、实干争效"，归根到底就是沿着习近平总书记指引的方向，践行以人民为中心的发展思想，以分秒必争的紧迫感和"功成有我"的使命感，推进中国式现代化福建实践，为八闽儿女过上高品质生活创造更好条件。

第三个是"时代"。这是一个风云激荡的世界，我们身处变迁加速的时代。世界之变、时代之变、历史之变正以前所未有的方式展开，外部环境不稳定、不确定、难预料不断增多。如何在"两个大局"加速演进的洪流中，保障经济社会发展行稳致远，成为时代之问。

作为经济大省，福建负有挑大梁、稳经济的历史重任，如何落实习近平总书记对福建工作提出的"四个更大"重要要求，以全方位高质量发展赢得主动、赢得胜势、赢得未来，成为现实课题。

毛泽东同志曾这样评价干部在事业发展中的作用："政治路线确定之后，干部就是决定的因素。"2022年福建省级党委和市县乡领导班子完成换届，2023年初省级人大、政府、政协换届完成，各级各部门都有一批新走上领导岗位的干部。如何提振干部队伍干事创业精气神，成为紧迫课题。

这些现实问题的答案，在追根溯源中呼之欲出。

二

实施"深学争优、敢为争先、实干争效"行动，源自省委大力弘扬"马上就办、真抓实干"优良作风、持续开展年度主题活动这一务实工作理念。

深学争优，就是要学习领悟"马上就办"的思想自觉，积累干事创业的本领。

"马上就办"需要"想干事"的思想自觉，也需要"能干事"的看家本领。面对新形势、新使命、新问题，当前福建广大干部的重大政治任务是进一步"充电加油"，从原文原著和伟大实践中深学细悟习近平新时代中国特色社会主义思想，真正掌握蕴含其中的立场观点方法，不断提升"马上就办"和"办就办好"的能力和素质。

敢为争先，就是要深刻把握"马上就办"的人民立场，激发担当作为的精气神。

20世纪90年代初，福清40多万亩耕地当中，有20多万亩属于"望天田"，天上下雨才能种庄稼，天不下雨就种不了。打一个20公里长的隧洞，引闽江水到福清成为"利民良方"。但闽侯部分百姓因迷信而将之视为"切龙脉"之举，并行"砸政府""堵国道"之过激行为。时任福州市委书记习近平迅速采取有力措施，及时化解矛盾，妥善解决问题。

习近平总书记强调，有多大担当才能干多大事业，尽多大责任才会有多大成就。新征程上，福建肩负着光荣的使命和重大的责任，需要我们在稳增长、促改革、惠民生、保安全等重担面前，敢于决策、勇于行动、造福于民。

实干争效，就是要主动践行"马上就办"的实践精髓，实现"时效"和"实效"的统一。

究竟是碌碌无为、"等靠要"，还是积极进取、"马上就办"，很大程度上决定了我们能否在谱写中国式现代化福建篇章实践中攻坚克难、再创佳绩。我们要结合当前正在开展的主题教育，坚持学思用贯通、知信行统一，以"今日事、今日办"的作风为民解忧、为民谋事，将推动发展、服务群众落实到重要任务中，依靠科学和迅速的行动，实现各项工作有效性和及时性的统一，以"实干家"的姿态建新功、成大业。

三

习近平总书记强调："群众路线是我们党的生命线和根本工作路线，是我们党永葆青春活力和战斗力的重要传家宝。"弘扬"马真"精神，实现"三争"目标，离不开群众路线。

其一，心系群众。

"马上就办"，体现为民办事的效率和速度，彰显对人民的根本态度。习近平同志在福建工作的 17 年半，就是他与福建人民想到一起、干在一起，心与心紧紧连在一起的奋斗时光。2021 年，习近平总书记来闽考察时，提出"在创造高品质生活上实现更大突破"等"四个更大"重要要求，足见他对八闽儿女充满感情，对群众生活、发展需求始终念兹在兹。

赤子深情，嘱托殷殷。我们要始终把人民利益放在最高位置，让每一项工作都能指向人民美好需求，让每一项政策都能带给人民实实在在的利益。

其二，深入群众。

"马上就办"并不意味着草率决策或是轻率地作出承诺。如果心中没有明确的计划，脑中没有深入的思考，手中没有有效的策略，"马上就办"就可能变成一张"空头支票"。

心里是否有底数，取决于脚下走过多少路。习近平同志在福建工作期间，提倡并坚持"四下基层""四个万家"，回答了"'马上就办'为了谁""'马上就办'能力从何来"等基本问题，深刻阐释"马上就办"离不开深入群众调查研究。高手在民间，福建广大党员干部更有责任用好调查研究这个"传家宝"，向群众问政、问需、问计，汇聚和运用人民智慧，让"马上就办"的实践水到渠成。

其三，服务群众。

为人民服务，容不得半点挑剔、推诿。无论大事或小事，简单或复杂，只要涉及人民的福祉，我们都必须优先考虑、"马上就办"。

习近平同志在 20 世纪 90 年代初任福州市委书记时,推行"一栋楼办公",集中审批窗口,推出一系列提高办事效率、简化审批手续的政策,形成现场办公解决问题的有效机制。这些政务服务方面的创新举措,不断激励政府工作人员创新服务、积极担当。站在群众的角度思考问题,思路一变天地宽,原本看似"难以完成的任务"就变得通达顺畅。为民服务并不需要多么高深的学问,将心比心、大胆创新,就能换回群众办事的满意安心。

其四,问效群众。

"人民群众是最实在的,他们不但看你说得如何,更要看你做得如何"。"马上就办"仅仅是开始,"办就办好""群众满意"才是衡量工作成效的最终尺度。

习近平同志在福州工作时,为保障工作实效建立了一套完善的督查和监督机制,以确保所有决定执行的任务和明确的责任,其进展和成果都受到有效的督查,使"马上就办"有了"办就办好"的保障,取得群众满意的效果。

治国有常,利民为本。民生之微,衣食住行;民生之大,关乎家国。让人民生活幸福,乃"国之大者"。

2023 年,福建省委提出工作要求,实干争效要多为老百姓做好事、办实事,多做打基础、利长远的事,以服务群众、推动发展的实效作为各项工作的评价标准。从"马真"到"三争",不变的是以人民为中心的发展思想。我们相信,在"马真"精神指引下,在"三争"行动实践中,福建定会在增进民生福祉、绘就共同富裕新图景中展现更大作为。

(发表于《福建日报》2023 年 6 月 16 日第 1 版)

锚定这一"首要任务"，福建如何再发力?

人类几千年文明史，就是一部不断发展进步的历史。

从刀耕火种到铁犁牛耕，从蒸汽时代到电气时代再到互联网与人工智能时代，科学技术的发展进步改变了人类社会形态，也深刻影响着人们的思想观念与思维方式。

历史与现实充分证明，落后就要挨打；发展，则是研究问题、解决问题的"总钥匙"。

习近平新时代中国特色社会主义思想里，藏着高质量发展的密码。高质量发展，是让创新成为第一动力、协调成为内生特点、绿色成为普遍形态、开放成为必由之路、共享成为根本目的的发展。

此次主题教育明确提出："紧紧围绕高质量发展这个全面建设社会主义现代化国家的首要任务，以强化理论学习指导发展实践，以深化调查研究推动解决发展难题，把学习和调研落实到完成党的二十大部署的各项任务中去，以推动高质量发展的新成效检验主题教育成果。"

作为习近平新时代中国特色社会主义思想的重要孕育地和实践地，福建奋楫争先，勇立潮头。

一

人们常用"发展得好不好"来评判一个人成功与否。小到个人如此，大到一个政党、一个民族、一个国家，也概莫能外。

中国共产党一经成立，就把实现共产主义作为党的最高理想和最终目标，团结带领人民进行了艰苦卓绝的斗争，谱写了气吞山河的壮丽史诗。在长期实践探索中，找到了一条适合中国国情的发展道路，不但让中华民族摆脱了存亡危机，还实现了国家持续数十年的经济高速增长。

"适合自己的才是最好的。"这个人生哲理，同样适用于一个地方、一个国家的发展规律：我们在前进道路上，不能简单地复制和模仿外部经验，而应充分考虑自身实际情况。

福建"八山一水一分田"，拥有生态优良、侨海资源丰富、民营经济活跃等优势。然而，由于土地空间有限，发展一度受到束缚，加上长期处于海防前线等历史原因，直到20世纪八九十年代，福建的经济社会发展水平总体上仍落后于沿海周边省份。

习近平同志在福建工作的17年半里，亲自领导、亲身参与了福建的改革开放和现代化建设，创造了极其宝贵而丰富的思想财富、精神财富和实践成果。他深刻指出，"要敢于担当，发现问题、面对问题、解决问题"，并带头以问题为导向推进工作，努力为福建发展赢得主动、赢得优势、赢得未来。

比如创新，他部署建设数字福建，开启大规模信息化建设进程；总结推广科技特派员制度，推动人才下沉、科技下乡、服务"三农"。

比如绿色，他亲自推动厦门筼筜湖治理、长汀水土流失治理、木兰溪治理等多项重大生态工程；率先提出建设生态省的战略构想，为福建发展作出了具有历史意义的战略抉择。

比如开放，无论在当时交通落后、信息闭塞的宁德地区，还是在沿海开放地带的省会福州，主政期间，他都坚持开放发展的道路，坚持"引进来"与"走出去"结合，坚持经贸合作与人文交流并重。

比如协调与共享，他始终重视、关心支持扶贫工作，创造性提出了"弱鸟先飞""滴水穿石""久久为功"等重要理念，开展了易地扶贫搬迁、山海协作、闽宁对口帮扶等重要实践。

"离开福建以后，我也一直关注福建。在这里工作期间的一些思考和探索，在我后来的工作中仍在思考和深化，有些已经在全国更大范围实践了。"

为者常成，行者常至。

党的十八大以来，面对人民日益增长的美好生活需要和不平衡不充分的发展之间的矛盾，以习近平同志为核心的党中央，坚持以人民为中心的发展思想，强调发展是解决我国一切问题的基础和关键，强调发展必须是高质量发展，坚定不移贯彻创新、协调、绿色、开放、共享的新发展理念，续写了经济快速发展和社会长期稳定的"奇迹"。

二

2014 年擘画建设"机制活、产业优、百姓富、生态美"的新福建宏伟蓝图，两年前殷殷嘱托希望福建"在全方位推动高质量发展上取得新成效"，并对福建发展提出"四个更大"重要要求。

党的十八大以来，习近平总书记多次亲临福建考察，作出了一系列重要指示批示，为福建高质量发展把脉定向。

历史川流不息，发展永无止境。

作为东南沿海省份，福建肩负着全方位推动高质量发展的重大使命。锚定这一"首要任务"，福建这样发力——

"机制活"是新福建建设的动力源泉。秉承福建人"敢为人先、爱拼会赢"的改革创新精神，用好改革这个关键一招，坚持开放这条必由之路，我们探索两岸融合发展新路，推进集体林权改革等多项制度改革，推动科技创新这一"关键变量"转化为高质量发展的"最大增量"。

"产业优"是新福建建设的关键所在。作为发展的基石，产业强则经济强，产业稳则经济稳。我们坚定不移把发展经济的着力点放在实体经济上，以数字经济、海洋经济、绿色经济、文旅经济这"四大经济"为突破口，推动各产业要素跨界融合。

"百姓富"是新福建建设的出发点和落脚点。发展的目的是为了人民，高质量发展归根结底是为了提升人民生活品质。党的十八大以来，我们深入践行以人民为中心的发展思想，每年民生支出占全省财政支出的 70% 以上，2022 年比 2012 年增长一倍多。

"生态美"是新福建建设的前提和基础。新征程上，我们牢记"生态质量只能更好、不能变坏"，在促低碳转型、重防治减污染、强保护建机制等方面下更大功夫，努力让绿水青山永远成为福建的骄傲。

牢记嘱托、感恩奋进，坚定不移沿着习近平总书记指引的方向奋勇前行，全省上下紧紧扭住发展这个第一要务，跑出了高质量发展"加速度"——

全省经济总量连跨 3 个万亿元台阶，2022 年达到 5.3 万亿元，居全国第八位；

人均地区生产总值突破 12 万元，居全国第四位；

居民人均可支配收入连跨 3 个万元台阶，2022 年达 4.3 万元，居全国第七位；

九市一区全部获评国家森林城市，森林覆盖率 65.12%、连续 44 年保持全国第一；

以约占全国 3% 的人口、1.3% 的土地、2.9% 的能耗，创造了全国 4.4% 的经济总量。

战鼓催征，砥砺奋进。

福建饱蘸浓墨，努力书写高质量发展新答卷。

<h1 style="text-align:center">三</h1>

党的二十大擘画了以中国式现代化全面推进中华民族伟大复兴的宏伟蓝图，并指出："高质量发展是全面建设社会主义现代化国家的首要任务。"

在全面贯彻落实党的二十大精神开局之年，省委部署实施"深学争优、敢为争先、实干争效"行动，激励全省干部群众进一步强信心、鼓干劲，推动全省发展稳中有进、提质增效。

征衣未解再跨鞍。发展之路没有终点，追求"高质量"任重道远。

我们不能有松口气、歇歇脚的想法。这是因为，高质量发展面临着新形势新任务。

从国家层面来看，当前，我国发展进入战略机遇和风险挑战并存、不确定难预料因素增多的时期，全国上下都在凝心聚力抓发展、铆足干劲向前冲，区域竞争非常激烈。

从福建自身而言，全省正处于转变发展方式、优化经济结构、转换增长动能的攻坚期，推动高质量发展须臾不可松懈。

2023 年初以来，福建各级各部门多措并举，奋力实现一季度"开门红"、二季度增长稳，努力拼出个高质量发展新天地。

捷报频频提振信心：由我省高校、科研院所和企业合作研发的"温和压力条件下实现乙二醇合成"项目，入选 2022 年度中国科学十大进展；第七届中国工业大奖揭晓，宁德时代成为锂电行业首个获奖企业，福建工业实现该奖项零的突破……

大道至简，实干为要。高质量发展，福建再发力——

加快实施科教兴省战略、人才强省战略、创新驱动发展战略，锻造科技创新这一发展"硬核"引擎，塑造福建高质量发展新动能新优势。

推动产业高端化智能化绿色化，建设现代化产业体系，做大做优先进制造业，大力提升制造业竞争力，因地制宜发展特色现代农业，提升服务业现代化水平。

深入实施乡村振兴战略、新时代山海协作、污染防治攻坚战等关系高质量发展方方面面的举措，促进全省城乡互动融合、区域一体化发展。

2023 年福建省文旅经济发展大会、第六届数字中国建设峰会、第十五届海峡论坛、第二十一届中国·海峡创新项目成果交易会（海创会）等一系列重要会议、重大活动接连成功举办，为福建经济发展注入澎湃动能。

2023 年以来，福建文旅市场持续回暖。一季度，全省接待旅游总人数 11079.58 万人次，同比增长 25.8%，全省实现旅游总收入 1322.80 亿元，同比增长 42.9%。"五一"假期，福建位列热门省份第五位。"百趟专列进泰宁"北京首发团、大连至武夷山、上海至三明、宜兴至福鼎、长春至漳州等多趟"清新福建"旅游列车相继开行,"诗"和"远方"的联结交响,吸引了越来越多游客走进清新福建。

作为民营经济大省,2023年起福建实施新时代民营经济强省战略。一季度,福建省民营企业进出口2841.1亿元,增长21.2%,占同期全省外贸进出口总值的59.3%,民营企业外贸主引擎作用更加凸显,高质量发展重要支撑进一步夯实。

新思想指导新实践,新思想引领新征程。

当下,学习贯彻习近平新时代中国特色社会主义思想主题教育正在如火如荼开展。把握发展方向,增强推动高质量发展的使命感紧迫感。带着感情学,带着责任干,福建高质量发展的脉动正在八闽大地展现出绚丽的实践图景。

（发表于《福建日报》2023年6月27日第1版）

真心实意为群众办实事，提高人民生活品质

人民，是一片广袤而有温度的土地上，无数个脚印所留下的痕迹，是无数个故事的主角，也是所有历史的见证者。

新中国成立以后，"人民"一词完全融进执政的中国共产党的血脉，成为红色基因的一部分。

从"牢记政府前面的'人民'两个字"到"我将无我，不负人民"，在习近平总书记真挚的话语里，我们深深感受到大国领袖浓浓的人民情怀。

党的二十大报告，"人民"一词出现了105次，"以人民为中心"的思想贯穿始终。

当前，全党上下正在如火如荼地开展学习贯彻习近平新时代中国特色社会主义思想主题教育，明确提出："以推动高质量发展、提高人民生活品质的新成效检验主题教育成果。"

为学之实，固在践履。主题教育不仅要深入学习思想，还要学思用贯通，将主题教育成果落到实处，学深悟透、走深走实、为民造福。

一

《礼记·中庸》中有一句名言："凡事预则立，不预则废"，说的是开

始之前设定目标对获得结果的重要作用。用提高人民生活品质的新成效检验主题教育成果，这个要求高不高？

要解答这个问题，还要向历史追溯。

早在延安时期，中国共产党就要求党的干部"把屁股端端地坐在老百姓的这一面"，形成了"只见公仆不见官"的生动局面。整风运动时，"从群众中来，到群众中去"思想就已深入共产党人的骨髓，成为中国共产党坚定的信念。

此后，在中国革命、建设和改革的各个历史阶段，我们党始终将教育、培养自己的成员摆在关乎存亡的高度，通过党员教育来统一认识、凝聚力量、明晰方向。

"三讲"教育活动、保持共产党员先进性教育活动、党的群众路线教育实践活动、"不忘初心、牢记使命"主题教育……从建党以来，我们党已经开展了16次党内集中教育。

从每一次集中教育中，我们整理归纳出其中的一个关键词：人民。出发点都是以人民为中心、为人民服务；落脚点都是解决人民群众急难愁盼问题、实现人民对美好生活的向往。

这也印证了中国共产党自成立之日起，就把全心全意为人民服务作为根本宗旨。人民立场是中国共产党的根本政治立场，为民造福是立党为公、执政为民的本质要求。

"人民对美好生活的向往，就是我们的奋斗目标。"党的十八大后，习近平总书记同中外记者见面会上的这句话，成为新时代十年的生动实践。

党的二十大闭幕后的记者见面会，习近平总书记一句"不断把人民对美好生活的向往变为现实"，宣告了一以贯之的人民情怀。

改善人民生活水平、提高人民生活品质是中国共产党人孜孜以求的奋斗目标。作为为人民谋利益的马克思主义政党，我们党从诞生之日起，就把"为中国人民谋幸福、为中华民族谋复兴"作为自己的初心使命。这次主题教育将"践行宗旨为民造福"作为最重要的目标，再次彰显我们党坚持以人民为中心的根本立场。

二

商朝的创建者商汤曾对大臣说，"一个人想知道自己的模样，可以对着水面看自己脸，如果想知道一个国家治理得好不好，只要看看老百姓就会知道"。

"舌言"莫如"行言"。不管自己怎么评价，如果没有为群众办实事，没有让群众生活有改善，老百姓很难说好。

人民生活品质怎么样，人民群众获得感怎么样？一国之治，贵在爱民。

获得感是一种心理体验，它不是虚无缥缈的，它是在不断变化之中的。40多年的改革开放，人民生活水平明显改善，中国人民有了满满的获得感，这更加坚定了亿万人民对中国特色社会主义道路、理论、制度和文化的自信。

中国特色社会主义进入新时代，人民群众对美好生活的需求更多了。如何使人民群众有更多的获得感，使命更加光荣，任务更加艰巨。

正如习近平总书记在2022年新年贺词中所指出的，"让大家过上更好生活，我们不能满足于眼前的成绩，还有很长的路要走"。

从发展方向看，需要解决改革发展过程中积累的深层次矛盾以及新出现的各种问题。发展不平衡不充分、重点领域改革任务艰巨、城乡区域发展和收入分配差距仍然较大……这些都是实打实的具体问题。

从发展规律看，还需要满足人民群众新要求新期盼。追求美好生活是永恒的主题，是永远的进行时。老百姓期盼有更好的教育、更稳定的工作、更满意的收入、更可靠的社会保障、更高水平的医疗卫生服务、更舒适的居住条件、更优美的环境……有更高的期待就有更高质量的发展空间。

提高人民生活品质要求我们在面对"难啃的硬骨头"时有新突破，在满足人民群众美好生活需要时有新作为。

诚然，提高人民生活品质，提升人民群众的获得感，不是一步就能到位的。做不得表面文章，来不得半点虚功。关键是要有真招实招硬招，越是群众关注的热点难点，越要力争办好。

"他们不但要听你说得如何，更要看你做得如何。不要光听'唱功'，而且要看'做功'。"在《摆脱贫困》一书中，习近平同志这样谈及为群众办实事。

以一锤接着一锤敲的钉钉子精神，一步一个脚印沿着正确的道路往前走，让人民群众从我们党和政府的工作举措中，切实享受到实惠，不断增强获得感，主题教育成果就能更好地落实。

三

2015年10月16日，在减贫与发展高层论坛主旨演讲中，习近平总书记深情回忆："25年前，我在中国福建省宁德地区工作，我记住了中国古人的一句话，'善为国者，遇民如父母之爱子，兄之爱弟，闻其饥寒为之哀，见其劳苦为之悲'。至今，这句话依然在我心中。"

1990 年，习近平同志在给宁德地直机关领导干部的临别赠言中引用了西汉刘向在《说苑·政理》里的这句古语。他说："古人尚知如此，何况我们共产党人？"习近平总书记一直把这句古语牢记在心中，正是人民领袖心系苍生的爱民情怀体现。

在福建工作期间，"人民"在习近平同志心中始终占据最重要的位置，百姓的事是他心中最大的事，从"四下基层"到"四个万家"、从推动棚屋区改造到治理"餐桌污染"、从根治木兰溪水患到治理长汀水土流失，无不体现着人民至上、为民造福的价值取向和实践旨归。

17 年半的时间里，习近平同志在福建留下了宝贵的思想、理念、精神、作风，其中就包括把党的全心全意为人民服务的根本宗旨贯穿工作始终的优良作风。

因此，以推动高质量发展、提高人民生活品质的新成效检验主题教育成果，福建应该有着更深刻的理解。

沿着习近平总书记的足迹，福建大力传承弘扬"四下基层""四个万家""马上就办、真抓实干"等优良作风，连续 33 年每年实施一批为民办实事项目，着力解决人民群众急难愁盼问题，一件一件抓落实，一年接着一年干，力争干一件成一件，以实实在在的工作成效造福人民，为落实主题教育成果奠定了良好基础。

2021 年，习近平总书记来闽考察时，提出包括"在创造高品质生活上实现更大突破"在内的"四个更大"重要要求，对福建发展寄望殷殷，对福建人民念兹在兹。

民心所向，忧之念之。

"百姓富"是新福建建设的出发点和落脚点。"百姓富"归根结底是为了增加人民收入、提高人民生活水平。"在创造高品质生活上实现更大突破"寄托着习近平总书记对我省做好民生工作的殷切希望。

高擎真理火炬，方能洞见前路。

福建牢记嘱托，不负期许，努力让人民更富足、让城乡更宜居、让生态更优美、让保障更有力、让群众更安全，把习近平总书记的民生关切，化作真抓实干实际行动，以更高标准、更严要求推动主题教育走深走实。

在争优、争先、争效中，福建致力于"多为老百姓做好事、办实事，多做打基础、利长远的事，以服务群众、推动发展的实效作为各项工作的评价标准"，把一张张"民生清单"变为"幸福账单"，"民生之盼"悄然成为"民生之变"。

福建还将尽力而为、量力而行，脚踏实地、久久为功，多做让老百姓"咧嘴笑"的事，坚决不干让老百姓"撇嘴怨"的事，"倾心倾力为群众办实事、解难题，让人民群众有更多的获得感幸福感安全感"。

（发表于《福建日报》2023 年 6 月 28 日第 1 版）

敏言·

学习贯彻习近平文化思想

2023 年 10 月召开的全国宣传思想文化工作会议，正式提出和系统阐述了习近平文化思想，在党的宣传思想文化事业发展史上具有里程碑意义。深入学习宣传贯彻习近平文化思想，是全党特别是全国宣传思想文化战线的一项重要政治任务。

如何帮助广大党员干部群众更好地理解这一重要思想？作为党的重要理论宣传阵地，主流媒体责无旁贷、使命在肩。当时，习近平文化思想刚提出不久，全国上下相关权威阐释文章不多，福建日报社主动担当作为，积极策划选题，率先开展研究与探索，并组织采编团队迎难而上，聚焦习近平文化思想进行宣传阐释、创新表达。

采编团队充分发挥福建作为习近平新时代中国特色社会主义思想重要孕育地和实践地的优势，多次开会讨论策划，深入学习、广泛研究，历经一个多月的反复打磨、几易其稿后，于 12 月 11 日至 22 日在《福建日报》头版先后推出 6 篇"敏言"系列文章。

在内容上，系列文章围绕习近平总书记对宣传思想文化工作的重要指示精神展开，既寻根溯源，深挖福建"理论富矿"，又观照当下，展现福建在有关方面的传承创新与发展成效。

在形式上，系列文章行文轻快简洁、深入浅出、通俗易懂，有效助力党的创新理论"飞入寻常百姓家"，为营造浓厚的新思想学习宣传贯彻氛围和推进主题教育的开展作出了党媒贡献。

（写作小组：潘贤强、戴艳梅、严顺龙、林清智、郑雨萱、林宇熙、谢婷、刘必然）

旗帜引领　做好这项"极端重要的工作"

党的工作很多。宣传思想文化工作被定位为"是一项极端重要的工作"。

何以"极端重要"？

文化是一个国家、一个民族的灵魂。文化自信是更基础、更广泛、更深厚的自信，是一个国家、一个民族发展中最基本、最深沉、最持久的力量。

金秋十月，习近平总书记再次对宣传思想文化工作作出重要指示，用"三个事关"告诉我们"文化关乎国本、国运"：宣传思想文化工作事关党的前途命运，事关国家长治久安，事关民族凝聚力和向心力。

以习近平同志为核心的党中央举旗定向，领航这一"极端重要的工作"，丰富和发展了马克思主义文化理论，构成了习近平新时代中国特色社会主义思想文化篇，形成了习近平文化思想。

一

思想之光，必有其源。

1989年5月，时任宁德地委书记习近平主持召开宁德地区新闻工作会议，作了《把握好新闻工作的基点》的讲话。他开宗明义、旗帜鲜明地提出，"当前要进一步加强党对新闻工作的领导"。

习近平同志从"冷静分析思考 认清当前形势""搞好舆论引导 弘扬社会正气""加强新闻队伍建设"3个方面阐述新闻工作及新闻工作者如何把握好工作基点问题：突出强调新闻工作的党性、高度重视新闻工作、切实加强对新闻工作的领导，同时对新闻队伍的建设提出了殷切期望。

这次讲话，经新华社记者整理后，发表在1989年第6期《中国记者》上。据目前资料，这是习近平总书记关于新闻舆论相关论述最早公开发表的文章，具有重要理论价值和实践指南意义。

高度重视宣传思想工作，充分发挥宣传思想工作的重要作用，是我们党的传统和优势。

在《把握好新闻工作的基点》一文中，习近平同志指出，"要看到新闻事业是党和人民的喉舌，担负着反映舆论、引导舆论的一个重要任务""我们强调的党性，包含着人民性的深刻内涵"。

"我们党历来有一个传统，就是通过运用报纸、广播、电视等宣传工具，宣传党的路线、方针、政策，教育人民，反映人民的呼声……"1989年11月1日，在习近平同志关心推动下，停刊20年的《闽东报》正式复刊。

习近平同志参加了当年《闽东报》复刊大会，并撰写了热情洋溢的复刊词《坚定方向 弘扬正气 振兴闽东——为〈闽东报〉复刊而作》。宁德地委对宣传思想工作的领导进一步加强，宁德地区宣传党的路线、方针、政策的主阵地进一步建设。

加强党对宣传思想工作的全面领导，牢牢掌握党对意识形态工作的领导权。

习近平同志在福建工作了17年半。从沿海到山区，从市里到省里，他都对宣传思想工作给予高度重视。在福州市委书记任上，他多次出席全市宣传部长会议、宣传工作会议、新闻记者月谈会。福州市委把宣传思想工作列入党委的重要议事日程，及时提出各个时期宣传思想工作的指导思想、工作方针和工作重点，定期分析宣传思想工作和意识形态领域带有根本性、方向性的问题。

......

思想伟力激荡山海，真理之光照亮征途。

2013年8月19日，习近平总书记出席全国宣传思想工作会议，指出，"做好宣传思想工作必须全党动手""各级党委要负起政治责任和领导责任，加强对宣传思想领域重大问题的分析研判和重大战略性任务的统筹，不断提高领导宣传思想工作能力和水平"。

党的十八大以来，习近平总书记先后两次出席全国宣传思想工作会议并讲话，就文艺工作、哲学社会科学工作、高校思想政治工作、文化传承发展等主持召开会议并发表一系列重要讲话，以坚定的文化自觉、宏阔的历史视野、深邃的战略考量，提出了一系列新思想新观点新论断。

二

为国家立心，为民族立魂。

"没有中华五千年文明，哪有我们今天的成功道路。"2021年仲春，习近平总书记考察福建，第一站就来到世界文化和自然遗产地武夷山。习近平总书记强调，要推动中华优秀传统文化创造性转化、创新性发展，以时代精神激活中华优秀传统文化的生命力。

民族自觉，是社稷自觉；文化自信，是江山自信。

围绕"举旗帜、聚民心、育新人、兴文化、展形象"建设社会主义文化强国，要保持对文化理想、文化价值的高度信心，保持对文化生命力、创造力的高度信心，牢记文化使命，坚持守正创新，在实践创造中进行文化创新，在历史进步中实现文化进步，使中国特色社会主义文化始终反映时代精神、引领时代潮流。

在当年经济落后的闽东，习近平同志亲自与省音协的专家拟定一个方案，指导闽东文艺工作者拍一部风光音乐电视片，奏响了《山海的交响》。明确的目标是"通过文化建设，弘扬民族文化传统，不仅增强闽东人民的自信心，而且提高外界对闽东的信心"。

在福州，面对百业待兴、经济尚不宽裕的现状，习近平同志亲自协调推动，将挂靠在省艺术学校的福州闽剧班综合大楼建设列入 1992 年福州市为民兴办 20 件实事之一；一锤定音，接手举办第三届中国戏剧节暨第十届中国戏剧"梅花奖"颁奖活动，这是该活动首次由地方承办。

面对经济发展、城市开发建设与文化遗产的冲突，变"拆"为"修"保护三坊七巷，从炸药包下抢救"南方周口店"——万寿岩。习近平同志指出，"发展经济是领导者的重要责任，保护好古建筑，保护好传统街区，保护好文物，保护好名城，同样也是领导者的重要责任，二者同等重要""保护好古建筑、保护好文物就是保存历史，保存城市的文脉，保存历史文化名城无形的优良传统"。

岁月不居，时节如流。在保护与传承中凝聚强大的前进定力，习近平同志在福建的生动实践，至今仍是福建推进文化发展汩汩流淌的源头活水。

自 20 世纪 90 年代保护修缮工作开展以来，被誉为"里坊制度活化石"和"明清建筑博物馆"的三坊七巷历史文化街区得到活化利用。

2023 年中秋国庆假期，日均客流量达 15.1 万人次。青砖褐瓦的明清建筑群，具有浓郁地方特色的快闪表演和沉浸式演出，还有老字号商铺和文创商店，让来自全国各地的客人在传统和新潮的碰撞中，在古厝和坊巷的交融间，感受到了文化底蕴和时代风姿。

阳光下的鼓浪屿，像一艘扬帆的海船闪耀着特有的气质，古老而又青春。"把老祖宗留下的文化遗产精心守护好"，在习近平总书记的文化情怀里，有着一段难忘的往事。

20 世纪 80 年代初，鼓浪屿的自然景观遭到挤占蚕食，一些人文景观岌岌可危，地标性建筑八卦楼破败不堪。1986 年，时任厦门市委常委、副市长习近平得知这一情况后，当即拨款 30 万元用于修复八卦楼。整修后的八卦楼，不仅是鼓浪屿老别墅修旧如旧的样板，也成为日后申报世界文化遗产的核心要素之一。

2017 年 7 月，鼓浪屿列入《世界遗产名录》后不久，习近平总书记作出重要指示："申遗是为了更好地保护利用，要总结成功经验，借鉴国际理念，健全长效机制，把老祖宗留下的文化遗产精心守护好，让历史文脉更好地传承下去。"

文化具有独特的传播功能。今天，很多登临鼓浪屿的人，都会沉浸于它"能够把自然景观和人文景观十分和谐地结合在一起"的文化场景，会不由自主感叹、回味这个已经成为世界遗产的文化名片背后深邃的文化内涵，思考起历史、社会以及中西方文明等等的问题。

三

人民有信仰，国家有力量，民族有希望。

2023 年全国宣传思想文化工作会议首次提出习近平文化思想，标志着我们党对中国特色社会主义文化建设规律的认识达到了新高度，也表明了我们党的历史自信、文化自信达到了新高度。

习近平文化思想既有文化理论观点上的创新和突破，又有文化工作布局上的部署要求，明体达用、体用贯通。建设社会主义文化强国，铸就社会主义文化新辉煌，宣传思想文化工作的地位和作用更加凸显。

新形势新使命，如何做好这一"极端重要的工作"？

全国宣传思想文化工作会议后，福建省委第一时间召开常委会会议，研究贯彻落实措施；开展理论中心组学习，深化思想认识，形成统一思想共识；召开全省宣传思想文化工作会议，全面部署学习贯彻工作，系统谋划开创福建宣传思想文化工作新局面的思路举措。

省委主要领导要求，全省各级党委（党组）要切实负起政治责任和领导责任，把方向、抓导向、管阵地、强队伍，牢牢掌握意识形态工作领导权、管理权、话语权；用好"理论富矿"，坚持不懈用习近平新时代中国特色社会主义思想凝心铸魂；加强党对宣传思想文化工作的全面领导，为担负起新的文化使命提供坚强政治保证。

新起点上，着力加强党对宣传思想文化工作的领导，着力建设具有强大凝聚力和引领力的社会主义意识形态，切实担负起新时代新的文化使命，要紧密结合实施"深学争优、敢为争先、实干争效"行动，以钉钉子精神抓落实——

充分认识福建具有的独特优势和重要基础。福建是习近平新时代中国特色社会主义思想的重要孕育地和实践地，这是我们重大而独特的优势；福建文化多元、包容、开放，八闽大地文源深、文脉广、文气足，这是建设文化强省的重要资源。

深刻领会"三个事关",强化政治引领。系统学习习近平文化思想的重大意义、丰富内涵和实践要求,旗帜鲜明坚持党管宣传、党管意识形态,思想"绷紧弦"、责任"扛在肩"、行动"拉满弓",以更高标准、更严要求履职尽责。

强化理论武装,深入挖掘理论和实践"富矿"。福建省习近平新时代中国特色社会主义思想研究中心成立以来,怀着深厚感情、扛起责任使命,举行了习近平生态文明思想理论与实践、《摆脱贫困》出版30周年、"晋江经验"与习近平经济思想、"四下基层"与新时代党的群众路线等影响广泛的研讨会。党的理论创新每前进一步,理论武装就要跟进一步。做好党的创新理论武装工作是首要的政治任务,我们应该坚持不懈引导党员干部做好深化内化转化文章,从中悟规律、明方向、学方法、增智慧。

增强理论高地建设意识,加快推进社科强省、文化强省。全面系统研究阐释习近平同志在福建工作期间的重要理念和重大实践,大力实施哲学社会科学创新工程,全力推进社科事业繁荣发展,高标准打造社科强省。按照党中央部署及省委要求,努力打造学习宣传研究习近平新时代中国特色社会主义思想的理论高地、传播高地、人才高地。

树立大宣传大文化理念,展现新气象。坚持围绕中心、服务大局,践行以人民为中心的工作导向,唱响奋进新征程的主旋律,打响"闽派"特色文艺品牌,改进创新精神文明建设,巩固壮大主流思想舆论,为谱写中国式现代化建设福建篇章提供坚强思想保证、强大精神力量、有利文化条件!

（发表于《福建日报》2023年12月11日第1版）

凝心铸魂，在美好精神家园遇见你我

人无精神不立。

核心价值观是一个民族赖以维系的精神纽带，是一个国家共同的思想道德基础。如果没有共同的核心价值观，一个民族、一个国家就会魂无定所、行无依归。

山无脊梁要塌方，人无脊梁会垮掉。在精神世界，价值观如同脊梁一般，起着至关重要的作用。构建具有强大感召力的核心价值观，关系社会和谐稳定，关系国家长治久安。

"要弘扬共产主义远大理想和中国特色社会主义共同理想，以坚定的理想信念筑牢精神之基。"

"注重落细落小落实，使核心价值观像空气一样无处不在，无时不有，成为百姓日用而不觉的行为准则。"

凝魂聚气、强基固本。习近平文化思想对培育和践行社会主义核心价值观提出了明确的要求。

一

宋代思想家张载在《经学理窟》中说，"欲事立，须是心立"。

当一个人拥有强大精神力量时，往往能激发出连自己都想象不到的潜力。

30多年前，习近平同志在宁德工作期间大力倡导"弱鸟先飞""滴水穿石"精神，带头践行党的群众路线，倡导"四下基层"，以改天换地的气概，拉开了闽东地区脱贫致富的序幕。

贫困不要紧，最怕的是思想贫乏，没有志气。

翻开《摆脱贫困》书中《建设好贫困地区的精神文明》这篇文章，第一段就是"精神文明建设是实施脱贫致富战略的重大内容之一。我们已经在贫困地区兴起了精神文明建设之风，我们还应继续探索建设好闽东精神文明的路子"。文章指出，我们脱贫致富的指导思想很明确，一是把建设社会主义经济作为根本任务和中心工作来抓，一是把提高人们的思想道德水平和科学文化素质作为一项战略目标予以重视。

到福州工作后，习近平同志一如既往地高度重视精神文明建设，亲自部署推动福州市精神文明建设工作。在"3820"战略工程中，对教育、文化、卫生、体育及精神文明建设等作了专章规划。勉励福州干部，要"正确处理好两个文明建设的辩证关系，坚持两手抓，做到两手硬"，"树立系统观点，动员全社会的群众参加创建精神文明的活动"。

在这一思想的引领下，以"温暖的榕城"系列活动为主题的社会主义精神文明建设蹄疾步稳，福州城市面貌日新月异，文明水平全面提升，连续四届荣膺全国文明城市，从"文明高地"向"文明高峰"迈进。

在《摆脱贫困》一书中，习近平同志对精神文明建设的思考以及对推动物质文明和精神文明协调发展的深入分析，明体达用，体用结合，闪耀着思想的光辉——

"真正的社会主义不能仅仅理解为生产力的高度发展，还必须有高度发展的精神文明。"

"那种'一手硬，一手软'的倾向，那种认为物质文明建设是'硬劳动'，精神文明建设是'软劳动'，重硬轻软的做法，那种认为商品生产发展了，脱贫问题就自然而然地解决了的想法，都是违反辩证法的。"

"在抓经济工作的同时，要加强精神文明建设，以更好地调动广大干部群众的积极性和创造性去战胜艰辛和困难。"

"脱贫致富的实践过程不但是我们改造客观世界、建设物质文明的过程，也是我们改造主观世界、建设精神文明的过程。"

"我们需要的是'仓廪实而知礼节''衣食足而知荣辱'。"

……

党的十八大以来，围绕加强社会主义精神文明建设，习近平总书记发表了一系列重要论述，指出"实现中国梦，是物质文明和精神文明比翼双飞的发展过程"，"要坚持'两手抓、两手都要硬'，以辩证的、全面的、平衡的观点正确处理物质文明和精神文明的关系，把精神文明建设贯穿改革开放和现代化全过程、渗透社会生活各方面"。

习近平总书记站在经济基础和上层建筑关系的哲学高度，深刻阐释了物质文明与精神文明协调发展的社会主义建设规律，深刻阐明了精神文明所具有的极为重要的本体论和认识论意义。

这些重要论述，与习近平同志在福建工作期间的探索和思考一以贯之。

二

古语云：船的力量系于帆，人的力量始于心。

全国群众性精神文明建设，起步于三明，起点就在三元区富兴堡街道东霞社区。当年，多家单位家属楼组成一个"大家庭"，大家有事商量着办，创造了"好在共建、贵在坚持、重在建设"的三明经验。文明创建与群众福祉紧密相连，做好文明创建工作离不开群众的力量。30 多年过去，共建共享的内涵不断丰富。

2014 年 2 月，习近平总书记在主持十八届中央政治局第十三次集体学习时强调，要把社会主义核心价值观的要求融入各种精神文明创建活动之中，吸引群众广泛参与，推动人们在为家庭谋幸福、为他人送温暖、为社会作贡献的过程中提高精神境界、培育文明风尚。

把社会主义核心价值观的要求融入各种精神文明创建活动，从这个意义上说，精神文明创建活动也就成为构建核心价值观的必由路径。

作为全国群众性精神文明创建活动的发源地，近年来，我省坚持把培育和践行社会主义核心价值观作为精神文明创建的根本任务，体现并融入文明创建活动各个方面——

推动理想信念教育常态化、制度化，大力弘扬以伟大建党精神为源头的共产党人精神谱系，用好爱国主义教育基地、省级公民思想道德馆，广泛开展中国特色社会主义和中国梦宣传教育；

发挥先进典型示范引领作用，持之以恒宣传好"时代楷模""道德模范""八闽楷模""最美人物"等先进典型，组织读书学史、红色传承、全民国防教育等活动，加大各类公益广告刊播力度；

改进创新精神文明建设工作，统筹推进文明培育、文明实践、文明创建，深化拓展新时代文明实践中心建设，推动社会主义核心价值观建设与社会治理、法治建设协同推进；

努力挖掘中华优秀传统文化中所蕴含的价值力量，大力实施"福"文化传承发展工程，创造性开展"闽人智慧"系列主题传播，深入宣传阐释朱子文化的民本观念、红色文化的信仰力量、海洋文化的包容与进取精神……

成绩斐然。福建自古就是"海滨邹鲁""文献名邦"，全省宣传思想文化战线传承"八闽文化"精髓，弘扬以爱国主义为核心的民族精神，为培育和践行社会主义核心价值观提供更多文化养分，并取得了一系列成果——

厦门市荣膺全国文明城市"六连冠"，受到中央文明委通报表扬。漳州110、工商12315等先进经验在全国推广；

全省现有14个全国文明城市，数量居全国前列；

全国道德模范、时代楷模、中国好人、全国新时代好少年等体现社会主义核心价值观的榜样不断涌现。志愿服务蔚然成风，文明实践遍地开花……

立精神支柱、树价值标杆、育时代新人。新时代新征程，我省正处在全方位推进高质量发展的关键时期，需要把培育和践行社会主义核心价值观作为凝魂聚气、强基固本的基本工程，推动全社会主旋律高扬、正能量充沛、精气神昂扬向上，不断强信心、聚民心、暖人心、筑同心。

三

在美好精神家园遇见你我。

当代中国，倡导富强、民主、文明、和谐，自由、平等、公正、法治，爱国、敬业、诚信、友善的社会主义核心价值观，成为反映全国各族人民共同认同的价值观"最大公约数"。它从国家、社会和公民三个层面，勾绘出一个国家的价值内核、一个社会的共同理想、亿万人民的精神家园。

着眼于中国的长远发展，习近平总书记明确提出了实现中华民族伟大复兴的中国梦，并强调实现中国梦必须走中国道路、弘扬中国精神、凝聚中国力量。历史和经验告诉我们，实现中国梦，不仅需要有社会物质基础的极大发展，更需要强有力的精神文明做支撑。因此，在践行社会主义核心价值观的同时，必须大力加强精神文明建设。

2024年，我们将迎来纪念"五讲四美三热爱"活动工作会议40周年。在美好精神家园里，如何让文明之花更好地开遍八闽大地？

切实用好红色资源。

2021年3月，习近平总书记在闽考察时指出，"福建是革命老区，党史事件多、红色资源多、革命先辈多，开展党史学习教育具有独特优势"。一部福建的革命史、建设史、改革开放史，就是一部党的奋斗史、奋进史的生动写照。

在宁德工作期间，习近平同志就特别重视闽东老区的光荣革命传统，指出："毫无疑问，这些都是我们建设闽东精神文明的有利条件与积极因素。"他专门看了红四方面军无线电通信与技术侦察工作创始人蔡威的家史,强调:"为了教育下一代不要忘了革命前辈付出心血打下的江山,一定要做好革命传统教育。蔡威是无名英雄,宁德人要感到骄傲,要好好地宣传。"

立足中华优秀传统文化。

作为社会主义核心价值观的根,中华优秀传统文化中蕴含着深厚的价值力量。习近平总书记强调,要利用好中华优秀传统文化中的这些宝贵资源,增强人们的价值判断力和道德责任感,不断提高人们道德水平,提升人们道德境界。

1995 年 6 月 3 日,林则徐铜像在福州树立。在揭幕仪式上,习近平同志满怀深情地说:"今天我们故乡人民竖立起林则徐铜像,就是为了激励自己,教育后人,让在林则徐身上体现出来的中华民族的伟大精神,永远发扬光大。"

到中央工作后,习近平同志多次提到林则徐"苟利国家生死以,岂因祸福避趋之"的报国情怀,林则徐"海纳百川,有容乃大"的自勉联也被他一再引用。"海纳百川,有容乃大",如今已成为福州的城市精神。

在福建工作期间,习近平同志倾力推动文化遗产保护,其旨归不仅是重视保存历史遗迹,也是弘扬民族文化、赓续精神血脉。

贯穿于社会生活方方面面。

习近平总书记指出,使核心价值观的影响像空气一样无所不在、无时不有,成为百姓日用而不觉的行为准则,要更加注重全方位贯穿、深层次融入,在落细、落小、落实上下功夫。

一种价值观要真正发挥作用,必须融入社会生活,让人们在实践中感知它、领悟它,达到"百姓日用而不知"的程度。从榜样引领、宣传教育、阵地建设等方面入手，统筹推动文明培育、文明实践、文明创建，将核心价值观与主题宣教、阵地建设有机结合起来，使其广泛传播、深入人心、见诸行动，潜移默化地融入社会生活方方面面，应成为一种常态。

践行核心价值观，说到底是着眼人的思想建设、灵魂塑造，让十四亿中国人拥有更加健康、明媚的心灵世界，从而更加自信、坚毅地前行。

这，需要党员、干部和各类先锋、楷模充分发挥模范带头作用；需要教育引导、制度规范、法治保障等措施多管齐下；需要充分发挥人民群众的自觉性和主动性，调动人民群众的积极性和创造性，从每一个人做起，携手共筑中华民族共有精神家园。

（发表于《福建日报》2023 年 12 月 12 日第 1 版）

赓续文脉，于守正中巩固我们的文化主体性

我们是谁？我们从哪里来？我们走向何方？

回答这一经典的"灵魂三问"，中国选择"向内求"，从五千多年的中华文明中寻找答案。于是，灿若星辰的中华优秀传统文化，铸就了中国特色社会主义的"灵"与"肉"，构成了中华民族的"根"与"魂"。

历史的厚度，决定了战略的高度。

一代又一代中华儿女在明历史、守遗产、懂传承、善创新中赓续历史文脉，书写新的时代辉煌。

"坚定文化自信，秉持开放包容，坚持守正创新"；

"着力赓续中华文脉、推动中华优秀传统文化创造性转化和创新性发展"。

这些耳熟能详的话语，强调要从古老中华文明的赓续发展中创造出中华文明的现代形态，彰显了习近平总书记对进一步培育和巩固我们的文化主体性的深刻思考。

一

什么是文化自信？

文化自信是一个民族、一个国家以及一个政党对自身文化价值的充

分肯定和积极践行，并对其文化的生命力持有的坚定信心。

文化自信尤为重要。只有对自身文化理想、文化价值充满信心，对自身文化生命力、创造力充满信心，才能有坚持坚守的定力、奋起奋发的勇气、创新创造的活力。

闽东穷，如果只看到穷，不是历史地看、发展地看，就容易失去信心。翻开《摆脱贫困》书中《闽东之光——闽东文化建设随想》这篇文章，就有这么一段话，"闽东的锦绣河山就是一种光彩。闽东的灿烂文化传统就是一种光彩。闽东人民的自强不息、艰苦奋斗、善良质朴的精神就是一种光彩。认识到自身的光彩，才有自信心、自尊心，才有蓬勃奋进的动力"。

党的十八大以来，习近平总书记反复强调，文化自信是更基础、更广泛、更深厚的自信，是更基本、更深层、更持久的力量。对坚定文化自信的高度重视，是习近平文化思想贯穿始终的主题。

文化自信是习近平文化思想的理论基石之一。习近平总书记创造性地将"文化自信"提升为统领整个文化建设的一项基本原则，且在建党95周年大会的讲话中将其上升至"四个自信"之一，使其进一步成为全党全社会各项工作所要遵循的基本原则之一。

"如果没有中华五千年文明，哪里有什么中国特色？如果不是中国特色，哪有我们今天这么成功的中国特色社会主义道路？"2021年春天，在九曲溪畔朱熹园中，习近平总书记一番话意味深长，道出了中国特色社会主义的文明底蕴，揭示了中华民族的自信之源。

在福建工作17年半时间里，习近平同志的"文化足迹"遍及八闽大地。

在厦门，主持编制《1985年—2000年厦门经济社会发展战略》，开启了科学保护鼓浪屿的新篇章。在福州，为保护以三坊七巷为代表的福州古厝做了大量工作，形成保护城市文脉的制度性安排。在省里，推动武夷山申报世界文化和自然遗产有关工作，实现福建世界遗产零的突破……

1991 年，福州市委、市政府在林觉民故居召开的文物工作现场办公会，时任福州市委书记习近平指出，"评价一个制度、一种力量是进步还是反动，重要的一点是看它对待历史、文化的态度"。

2002 年，时任福建省省长习近平欣然为知名学者、福州市文物局原局长曾意丹所著《福州古厝》一书作序："发展经济是领导者的重要责任，保护好古建筑，保护好传统街区，保护好文物，保护好名城，同样也是领导者的重要责任，二者同等重要。"

一次次触摸历史、一个个生动实践，守护中华民族文化根脉的历史自觉和文化自信始终如一。

新时代，习近平总书记的"文化足迹"深入到全国 100 多处历史文化遗产，从河北承德避暑山庄，到广东潮州广济桥；从山西平遥古城，到甘肃敦煌研究院；从陕西西安博物院，到广西北海合浦汉代文化博物馆……

"中国之魂""中国之治"，深植于悠远历史和深厚文脉中。

就文物、考古、非遗等工作，习近平总书记作出 170 余次指示批示，提出"像爱惜自己的生命一样保护好城市历史文化遗产""让居民望得见山、看得见水、记得住乡愁""敬畏历史、敬畏文化、敬畏生态"等一系列重要论断，为新时代传承保护历史文化遗产、赓续中华文脉引航指路。

二

守住中华优秀传统文化的这个"根"。

中国式现代化是从中华优秀传统文化的根脉上生发出来的，中国式现代化赋予中华文明以现代力量，中华文明赋予中国式现代化以浓厚底蕴。我们不再把传统看作"死"的、过去的东西，而是更加自觉地把优秀传统文化作为中华文明智慧的结晶，作为具有生命力的精神力量，进行建设性的系统吸收。

2021年3月22日，习近平总书记来福建考察首日就来到了武夷山九曲溪畔的朱熹园，详细了解朱熹生平及理学研究等情况。鉴古知今，习近平总书记表示："我们要特别重视挖掘中华五千年文明中的精华，把弘扬优秀传统文化同马克思主义立场观点方法结合起来，坚定不移走中国特色社会主义道路。"

"东周出孔丘，南宋有朱熹。中国古文化，泰山与武夷。"武夷山下，一方由张岱年先生题写的"朱熹园"石碑，掩映在五曲隐屏峰竹林之下。始建于1183年、文脉源长的朱熹园，曾是朱熹著述、讲学之所，是朱子理学繁荣发展的无言见证者。

在曲阜孔庙，朱熹是唯一非孔子亲传弟子而位列大成殿的后人。有人评价，朱熹是与孔子并称的儒家思想代表者。朱熹何以获得如此殊荣？

春秋时期，孔子创立儒家学说，此后，发展起来的儒家思想对中华文明产生深刻影响，成为中华传统文化的重要组成部分。但在历史长河中，儒学的主流地位也曾受到佛学道学的挑战。

到了南宋，朱熹在闽北"琴书五十载"，在孔孟儒学的基础上，吸纳佛教、道教思想以及诸子百家的精义，集宋代理学之大成，对中国传统文化进行系统性的继承、整合与创新，建构了朱子理学。

"问渠那得清如许，为有源头活水来。"朱熹的这一著名诗句，道出了中华文明生生不息的密码。

"等闲识得东风面，万紫千红总是春。"朱熹的另一著名诗句，则道出了中国人基于深厚底蕴的文化自信。

"国以民为本，社稷亦为民而立。"朱熹不仅身体力行、勤政为民，还深入具体地阐释了"以民为本""取信于民"的民本思想。

20世纪90年代，在时任福建省省长习近平大力推动支持下，武夷山成功收获了世界文化与自然双遗产这一"金字招牌"。联合国世界文化遗产委员会主席团会议报告评价道："武夷山是后孔子主义（朱子理学）的摇篮。"

朱熹倡导"格物致知"，将儒学思想哲理化，发展出新儒学，使中华文明得以延续和弘扬。有国外研究者甚至这样评价："在近代东方哲学中，唯一能够与西方在体系规模上等量齐观的，只有朱熹的哲学体系。"

历史发其源，文化铸其魂。

西晋时期，中原八姓入闽，衣冠南渡，士人望族日渐聚居于此，亲密无间、诗书传家。自唐以来，福建文化渐盛，至宋，大儒君子接踵而出。厚重博大的中原文化、古朴别致的闽越文化、绚丽多彩的海洋文化汇聚融合，福建逐渐成为中国重要文化区域，赢得"海滨邹鲁"之美誉。

"夫源远者流长，根深者枝茂。"文化是民族的血脉，是人民的精神家园。这些文化根系，伸展在八闽的山山水水间。在历史与现代的交融、发展与保护的碰撞中，福建传承中华民族薪火相传的精神血脉。

今日之福建，文脉传承弦歌不断、历久弥新，朱子文化、闽南文化、客家文化、妈祖文化等传统文化影响广泛深远，朱熹、郑成功、林则徐、沈葆桢、严复、陈嘉庚等历史名人光耀史册，福建土楼、泉州宋元文化、鼓浪屿、武夷山等世界遗产闻名遐迩，遍布八闽大地的古厝、古村落、古街区散发浓浓古韵。

三

守正不守旧，尊古不复古。

不忘本来才能开创未来，善于继承方能更好创新。习近平文化思想坚守马克思主义这个魂脉和中华优秀传统文化这个根脉，通过两个结合，集中表达、系统呈现了文化主体性。

2021年7月1日，在庆祝中国共产党成立100周年大会上，"坚持把马克思主义基本原理同中国具体实际相结合、同中华优秀传统文化相结合"的"两个结合"重大论断正式提出。

"第二个结合"揭示了中华优秀传统文化对新时代马克思主义中国化新飞跃的重要意义，回答了中国特色社会主义道路与五千多年中华文明史的继承发展关系。"第二个结合"的提出和阐释将文化自信原则的体系化、学理化推进到新的阶段。

2023年6月2日，习近平总书记在文化传承发展座谈会上的重要讲话中指出，任何文化要立得住、行得远，要有引领力、凝聚力、塑造力、辐射力，就必须有自己的主体性。

有了文化主体性，就有了文化意义上坚定的自我。

中华文化主体性植根于五千多年源远流长的中华文明，并呈现出不同于世界其他文明形态的独特魅力。两个结合的"结果是互相成就，造就了一个有机统一的新的文化生命体，让马克思主义成为中国的，中华优秀传统文化成为现代的，让经由'结合'而形成的新文化成为中国式现代化的文化形态"。

历史和现实表明，只有植根本国、本民族历史文化沃土，马克思主义真理之树才能根深叶茂；只有夯实马克思主义中国化时代化的历史基础和群众基础，马克思主义才能回答好中国之问、人民之问，才能在中国大地深深扎根。

习近平总书记指出，"文化自信就来自我们的文化主体性。这一主体性是中国共产党带领中国人民在中国大地上建立起来的"，新征程上，必须"坚持把马克思主义基本原理同中国具体实际相结合、同中华优秀传统文化相结合"，"'结合'巩固了文化主体性"。

作为习近平新时代中国特色社会主义思想的重要孕育地和实践地，福建必须深刻领悟"第二个结合"的理论逻辑、历史逻辑和实践逻辑，以高度的文化自信，担负起新时代新的文化使命。

结合就是创造。"第二个结合"是实现中华优秀传统文化创造性转化和创新性发展的根本途径，中华优秀传统文化在"第二个结合"中实现了激活与再造，成为建设中华民族现代文明的文明基础和文化底蕴。

新时代新征程上担负新的文化使命，需要我们深刻把握中华文明的突出特性，在"保护"中传承，在"尊古"中创新，在"守正"中前行，在"创新"中发展。

我们要树立"保护文物也是政绩"的科学理念，以对民族负责、对历史负责、对子孙后代负责的态度，加大对古建筑、历史街区、传统村落、非遗民俗的保护力度，留住历史本真、文化乡愁。

我们要继续深入发掘时代价值，做好传统文化的研究阐释，在发扬八闽文化中"萃"精神、"活"表达、"塑"品牌，提炼具有福建特色的文化标识，积极回应时代需要和人民需求。

相信明日之福建，八闽文化之光必将更好地穿透历史，走向未来。

（发表于《福建日报》2023 年 12 月 15 日第 1 版）

创造创新，激起"闽人智慧"的千层浪

何以文明？何以中国？

中华文明是唯一从未断流的文明，具有强大的融合力、内化力、延续力和凝聚力。

冯友兰《国立西南联合大学纪念碑碑文》有言："盖并世列强，虽新而不古；希腊罗马，有古而无今。惟我国家，亘古亘今，亦新亦旧，斯所谓'周虽旧邦，其命维新'者也。"

《礼记·大学》记载汤之盘铭曰"苟日新，日日新，又日新"，《尚书·康诰》曰"作新民"。在中华文明绵延赓续进程中，"革故鼎新"的精神一直支撑中华民族屹立不倒。

习近平总书记在文化传承发展座谈会上指出："对历史最好的继承，就是创造新的历史；对人类文明最大的礼敬，就是创造人类文明新形态。"

铿锵话语，言简意深，在强国建设、民族复兴伟业深入推进的关键时刻，彰显了我们党促进中华文化繁荣、创造人类文明新形态的历史担当。

一

地处东南的福建，山海相连、底蕴深厚。

它有着山的坚毅，也有着海的宽广。山与海的交响，铸就"闽人智慧"鲜明底色。

什么是"闽人智慧"？

千百年来，福建这片土地上的人民在历史长河中寻觅和践行发展之"道"，形成了崇高的精神理想与价值追求，积累了处理人与社会、人与自然的生存方法与认识谋略。

这些"知"与"行"，既可能是闪光的思想，也可以是精湛的技艺。但是，一定体现出非凡的创新创造，充满着文明之璀璨、智慧之灵光。因此，这些"知"与"行"，可以统称为"闽人智慧"。

文明如水，润物无声。始于宋、盛于元明的福建德化白瓷，是古代海上丝绸之路的主要输出商品，曾被意大利传教士马可·波罗带回欧洲，享誉世界，被西方称为"中国白"。

2001 年 4 月 19 日，时任福建省省长习近平深入德化县调研，为陶瓷业发展指明方向："要紧紧抓住陶瓷这一支柱产业，结构调整要围绕特色来优化，并不断向工艺县发展。"

习近平同志还对陶瓷文化寄予厚望，详细了解陶瓷烧制工艺流程及陶瓷成分材料，对每件作品的创意构想、表现形式都饶有兴趣地谈论，并提出了殷切期望："精美的瓷器做出来、摆出来，还要传出去。"

陶瓷，陶器、拓器、瓷器等以黏土为主要原料的制品的统称。作为非物质文化遗产的瓷器烧制技艺，蕴藏着博大精深的中国文化。今天，当我们沿着历史长河向上溯源，在岁月的岸边与考古发现的福建史前陶瓷相遇，那映入眼帘的陶瓷光泽，正是"闽人智慧"的闪烁，也是福建文明初始的模样。

一万多年前，闽西漳平奇和洞，福建先民经过水的凝聚、手的捏造和火的烧炼，制作成一件件陶器，完成了从无到有的伟大尝试；4000 多年前，闽北浦城猫耳山，被称为"中国龙窑鼻祖"的窑炉第一次有了长条形的窑炉形态，大量烧制出黑衣陶；3000 多年前，闽南永春苦寨坑，出窑的原始瓷器成为目前已知的中国最早的原始瓷器；及至 1000 多年前，"入窑一色、出窑万彩"的建阳水吉建窑和"中国白"德化窑扬帆海上丝绸之路，其伏笔已在福建的上古时代埋下……

自古以来，中华文化传承的故事中总是不乏陶瓷的身影。"瓷器是中华民族对世界文明作出的杰出贡献，代表了中国智慧、中国创造与中国的生活方式。"中国社会科学院许宏等学者编写的《考古中国》一书如是论述。

青山连绵，镌刻下闽人自强不息、艰苦奋斗的足迹。这些足迹，阐释着中华文明绵延发展的不竭动能，体现了继往开来的价值力量、革故鼎新的使命担当，亦成为"闽人智慧"的鲜明特色。

2008 年 7 月，第三十二届世界遗产大会，福建土楼成功列入《世界遗产名录》。这是我省第二个、中国第三十六个世界遗产。福建土楼的形成与历史上中原汉人几次著名大迁徙相关，凝结成厚重的传统文化。

这些最初为防御而建造在田间的土楼，内沿为圆形或方形，中央是开放式庭院，只有一个入口，每座土楼最多可居住 800 人。作为以土作墙而建造起来聚族而居的大型建筑，被称为"家族的小王国"或"繁华的小城市"。

　　"土楼以其建筑传统和功能作为典型范例被列入，它体现了一种特定类型的公共生活和防御组织，并且体现了人类居住与自然环境和谐相处。"世界遗产委员会对福建土楼如是评价。

二

　　《山海经》曰："闽在海中。"

　　绵长的海岸线与山岭遍布的陆地，让福建看起来仿佛是一部"打开的山海经"。为了获取海洋的"渔盐之利、舟楫之便"，数千甚至上万年前，福建先民便开始走向海洋。

　　"海洋个性"，也是"闽人智慧"的超大特色之一。他们是中国的"海上马车夫"、中国的"世界人"，穿越古代、近代、现代，闯荡天下，生生不息。

　　1958 年全国文物普查时期，考古人员在平潭发现了距今约 6500 年的壳丘头遗址，出土了以平面呈梯形的小型石锛为代表的磨制石器，以及少量的穿孔石器。

　　不要以为磨石头很简单，这在当时属于"高科技"。专家认为，壳丘头出土的石锛普遍较小，有的长度仅有 3.5 厘米，很难作为单体农业工具使用，应是作为装柄的复合工具，用来采集或攫取食物，更有可能是用于修房或造独木舟的工具。

　　在今天的闽侯县昙石山，1954 年村民在修筑闽江防洪堤坝时，挖出了许多样式古旧奇特的瓦罐、石器、骨器以及堆积很厚的贝壳，改写了福建的历史。专家判断，这是一处重要的新石器时代晚期文化遗存，可以说"福建海洋文化就从这里开始"。

还有与昙石山文化年代相当的东山县大帽山遗址。专家对出土的一批石锛进行成分分析，发现其原材料来自澎湖列岛，推断出当时的先民已经能够驾船出海，往返于海峡两岸。

大海无垠，孕育了闽人海纳百川、敢拼会赢、开放包容的品格。襟山带海的地理现状，促使福建先民以海为途、拓海而荣，在波峰浪谷间，激荡出闽人的智慧、血性与风骨。

一个民族的复兴，需要强大的物质力量，也需要强大的精神力量。

起于晋时"衣冠南渡"、成于唐宋、鼎盛于明清时期的福州三坊七巷，走出了一大批对中国近现代史有着重要影响的风云人物。林则徐、沈葆桢、严复等人，怀着"不能制海，必为海制"的忧患意识，著书立说、兴办船政……

"物竞天择，适者生存"，"鼓民力、开民智、新民德"。郎官巷，坐落着严复故居。面对当时中华民族的空前危机，严复积极倡导变法维新，译介《天演论》等西方政治经济学、社会学著作，阐发救亡图存观点，在转型时代发出的启蒙强音，影响了一代又一代国人。

2001年11月，时任福建省省长习近平亲自主编《科学与爱国——严复思想新探》，并写了序言，认为"时至今日，严复的科学与爱国思想仍不过时"。2021年3月，习近平总书记来闽考察时专程到三坊七巷严复故居参观，墙上的两行字"严谨治学，首倡变革。追求真理，爱国兴邦"，正是1997年他为"严复与中国近代化学术研讨会"所作题词。

中华文明的起源"不似一支蜡烛，而像满天星斗"。我们可以从无数的闽人智慧中领会创造性转化和创新性发展的内在肌理，并汲取蕴含于其中的精神力量。

三

开拓新局面，创造新辉煌。

"两创"理论的内在肌理研究不断深入。专家认为，"两创"是破解"古今中西之争"以及推动马克思主义中国化、中华文明现代化的必然要求，是推动"第二个结合"、巩固文化主体性、掌握思想文化主动的必要途径，是在更广阔的文化空间中充分运用中华优秀传统文化宝贵资源的必由之路。

牢牢把握"两个结合"，延续光彩夺目的闽人智慧，着力推动中华优秀传统文化创造性转化和创新性发展。不妨从两组关系来把握福建如何走在前——

一是古与今。福建闽北，是朱子理学萌芽、发展和集大成之地。"国以民为本，社稷亦为民而立。"习近平总书记诠释民心是最大的政治，曾多次引用的这句古语，就出自朱熹的《四书集注》。从传统民本思想到新时代以人民为中心的发展思想，彰显出中华文明的现代气息和鲜活力量，实现了从传统到现代的跨越。

发掘闽学精粹，推广普及朱子文化的价值精髓；深入实施"闽人智慧"主题传播计划，让福建人民在历史上形成的闪光思想、革命贡献、先进发明、精湛技艺、非凡创造广泛传播；《八闽文库》等重大项目结出硕果，立体展示福建千余年来日益兴盛的文化成就……

牢记习近平总书记嘱托，福建深入实施优秀传统文化传承发展工程，聚力打造"福"文化标识，加强对朱子文化、闽南文化、客家文化、侯官文化、船政文化等特色文化的挖掘和阐发，努力使中华民族最基本的文化基因与当代文化相适应、与现代社会相协调，引领全省文化事业和文化产业不断创新创造、蓬勃发展。

二是陆与海。"有海水的地方就有福建人。"从宋元时期泉州"涨海声中万国商"，到近代福州、厦门成为中西文化碰撞交融的通商口岸，再到新时代的海上丝绸之路核心区……扎根中华文明的沃土，不断吸收借鉴外来文明，福建海洋文化从区域走向全球。

"海洋，我历来是关心的。"习近平同志在福建工作期间，十分关心支持海丝文化保护传播，开启了泉州海丝遗迹的申遗之路，在2001年7月会见参加"海上丝绸之路"民俗文化活动的伊斯兰国家使节团一行时指出，"希望通过类似的文化交流活动，增进双方的沟通与交流，促进双方经贸合作与发展"；高度重视福建文化对外交流，多次率团出访，积极推行"引进来"和"走出去"对外开放政策……

"海也者，能发人进取之雄心者也。"中国式现代化的进程必然呼唤着海洋强国的进程，海洋日益成为中国走近世界舞台中央的重要主题。福建始终牢记向海发展的嘱托，坚持向海图强不放松，海洋事业产业一体推进，奋力追逐建设海洋强省的"蓝色梦想"。

自信自强，激起"闽人智慧"的千层浪。2021年以来，福建推进实施"闽人智慧"系列主题传播计划，宣传展示自古以来蕴藏在文化产业中的"闽人智慧"。通过近两年来的宣传传播，"闽人智慧"深入人心，在社会上引起强烈的反响。

在奋进文化强省的新征程上，融入"海洋文化"、"福"文化等文化标识，挖掘"闽人智慧"内涵，梳理"闽人智慧"脉络，必将激发更多的创造热情、创新情怀，为高质量发展提供更为主动、更为强大的精神力量。

（发表于《福建日报》2023年12月18日第1版）

文化浸润，为高品质生活增添光彩

"依然月明如昔，思君夜夜，肝胆长如洗。"

习近平同志1990年7月所作的《念奴娇·追思焦裕禄》，上阕"追思"，下阕"明志"，深深表达对焦裕禄的崇敬之情，表达执政为民、造福百姓的理想和宏愿。

《尚书·舜典》曰："诗言志，歌永言，声依永，律和声。"这是贯穿中国诗歌史最有影响的创作主张，被朱自清先生称为中国诗论"开山的纲领"。

在福建工作17年半，习近平同志发表的诗词抒写了亲民爱民，与大地山川、人民百姓相依为命的高尚情操。

坚定的人民立场，深厚的人民情怀。

贯穿以人民为中心的鲜明主线，着力推动文化事业和文化产业繁荣发展。习近平文化思想深刻回答了文化为了谁问题，彰显了党的性质和初心使命。

一

以文化人，润物无声。

以文化人，要立足于人。社会主义文艺，从本质上讲，就是人民的文艺。人民既是历史的创造者，也是历史的见证者；既是历史的"剧中人"，也是历史的"剧作者"。

立足于人，要深刻认识到以人民为中心是我们党领导和推动文化建设的鲜明导向。习近平总书记强调，人民需要文艺、文艺需要人民、文艺要热爱人民，尊重人民主体地位，解决好"为了谁、依靠谁、我是谁"这个根本问题。

1990年2月27日，在闽东宾馆，时任宁德地委书记习近平与电视音乐片《山海的交响》创作组座谈。他动情地说："生活是文艺的源泉，诗歌为心灵的抒唱。大家辛苦了。"他认为《山海的交响》的立意概括得很好，并提出："这也是艺术家与人民心灵的交响。"他希望，这些来自生活的歌曲，再回到群众中去接受检验。

《山海的交响》曾荣获全国电视文艺最高奖"星光奖"。其中的12首音乐既有"山也记得，水也记得"等老区之歌，也有"畲家妹子"等畲乡之歌；既有"星光摇篮""无言的爱——太姥山"等山区之歌，也有"蓝色牧场""三都澳畅想"等海洋之歌；既有"多情的赤岸桥"等历史咏叹之歌，也有"献给水滴的歌"等讴歌作品。曲目被广为传唱，润泽人心。

文化是民族的精神命脉，文艺是时代的号角。文化自信，要把人民作为文化建设、文艺表现的主体，"为人民抒写、为人民抒情、为人民抒怀"，进而构建具有现代化国民素质的人民形象。

在宁德工作期间，习近平同志鼓励宁德文化工作者"多出力作、佳作、大作、杰作"，把闽东之光传播开去，这样"大家就会向往闽东，热爱闽东，把心血汗水浇灌在闽东"。

在福州工作期间，习近平同志关心文艺团体生存发展，指出："文化事业的繁荣和发展需要全社会的关心和支持。"并从软硬件、体制机制等方面提供保障，为文化繁荣"保驾护航"，推动闽剧振兴。

闽剧，又称福州戏，是现存唯一用福州方言演唱、念白的戏曲剧种。20世纪90年代初，福州戏剧戏曲惊艳全国。闽剧《天鹅宴》《丹青魂》先后获得"文华奖"，闽剧演员陈乃春摘取了福州市第一个"梅花奖"。2006年，拥有400多年历史传承的闽剧入选第一批国家级非物质文化遗产。

到群众中去。除了老戏迷，还要吸引新戏迷和年轻观众，这门艺术才能保持活力，代代相传。新时代，注入创新活力的闽剧走出剧场，走进市井，在天地之间的广阔舞台上，犹如领异标新二月花，绽放新蕊。

20多年前点燃的文化星火，至今仍熠熠生辉，不断发扬光大。

今天，假如请一位福建人，谈一谈这些年记忆最深刻的文化场景，也许会听到：是近距离观看了一场梅花奖演员领衔主演的好戏；是在闽江两岸看了场酣畅淋漓的"福"文化灯光秀；是熬夜如痴如醉地追完《山海情》《绝命后卫师》；是在家门口的百姓大舞台上担当主演，引吭高歌……

再看看近年来福建文艺在多个领域取得的突破：第十六届精神文明建设"五个一工程"奖，福建省10部作品获奖，获奖作品数量在全国领先；"闽东诗群"代表诗人汤养宗作品集《去人间》荣获第七届鲁迅文学奖诗歌奖，实现该奖福建省历史性突破；《山海情》《古田军号》《谷文昌的故事》等精品力作接续涌现，多部影视剧获"金鸡奖""百花奖""飞天奖""金鹰奖"；第三十一届中国戏剧梅花奖，福建成为唯一摘得两朵"梅花"的省份……

二

文化浸润生活，美好生活被文化点亮。

中国特色社会主义进入新时代，习近平总书记强调，必须以满足人民日益增长的美好生活需要为出发点和落脚点，把发展成果不断转化为生活品质，不断增强人民群众的获得感、幸福感、安全感。

江山就是人民，人民就是江山。

随着我国社会主要矛盾发生变化，人民对美好生活的需求不断增长且日益广泛，不仅需要高品质的物质生活，而且追求高质量的精神文化生活。

在创造美好生活的过程中提高人民生活品质，是贯穿以习近平同志为核心的党中央治国理政的一条主线。《习近平谈治国理政》四卷本中，"美好生活"一词分别出现了 14 次、21 次、44 次、34 次。

"美好生活"包括丰富的物质需求，也包括更有营养的精神食粮。富裕的精神来自文化的滋养，丰盈的精神食粮是"美好生活"的应有之义。没有好的精神食粮，谈不上文化繁荣，高品质生活就无从谈起。

高品质生活的"高"指向高原和高峰。

其一，要形成高原，把最好的精神食粮奉献给人民。"一花独放不是春，百花齐放春满园"，一枝单独开放的花朵并不能代表春天的到来，同样，缺少各种不同形式和风格的文化艺术不算繁荣。毫无疑问，只有在"量质齐升"的文化土壤上，才能开出富裕的精神之花。

为广大人民群众提供更丰富、更有营养的精神食粮。在福建工作期间，习近平同志就对文艺创作要达到什么样的目标、如何更好地创作有着深邃的思考。

1992 年 5 月，福州市召开纪念毛泽东同志《在延安文艺座谈会上的讲话》发表 50 周年大会。习近平同志明确提出，到 20 世纪末，福州的文艺事业要提高到一个新水平。为此，"各艺术门类都要大力提高艺术生产力"，不仅注重数量，也要讲究质量。针对当时现状，比较薄弱的文学、音乐、影视创作要向屡创佳绩的闽剧学习，大力改观。

闽山闽水物华新。近年来，我省组织实施系统性规划，引导宣传文化界以鲜活的语言、生动的形式，书写"记得住乡愁""美丽福建""海上丝绸之路"等福建故事，在文学、音乐、书画、影视等领域都出现了一批富有福建特色、福建风格、福建气派的优秀作品。

其二，要实现从"高原"向"高峰"迈进。从生存性需要到发展性需要，从物质需要到精神需要，从单向度的需要到多向度的需要，人民对美好生活的向往越来越具有多维性、整体性。进入新时代，人民群众的眼界在拓宽、品位在提升，对精神食粮的要求必然更高。

习近平总书记指出，优秀作品并不拘于一格，既要有阳春白雪，也要有下里巴人，既要顶天立地，也要铺天盖地。他指出，改革开放以来，我国文艺创作迎来了新的春天，产生了大量脍炙人口的优秀作品，同时也不可否认，在文艺创作方面存在着有数量缺质量、有"高原"缺"高峰"的现象，存在着机械化生产、快餐式消费的问题。

守护文化根脉，让闽派特色文艺"活起来"；激活文化之能，让闽派特色文艺"深下去"；弘扬文化之光，让闽派特色文艺"传出去"。新时代，以推动福建特色文化发展为重点，答好文化繁荣的福建答卷，奋力实现福建文艺创作既铸"高原"又塑"高峰"，我省责无旁贷。

三

且以诗意赋山海。

中华民族自古崇尚"读万卷书，行万里路"，文化和旅游从来相伴相随。游历山水之间，人们拓宽视野、涤荡灵魂，成就佳作名篇；而多少山川草木，因其融汇历史、饱含人文而愈有魅力。这时候，旅游，本质上是人们认识世界、感悟人生的一种精神文化活动。

随着社会的发展，旅游成为一种重要的产业。文是旅的品质，旅是文的知音。文旅融合让传统旅游业迎来了脱胎换骨的嬗变，而经过历史洗涤的传统文化也因与旅游产业的有效结合而不断走进大众。

以文塑旅、以旅彰文。我省整合自然与人文、山区与沿海、城市与乡村文旅资源，建设一批富有文化内涵和品质的旅游景区和度假村，推出一批文化遗产主题旅游线路，讲好福山福水、福气福运的故事，擦亮"海丝起点·清新福建""有福之地"等文化旅游品牌。

文化事业是一项公益属性很强的事业。文旅融合，也让传统旅游业嬗变成为文化产业，成为推进文化事业和文化产业"比翼齐飞"的一个成功范例。

影视业，作为重要的文化产业，也是一个成功范例。福建文化既有中原文化的厚重博大，又传承闽越文化的古朴风韵，还浸染海洋文化的绚丽斑斓，为福建影视繁荣发展提供丰厚滋养。"红色三绝"系列，《山海情》《爱拼会赢》《一诺无悔》《那山那海》等电视剧精品，《古田军号》《谷文昌的故事》《听见光》等电影力作接续涌现，在选题上聚焦福建故事，在艺术上展现福建风格，在内涵上彰显福建精气神。

积极服务和融入新发展格局，福建连续五届举办中国金鸡百花电影节，与陕西省隔年轮流举办丝绸之路国际电影节，让影视产业在经济发展、文化教育、乡村振兴、闽台交流、对外合作上发挥更大作用，成为高质量发展新能级，向世界展示中华文明、福建文化的独特魅力。

在潜移默化中，文化浸润生活，美好生活被文化点亮。

推进文化事业和文化产业"比翼齐飞"。随着时代的快速发展，获取信息渠道增多、审美水平提升、个性化需求增多等因素让群众的文化需求呈现新形态，公共文化服务和文化产品的供给就要着眼于质量上乘、内容精彩、种类众多、服务优质等新目标、新定位。

不仅要紧盯专业大团和影院大银幕、城市大舞台，还要发展好民办小团和手机小屏幕、乡村小戏台。近年来，"福建百姓大舞台"、新时代文艺惠民八闽万村行、"用艺术点亮乡村"等活动形成品牌，深受百姓的喜爱。

目前，我省超过 80% 的县级及以上图书馆、文化馆达到国家三级馆以上标准，乡镇(街道)综合文化站实现全覆盖，福州市、泉州市、三明市成功创建国家公共文化服务体系示范区；2022 年，我省文化产业增加值占 GDP 比重位居全国第六，跻身全国第一梯队，3522 家规模以上文化企业实现营业收入 6749 亿元，同比增长 9.29%。

数字的背后，是我省群众文化需求与文化发展的"双向奔赴"。在推动文化事业和文化产业繁荣发展的过程中，这样的"双向奔赴"不妨更多一些，让文化创新创造更加活力四射，文化市场日益繁荣，文化盛宴越来越丰盛，为群众高品质生活不断增添光彩！

（发表于《福建日报》2023 年 12 月 19 日第 1 版）

文以载道，让世界倾听福建好声音

"文以载道"，这是中国古典文学创作的重要观念。

北宋理学家周敦颐在《通书·文辞》中写道："文所以载道也。轮辕饰而人弗庸，徒饰也，况虚车乎？"意思是说，文章是用来记载道理、表达思想的。如果没有表达思想，就像车没有载物一样，装饰再好也只是虚设。

用今天的话说，话语是表现形式，是"文"，话语的背后是思想，是"道"。道"载"得好，效果就好，文就能更加充分、更加鲜明地展现中国故事及其背后的思想力量和精神力量。

着力提升新闻舆论传播力引导力公信力。

着力加强国际传播能力建设、促进文明交流互鉴。

放眼寰宇，中国式现代化的生机与活力，打破了"现代化＝西方化"的迷思，展现了现代化的另一幅图景，给世界上许多国家和民族提供了全新视角。

是的，世界越来越期望听到中国声音、看到中国方案。

一

文明因交流而多彩，文明因互鉴而丰富。

福建倚山临海，自古就是海纳百川、兼收并蓄的文化融合区域。传承八闽大地熠熠生辉的华彩文脉，拥有侨务大省、"海丝"核心区的独特优势，我们讲好中国故事、福建故事，具有深厚的历史底蕴、多元的文化形态、广阔的世界舞台。

1991 年 2 月，作为泉州港重要组成部分的九日山，迎来了联合国教科文组织海上丝绸之路考察。在"山中无石不刻字"的九日山，考察队员留下一方英文石刻："我们既重温这古老的祈祷，也带来了各国人民和平的信息，这也正是联合国教科文组织丝绸之路——对话之路综合研究项目的最终目的。为此，特留下这块象征友谊与对话的石刻。"

泉州被联合国教科文组织确定为中国的海上丝绸之路起点城市。福建省歌舞剧院以此为主题，编排了舞剧《丝海箫音》。没想到，有一位观众，观看演出后一直惦记于心，并在 20 多年后，促成了这出舞剧的改编。

2014 年 5 月，亚洲相互协作与信任措施会议第四次峰会在上海召开。对峰会上表演的文艺节目，习近平总书记提出不能少了"海上丝绸之路"的元素。他特地提到，23 年前曾在福州看过舞剧《丝海箫音》。

以《丝海箫音》为母版，新编《丝路梦寻·海》作为亚信峰会的开场歌舞，登上了国际舞台。此后，《丝海梦寻》在北京国家大剧院成功上演，又先后在纽约联合国总部和巴黎联合国教科文组织总部会议厅等地上演。

鼓岭故事是习近平主席亲自推动中美民间友好交流的一段佳话。

2023 年 6 月，"鼓岭缘"中美民间友好论坛在福州举行。国家主席习近平致贺信，贺信说："1992年，我邀请加德纳夫人访问鼓岭，帮助她完成了丈夫梦回故土的心愿。30多年过去了，'鼓岭之友'和两国各界友好人士深入挖掘鼓岭历史，积极传播鼓岭文化，为加深中美两国人民相互了解和友好交流而不懈努力。"

1992年4月，《人民日报》刊登题为《啊！鼓岭》文章，引起时任福州市委书记习近平关注，引出了"鼓岭故事"。30多年来，越来越多尘封的鼓岭往事掀开面纱，"鼓岭故事"主人公已由最初的加德纳家族，增加了柏龄威家族、穆蔼仁家族、柯志仁家族、蒲天寿家族等。鼓岭情缘代代传承。

一个大国发展兴盛，必然要求文化传播力、文明影响力大幅提升，在促进文明交流互鉴中，实现软实力和硬实力相得益彰。

习近平总书记指出，"展形象，就是要推进国际传播能力建设""讲好中国故事，传播好中国声音，展示真实、立体、全面的中国，是加强我国国际传播能力建设的重要任务"。

在福建工作期间，习近平同志亲自关心厦门大学外籍教授潘维廉的工作生活，向他颁发"福建省荣誉公民"证书，鼓励他向世界讲好中国故事。

2019年，习近平总书记在给潘维廉回信中说，"这些年你热情地为厦门、为福建代言，向世界讲述真实的中国故事，这种'不见外'我很赞赏"。

行走华夏大地，处处是观察中国的一扇窗。东海之滨，闽人追求开放的脚步从未停歇，在中外文化交流的历史上扮演着举足轻重的角色。透过福建这扇窗口，国际社会看到了一个可信、可爱、可敬的中国形象。

二

故事怎么讲？思想又如何表达？

翻开《摆脱贫困》，朴实的语言透出了真知灼见："文化建设有直接的宣传功能。讲宣传就有一个效果问题，这涉及到宣传内容的思想性，又涉及到宣传的形式。""我们不能用大喊大叫的方式来表现我们闽东的闪光点。""没有能为别人所接受的方式和手段，思想性就无从体现，宣传教育活动也就无从落实，古人云：'言之无文，行而不远'，就是这个道理。"

《摆脱贫困》已推出 6 个外文语种，在 150 多个国家和地区广为传播。讲好中国故事、展现中国形象，这里"窗口"明亮、风光秀丽——

作为中华文明"满天繁星"中的"蓝色星辰"，福建文明海纳百川、敢于创新，闪耀着海洋文化、朱子文化、侯官文化、船政文化等智慧之光。它们既是民族的，也是世界的。其中蕴含的丰富哲学思想、人文精神、价值理念、道德规范等，可为世界文明的发展进步提供借鉴和启迪。

习近平同志在福建工作 17 年半，亲自领导和推动了福建的改革开放和现代化建设事业。一个个原汁原味的感人故事、一个个高瞻远瞩的生动实践，展现着中国共产党人的坚定信仰、为民初心、文化情怀、使命担当，生动诠释着中国共产党为什么能、马克思主义为什么行、中国特色社会主义为什么好。

新福建书写着日新月异的时代故事，八闽儿女始终沿着习近平总书记指引的方向，埋头苦干、砥砺前行，推动福建经济总量连跨 4 个万亿元人民币台阶。独特的发展密码、坚实的物质基础、主动的精神力量，都是我们讲好中国故事、福建故事最生动、最丰富、最真实的素材。

精彩的故事"未完待续"。在国际舆论场中，我们也需要在思想上来一次"摆脱贫困"，努力破解"有理说不出、说了传不开、传开叫不响"的问题——

把"陈情"和"讲理"结合起来。讲故事就是讲事实、讲情感、讲道理。要"出圈"必先"破圈"，紧扣国际社会关心关切，研究不同受众的习惯和特点，主动创新对外话语方式，讲好我们正在经历的新时代故事，打造融通中外新概念、新范畴和新表述，用事实说服人，用道理影响人。

把传统文化和时代精神结合起来。既要守护好传统文化的历史纵深度、文化厚重感，又要创新文化载体、注入鲜活气息，用时代精神的张力触动传统文化的活性，不断生发闪烁中国智慧和散发中国气息的人文活力。唯有如此，才能以文载道、以文传声、以文化人，向世界阐释推介更多具有中国特色、体现中国精神、蕴藏中国智慧的优秀文化。

把"自己讲"和"别人讲"结合起来。福建在推动国际人文交流上有得天独厚的区位优势。要用好这一优势，扩大国际"朋友圈"，拓展国际传播新空间，让越来越多的外媒记者、国际友人、华侨华人等接过"麦克风"，成为增进中外友谊的文化使者，把真实而丰富的中国形象传播到世界各地。

如何在思想上"摆脱贫困"？《摆脱贫困》一书的《序》指出，"我们主张思想要解放，工作要扎实""工作要从一点一滴做起，经验要一点一滴积累""如能持之以恒，滴水就能穿石"。

同贫困作斗争，做好经济工作，是如此。加强国际传播能力建设，加快构建中国话语和中国叙事体系，推动具有福建特色的中华文明创新传播，亦如此。

三

1990年12月，习近平同志在同记者座谈时说，"《福建日报》是我最喜欢读的党报之一，是每天必需的'早餐'"。

置身新媒体时代，把"早餐"做好，我们不再局限于报纸、杂志、广播、电视，要通过新媒体平台打组合拳、弹协奏曲。

全球网民49.5亿，占人口总数的62.5%，全球社交媒体活跃用户达46.2亿，占人口总数的58.4%。互联网让世界变成了"鸡犬之声相闻"的地球村，相隔万里的人们不再"老死不相往来"。谁掌握了互联网，谁就把握住了传播主动权。

数字福建是习近平总书记关于数字中国建设的思想源头和实践起点。福建主流媒体如何借助互联网优势，拓展对外传播渠道，优化新闻报道形式，发力渠道融合路径，扩大海外传播声量？

是机遇，也是挑战。

抓住机遇，做好"广"的文章。

互联网架起了人类加深交往交流的连心桥，也为中国与世界各国人民交流互鉴提供了有利契机。习近平总书记指出，必须下大力气加强国家软实力建设，让中华文明的传播力影响力充分地展示出来。

"新时代的中国：生态福建 丝路扬帆"外交部福建全球推介会、"中国共产党的故事——福建省委的实践（绿色发展）"专题宣介会成功举办，世界妈祖文化传媒论坛、丝绸之路国际电影节、"寻访海丝印记 读懂中华文明"国际人文交流、海丝国际茶文化论坛等系列活动密集上演。近年来，一场场重大推介活动让福建屡屡在国际舞台上惊艳亮相。

我们要重视技术对国际传播的赋能，把握国际传播领域可视化、数字化的趋势，努力构建对外传播的话语体系，把中国故事、福建故事传播得更广更远。

我们也要坚持文以载道，把"道"贯通于故事之中，通过引人入胜的方式启人入"道"，通过循循善诱的方式让人悟"道"。

迎接挑战，做好"深"的文章。

以互联网为代表的新一轮科技革命和产业变革蓬勃兴起。新技术新应用不断涌现，推动媒体形态、传播方式加速演进。虚拟主播、智能翻译机、AI辅助写作、AI配图……

伴随着信息社会不断发展，新兴媒体影响越来越大。特别是出现了全程媒体、全息媒体、全员媒体、全效媒体，信息无处不在、无所不及、无人不用，舆论生态、媒体格局、传播方式发生深刻变化。增强"深融"意识，推动媒体融合向纵深发展，才能打好组合拳、弹好协奏曲。

"我们有本事做好中国的事情，还没有本事讲好中国的故事？我们应该有这个信心！"习近平总书记强调，"要动员各方面一起做思想舆论工作，加强统筹协调，整合各类资源，推动内宣外宣一体发展，奏响交响乐、大合唱，把中国故事讲得愈来愈精彩，让中国声音愈来愈洪亮。"

前瞻的思考和实践，宽阔的视野和胸襟，为我们树立了表率榜样、留下了宝贵经验。

20多年来，福建宣传思想文化战线牢记嘱托，用真诚连接中外、用真情沟通世界，接续讲好中国故事福建篇章，不断深化文明交流互鉴，推动中华优秀传统文化与世界各民族文化偕进传承，为增强中华文明传播力影响力、推动构建人类命运共同体作出福建贡献。

知其源，畅其流。在习近平文化思想科学指引下，八闽儿女必将担负起新的文化使命，不断书写福建文化新篇章、创造福建发展新辉煌，为建设中华民族现代文明奋力前行。

（发表于《福建日报》2023 年 12 月 22 日第 1 版）

敏言·

传承弘扬『四下基层』优良作风

在全省学习贯彻习近平新时代中国特色社会主义思想主题教育总结会议召开之际，《福建日报》上刊发的这一组"敏言"文章，对"四下基层"这一重要工作方法进行系统梳理和深入阐释，围绕工作抓手和群众观、矛盾观、实践观4个维度，集中探讨了"四下基层"的丰富内涵和实践要求，展现了"四下基层"巨大的时代价值、强大的生命力和非凡的实践伟力。

这组文章既追溯习近平同志在福建工作时大力倡导并身体力行的工作方法和工作制度，又深入阐释"四下基层"如何兴于福建、反哺福建，蕴含了一切从实际出发、实事求是的思想方法，彰显了人民至上、以人民为中心的价值追求，体现了真抓实干、求真务实的责任担当。4篇文章相互关联、相辅相成，强调要将"四下基层"这一工作方法作为重要切入点，走好新时代群众路线，精准把握核心要义和关键环节，扎实推进主题教育，推动党中央各项决策部署在福建落地生根、开花结果。

这组文章语言生动、观点清晰，深刻体现习近平新时代中国特色社会主义思想的世界观、方法论和贯穿其中的立场观点方法，与主题教育重点措施衔接联动，既为新时代党员干部践行党的群众路线提供了思考路径，也为全省上下践行党的宗旨、密切联系群众、推动高质量发展提供了理论和实践参考。

（写作小组：潘贤强、戴艳梅、郑昭、严顺龙、刘必然）

以"四下基层"为重要抓手，
我们要抓住什么？

百年沧桑，风华正茂。

党的百年历史，就是一部不断认识问题、分析问题、解决问题的历史。

坚持问题导向是马克思主义的鲜明特点，也是我们党重要的思想方法和工作准则。

从艰苦卓绝的革命岁月到波澜壮阔的新时代，中国共产党人一路走来，始终与人民同呼吸共命运，为百姓谋幸福。

基层，是党的执政之基、力量之源。在福建工作期间，习近平同志带领宁德党政机关干部通过践行"四下基层"，搭建起党和人民群众的"连心桥"。

30多年接力传承，这一把心贴近人民、践行党的群众路线的重大创举，在八闽大地成为各级领导干部的普遍共识和行动自觉，展现出强大生命力、巨大感召力和深远影响力。

扎根八闽、推向全国。作为第二批主题教育的重要抓手，"四下基层"正被不断学习推广、深化运用。

一

何为抓手?

"抓手"原指人手抓握、把持的部位,往往是最佳的受力点。引申开来,"抓手"就是想问题、作决策、办事情的突破口和切入点,也是各级落实中央要求,实现既定目标所使用的政策工具、重要手段和有效载体。

很多时候,工作打不开局面,往往是因为没有找到抓手。一项工作再千头万绪,总有其关键,关键一旦找到了,就像是开门抓到了把手,工作便能有效开展。

"四下基层"是习近平同志在福建宁德工作时大力倡导并身体力行形成的工作方法和工作制度。当年,习近平同志要求宁德各级领导干部"宣传党的路线、方针、政策下基层,调查研究下基层,信访接待下基层,现场办公下基层",并率先垂范,到最偏远、最困难的地方,为群众排忧解难,推动改革开放和经济社会发展。

"四下基层",下的是基层,抵达的是民心,夯实的是根基。这一工作方法饱含人民至上的为民情怀、求真务实的工作作风、真抓实干的责任担当。扎实推动主题教育重点措施落地见效,需要这样的为民情怀,这样的工作作风,这样的责任担当。

这,与主题教育的意义指向、目标要求、重点措施等高度契合,是党员干部体悟习近平新时代中国特色社会主义思想蕴含的世界观和方法论的好载体,汲取为民造福奋进力量的好渠道。

那么,把学习推广"四下基层"作为第二批主题教育重要抓手,我们要抓住什么？

首先是蕴含其中的理念和科学的方法。

坚持系统观念，强化系统思维，是习近平同志在福建工作期间一以贯之的重要方法。

"四下基层"是基于当时闽东地区落后求发展的具体实际而提出的工作路径，是来源于实践又可以指导实践的创新性举措，蕴含着科学的方法论。着眼于宣传发动群众与解决群众诉求相结合、问需于民与科学决策相结合、基层治理与作风转变相结合，集中体现了唯物辩证法关于坚持用普遍联系的、全面系统的、发展变化的观点观察事物、把握事物发展规律的要求。

"四下基层"提出后，习近平同志率先垂范，倡导践行。在担任福州市委书记时，习近平同志进一步提出开展进万家门、知万家情、解万家忧、办万家事的"四个万家"活动，推行"马上就办、真抓实干"工作方法。经过几十年坚持、拓展、深化，这些优良作风、工作方法，逐渐成为一代代福建党员干部的思想自觉、行动自觉。

第二批主题教育主要在基层开展，同群众联系更直接、面对的矛盾问题更复杂、群众期待解决的问题更具体。党员、干部只有真正俯下身子、迈出步子，到群众中，到田间地头，才能发现问题、找到答案，让人民群众真切感受到主题教育带来的新作为、新变化。

"我们一切工作，基层最重要""基层是第一线，也是前线，也是火线"。跟着习近平总书记学方法，我们就要学会向基层要真相、要思路、要答案。

"四下基层"之所以历久弥新，在于它蕴含着非凡的实践伟力，形成了一整套严密的工作机制，实现干部下基层常态化、长效化。

　　"四下基层"的关键词有两个，一个是"基层"，一个是"下"。所谓"下"，就是下沉和深入一线，不高高在上，不脱离实际，不脱离群众。"下"，体现了自觉性主动性，体现了责任感使命感。

　　主题教育中，福建省委结合实施"深学争优、敢为争先、实干争效"行动，健全落实一线考核干部工作机制，推动党员干部深入项目一线、招商引资一线、乡村振兴一线、服务企业一线，变"端坐于会场"为"办公于现场"，全力以赴拼经济、促发展，争当"先行者""实干家"。

　　"四下基层"是第二批主题教育的重要抓手。党员干部要把心思花在"想干事"上、把力量用在"干成事"上，身入基层、心入基层，在改革攻坚、服务发展、防范化解风险等重大任务中勇挑重担，以昂扬向上的精神状态推进中国式现代化福建实践。

<h2 style="text-align:center">二</h2>

　　把"四下基层"作为重要抓手，我们要牢牢抓住的是群众路线。

　　习近平同志曾在《从政杂谈》中指出："当官，当共产党的'官'，只有一个宗旨，就是造福于民。"

　　千头万绪的事，说到底是千家万户的事。"四下基层"的出发点和落脚点，是为民服务解难题，本质上就是群众工作。

　　当年，习近平同志三进下党访贫问苦、现场办公，协调解决下党村公路和水电建设、下屏峰村灾后重建等问题，造福当地群众，留下佳话。他在福建工作时强调"把心贴近人民""时刻把自己看成人民中的一员"，经常深入困难多、条件差的地方去送温暖、办实事。这些光辉典范，令福建人民感念至今。

"政之所兴,在顺民心。"民心顺了,一顺百顺。

群众路线是我们党的生命线和根本工作路线。党员干部必须密切联系群众,这不能仅仅是一句口号,而应当化为实实在在的行动。

如何走好群众路线?《摆脱贫困》书中,《干部的基本功》一文给了我们答案:"走群众路线,首先要有一个群众观点。'诚于中者,形于外',有了群众观点,密切联系群众才会成为自觉的行动。其次,要经常深入基层、深入群众,积极疏通和拓宽同人民群众联系的渠道。"

1990年5月,习近平同志在《同心同德 兴民兴邦——给宁德地直机关领导干部的临别赠言》中这样写道——

我们开展的"四下基层"工作,取得了一些成绩,得到了人民群众的欢迎和称赞。今后,要继续坚持下去,并注意在实践中不断完善,还要不断探索密切联系群众的新途径、新方法。

历史观照现实。新的历史时期,我们如何继续下好基层,继续探寻新时代党的群众路线的实践密码?

要怀着"一枝一叶总关情"的真挚感情,俯下身子、迈出步子,下沉和深入一线,和群众面对面说话、心贴心交流。

要到矛盾多、意见大、群众反映强烈的地方去,什么事"烦"就列入问题清单,什么事"难"就纳入攻坚范畴。

要和群众一起想、一起谋、一起干,让群众一起评、一起议,把惠民生、暖民心、顺民意的工作做到群众心坎上,持续提升人民群众的获得感、幸福感、安全感。

……

主题教育中,福建省委健全完善党员干部直接联系群众制度,省领导带头挂钩联系乡村振兴重点县及老区苏区县,直接联系服务民营企业、专家人才，带动各级领导干部与群众面对面交流感情、听取诉求、解决问题。

一些地方创新推广"居民夜谈会""坐坐群众的小板凳"等鲜活做法，推动党员干部常态化解决群众的"关键小事"。还有一些地方深化"近邻党建"工作，让群众身边的大小事有人听、有人管、有人办。

坚持以人民为中心。新征程上，传承弘扬"四下基层"优良作风，汲取蕴含其中的人民立场、人民情怀和工作方法，不断把学习贯彻习近平新时代中国特色社会主义思想引向深入，努力走好新时代党的群众路线，就一定能为强国建设、民族复兴汇聚起磅礴力量。

三

把"四下基层"当作重要抓手，我们要紧紧抓住的还有问题导向。

中国共产党人干革命、搞建设、抓改革，从来都是为了解决中国的现实问题。"四下基层"不仅仅在于"下"，更在于解决问题，不搞花架子，不做表面文章。

"致理之要，惟在于安民，安民之道，在察其疾苦而已。"翻开《摆脱贫困》，写于1990年4月的《把心贴近人民——谈新形势下领导的信访工作》文中有这么一段话："我们提倡各级领导带任务、带问题深入基层，解剖麻雀。通过深入基层，提高领导机关的办事效率，有利于把问题解决在源头，把矛盾消弭在萌发状态；同时，要积极做好群众的宣传、发动和思想教育工作，改进各级领导的工作作风，使党的方针、政策真正落到实处。"

解决实际问题，刻舟求剑不行，闭门造车不行，异想天开更不行——

必须立足实际、贴近实际、了解实际。这，最直接、最有效的工作路径就是"四下基层"，运用"四下基层"摸清实情、摸准民意，拓展思路、破解难题。

必须以"问题导向"引领"调研方向"，以一把钥匙开一把锁的精准举措落实和推动各项工作。这，就要求我们走入基层、融入百姓，把党之大计同民之大利结合起来，把"国之大者"和基层实情协调起来，贯彻好党的路线、方针、政策，切实解决好基层群众的急难愁盼问题。

从中国优秀传统文化中追溯"调查研究"的印记，古人对调查研究的认识早在春秋时期就迈出了第一步。在《管子·问》中，管仲倡导执政者必须重视调查研究，提出"为国所查问"的69个问题。同样，在《管子·八观》中，分别从调查地点、调查内容、调查技术等8个方面论述了国情调查问题。

调查研究还是我党科学决策的一大法宝，也是党员干部干事创业的良好习惯。

习近平总书记说，调查研究是谋事之基、成事之道。没有调查，就没有发言权，更没有决策权。他曾多次鼓励党员干部调研不要只看表面，要通过现象发现背后的机理，找到解决问题的办法，写调研报告也应当"实事求是"。还要和群众实践相结合，才能发现书本上的知识与实践中的方案之间的差别，从而更好地投入到后续的研究发展中去。

"四下基层"既是在实践中学，又是在实践中干。下基层的过程中能发现很多问题，如果与主题教育中学习领悟到的思想方法、工作方法结合得当，就能学以致用、以学促干，真正做到学思用贯通、知信行统一。

主题教育中，省委常委会围绕落实习近平总书记对福建的殷殷嘱托和党中央重大决策部署，确定13个方面调研内容，统筹下基层的时间、方式，推动各级领导干部贴近实际"领题"、小切口"破题"，进行深度调研、蹲点调研。

着眼破解发展难点堵点、回应群众期盼诉求，开展"为高质量发展献策""为强省惠民建言"线上大调研，省政府组织专班对有价值的建议进行归纳整理研究，已转化为省级层面重点举措76项，推动各地提出改进措施1600多项。

各地坚持人民至上、走好群众路线，调查研究直奔问题去，注重"小切口"，实打实拿出具体对策，推动从解决"一件事"向办好"一类事"延伸，努力答好"一线考题"。

"山海交响"日日新，"四下基层"活力涌。

以"四下基层"为重要抓手，我们必须抢抓发展机遇，掌握"会抓"的本领方法，锤炼"真抓"的工作作风，咬定青山不放松，努力把各项工作抓出速度、抓出实效。

（发表于《福建日报》2024年2月5日第1版）

人民至上，在"四下基层"中彰显群众观

人民至上，初心如磐。

"人民对美好生活的向往，就是我们的奋斗目标。"这是百年大党铿锵有力的宣示，是一代代共产党人砥柱中流的执着追求。

群众观，指的是马克思主义政党对待群众的立场和态度。马克思主义认为，人民群众是历史的创造者、社会物质财富和精神财富的创造者以及社会变革的决定性力量。

正是基于这种唯物史观的认识，我们党在领导中国人民的长期斗争实践中，创造和发展了马克思主义的群众路线。"四下基层"工作制度设立之初，就体现着为民着想、为民考虑，蕴含着深刻的马克思主义群众观，彰显着明确而直接的"人民至上"价值追求。

在"家门口"开展的第二批主题教育，面对的群众诉求、面临的改革发展问题更复杂、更具体，解决问题的好措施、好办法哪里来？"四下基层"已经给出了答案：把心贴近群众。

一

有什么样的指导思想，就有什么样的价值追求。

《共产党宣言》指出："过去的一切运动都是少数人的，或者为少数人谋利益的运动。无产阶级的运动是绝大多数人的，为绝大多数人谋利益的独立的运动。"

我们党一经诞生，就把"人民"牢牢镌刻在自己的旗帜上。对中国共产党人来说，"人民"是最根本的哲学，也是接续奋斗的永恒坐标。

毛泽东同志在延安时期曾把紧密联系群众提炼为党的三大优良作风之一，把坚持群众路线作为中国共产党区别于其他政党的显著标志。

面对闽东地区贫困落后面貌，面对群众脱贫致富的强烈期盼，时任宁德地委书记习近平深入开展调查研究，深入思考如何加快发展、摆脱贫困，指出："贫困地区的发展靠什么？千条万条，最根本的只有两条：一是党的领导；二是人民群众的力量。"习近平同志从信访工作入手，倡导建立领导下访、约访群众制度，强调各级干部苦练密切联系群众基本功。

披荆斩棘的力量之源，正是人民群众。

翻开《摆脱贫困》一书，"只有心中装着群众，事事为人民打算，才能得到群众真心实意的支持""我们强调的党性，包含着人民性的深刻内涵。我们党是代表人民利益的党，她没有独立于人民利益的自身利益"……这样的表述时常可见。

1990年5月，习近平同志在给宁德地直机关领导干部的临别赠言中说，"四下基层"工作得到了人民群众的欢迎和称赞，要继续坚持下去，并注意在实践中不断完善，还要不断探索密切联系群众的新途径、新方法。

习近平同志曾经说过，当县委书记要走遍全县各村，当地市委书记要走遍各乡镇，当省委书记要走遍各县市区。

在福建工作时，他总是在基层体察百姓疾苦。在厦门，他就经常深入最边远、最贫困的老区山区村，每次都要在山路中穿行跋涉大半天；他在当地委书记、市委书记期间，走遍了宁德和福州的乡镇，留下了"三进下党""四进坦洋""三上毛家坪""两赴下岐"造福当地群众的生动故事。

到群众中去，一切都是鲜活的、真切的，群众的喜、群众的乐就写在他们脸上，群众的难、群众的愁就在他们急切的语调里。基层跑遍、跑深、跑透了，和群众的感情深了，本领就会大起来。

为民服务的质朴初心，赋予了"四下基层"长久的生命力，并越来越显示出历久弥新的时代价值和实践伟力。

紧紧牵住基层这个"牛鼻子"。多年来，福建推动各级领导干部深入基层，推行"发现问题在一线，化解矛盾在一线，工作落实在一线"的"一线工作法"，建立健全干部直接联系群众、挂钩联系民营企业制度，促进领导干部帮助基层、群众和企业办实事、解难题，把问题解决在源头，把矛盾消弭在萌芽状态。

坚持省市县三级领导定期接访。2012 年以来，全省领导干部参加每月 15 日的接访活动累计 27.5 万人次，接待群众 14.5 万批次、35.7 万人次；设立 12345 政务服务便民热线，畅通咨询、投诉、建议和求助渠道，实现有呼必应、有诉必理、有理必果。

"四下基层"中蕴含着深刻的马克思主义唯物史观的人民主体思想，贯穿着相信人民、依靠人民、为了人民的指导思想，是党的群众路线的实践创新，是密切联系群众的重大创举，是群众观点和群众工作的有机统一。

为民造福没有休止符，只有连续不断的新起点。不管时代如何变化，我们都要始终坚持人民至上，站稳人民立场，脚踏实地走好新时代党的群众路线，把惠民生的事办实，把暖民心的事办细，把顺民意的事办好。

二

"人民至上"的价值追求，厚植于中华传统文化之中。

习近平总书记指出，"中华优秀传统文化是我们最深厚的文化软实力，也是中国特色社会主义植根的文化沃土"。

中华文化源远流长、博大精深，而最核心的就是其中的一套思想理念、价值观和民族精神。强调以人为本，主张"天地之性，人为贵""人者，天地之心"，肯定人是宇宙的中心。中国传统文化始终关注人类社会的有序和谐与人生理想的实现。

"治理之道，莫要于安民；安民之道，在于察其疾苦。"

这是明朝张居正在《答福建巡抚耿楚侗》中的一句话，意思是治理国家关键在于使百姓安乐，而使百姓安乐的方法在于了解他们的疾苦。古人议政，总与"安民""察疾苦"相联系。对执政者来说，人民的重要性不言而喻。

"国以民为本，社稷亦为民而立。"朱熹不仅身体力行、勤政为民，还深入具体地阐释了"以民为本""取信于民"的民本思想。

习近平同志在探索"四下基层"的过程中，充分汲取了中华优秀传统文化的智慧力量。当年，他结合唐朝陈子昂的"圣人不利己，忧济在元元"，宋朝苏辙的"去民之患，如除腹心之疾"等经典论述，阐明领导干部要体民情、纾民困、解民忧。

"四下基层"在工作理念上汲取了中华优秀传统文化的丰厚滋养，并对其进行了创造性转化、创新性发展，其所展现出的为民情怀、求是态度、实干精神与中华民族的文化基因一脉相承。因此，这项为民利民的工作方法和工作制度能够历久弥新、不断丰富发展。

2021年3月22日，习近平总书记来福建考察，首日就来到了武夷山九曲溪畔的朱熹园。鉴古知今，习近平总书记说："我们要特别重视挖掘中华五千年文明中的精华，把弘扬优秀传统文化同马克思主义立场观点方法结合起来，坚定不移走中国特色社会主义道路。"

"人民至上"的价值追求，既是由我们党的性质和使命所决定的，也是厚植于中华传统文化之中的，经由"两个结合"的互相成就，具有了更强的体系化、学理化特征，必然产生强大的引领力、凝聚力、塑造力、辐射力。

在福建工作期间，习近平同志常常来到百姓家，揭开锅盖看吃得好不好、掀开铺盖看盖得暖不暖，对待群众总是如家人般、亲人般亲切问候和暖心关怀；他躬身钻进低矮逼仄的连家船调查研究，并召开现场会，协调连家船民搬迁工作；他冒着酷暑，深入拥挤闷热的福州棚屋区，亲身体验群众生活。

民之所忧，我必念之；民之所盼，我必行之。习近平同志曾在《念奴娇·追思焦裕禄》中表达了"为官一任，造福一方"的夙愿。

"牢记政府前面的'人民'两个字""只有心中装着群众，事事为人民打算，才能得到群众真心实意的支持""不论职务高低，都是人民的公仆，都要把群众的冷暖安危放在心上"……一言一行间，映照的正是习近平同志对群众的牵挂和深情。

最深的情化成了最重的承诺。

如今，福建连续 33 年实施为民办实事项目，新时代十年超七成财政支出投向民生社会事业，持续保障和改善民生，彰显了"人民至上"是念兹在兹的行动。

开展主题教育，最终落脚点还是在推动发展、为民造福上。下去的是基层，抵达的是民心，党员干部的身姿俯得越低，为人民服务的宗旨就举得越高。

三

"四下基层"立足于"下"，植根于"民"。

1988 年 12 月，习近平同志刚到宁德工作不久，就在霞浦县主持第一个"地县领导接待群众来访日"。一天时间里，地县两级领导共接待群众 102 名，受理问题 86 件，其中 12 件当场解决，其余要求在一个月内处理完毕。

党的十八大以来，习近平总书记始终把人民放在心中最高位置，用脚步丈量民情，用行动温暖民心。为打赢脱贫攻坚战，习近平总书记走遍全国 14 个集中连片特困地区，考察了 20 多个贫困村，深入贫困家庭访贫问苦，倾听贫困群众意见建议，了解扶贫脱贫需求，极大鼓舞了贫困群众脱贫致富的信心和决心。

30 多年来，在福建，"四下基层"在机制上不断完善、在主体上不断拓展、在形式上不断创新——

省、市级领导干部每人要结对帮扶 1 个村（社区）、挂钩 1 个企业（项目）、帮扶 1 户以上贫困户，在谋民生之利、解民生之忧上出新招、办实事；

探索建立"民呼我为"、推进"接诉即办"等机制，对群众反映强烈、长期没有解决的突出问题，采取领导挂钩包案等方式集中整治；

近5年，选派近5500名中青年干部参加驻村、对口支援等挂职锻炼，推动领导干部特别是优秀年轻干部下基层常态化、制度化；

……

新时代背景下，面临更加复杂、更加多元的群众需求和利益关系，我们更需要守正创新，把"四下基层"贯通落实到主题教育和发展实践之中，走好新时代党的群众路线。

"四下基层"启示我们，走好新时代党的群众路线要"敞开心""迈开腿""张开嘴"，当好执行者、行动派、实干家。

敞开心。带着真诚面对面倾听群众心声，带着责任实打实协调解决问题，不搞花拳绣腿，不要繁文缛节，不做表面文章，才能真正和群众心心相印，让各项工作实起来、快起来、好起来。

迈开腿。干部脚沾土，群众心不堵。要主动放下架子、去掉官气，不做眼高手低的"客里空"，群众在哪儿就到哪儿，在脚底板上下功夫，走到田间地头去，坐在房前院后来，真正看清基层样貌、摸透基层顽疾。

张开嘴。广纳贤言，躬身问计，把"老百姓盼的"与"党和政府干的"紧密相连，以群众的愿望推动发展，靠群众的智慧深化改革，激发众人拾柴的心劲、披荆斩棘的干劲、无坚不摧的韧劲。

当好执行者、行动派、实干家，要化"被动迎战"为"主动出击"，打通社情民意与上层决策的通道。对民情民意"心中有谱"，才能"查缺补漏"，进而推动解决一批发展所需、改革所急、基层所盼、民心所向的问题。

当好执行者、行动派、实干家，要变"被动吸纳"为"主动学习"，在人民群众中汲取智慧和力量。"先调研后决策"，甘当"小学生"，从民间话语、群众实践中找寻创新创造动力，就能用"众力""众智"找到解决工作问题的"最优解"，把工作做到群众心坎上。

"在人民群众中，我们到底是沧海一粟。"

习近平同志在《干部的基本功》一文中说："领导要有水平，水平从哪里来？水平来自对客观规律的认识和掌握，而规律性的东西，正是蕴藏在广大群众的实践中。因此，要提高领导水平，就要眼睛向下，善于从群众的实践中汲取营养，获得真知。"

行程万里，不忘初心。

矢志为民造福，是"四下基层"的精神实质和实践要求。

新征程上，我们要从"四下基层"中品读"人民至上"的真理智慧，挺起担当脊梁、迈稳实干步伐，让人民群众真切感受到主题教育带来的新作为、新变化，在新的赶考之路上交出优异答卷。

（发表于《福建日报》2024 年 2 月 6 日第 1 版）

问题导向，在调查研究中读懂矛盾观

问题是时代的声音，是事物矛盾的表现形式。

"我们党领导人民干革命、搞建设、抓改革，从来都是为了解决中国的现实问题。"这是百年大党一贯倡导和坚持的方法论。

矛盾观，指的是人们关于事物对立统一规律和运动变化的总体看法，决定着人们对事物发展动力和基本状态的认识和把握程度。马克思主义认为，矛盾是普遍存在的，是事物联系的实质内容和事物发展的根本动力，人的认识活动和实践活动，从根本上说就是不断认识矛盾、不断解决矛盾的过程。

"四下基层"不仅充分运用马克思主义矛盾观发现问题、分析问题、解决问题，而且注重从基层实践找到解决问题的金钥匙，促进各项工作推陈出新、取得突破。这一制度设计，不仅仅在于"下"，更在于直面矛盾不回避，解决问题不敷衍。

坚持问题导向，在调查研究中不断提高解决问题的能力和水平，这是"四下基层"理论创新的生长点，是对马克思主义矛盾观的继承和创新。

一

所谓的问题，就是事物的矛盾。

今天的闽东，围绕"抱好'金娃娃'，发展大产业"，坚持以调研开路、以调研破题，走出了一条"产业引领、山海联动"的发展路子。

30多年前，这里交通闭塞、信息短缺，是小农经济的一统天下。刚从厦门特区到宁德地区上任的习近平同志，没有急于烧"三把火"，而是走出办公室，到基层去寻找思路，寻找答案。

为摸清"家底"，习近平同志一个县一个县地跑，把宁德下辖的9个县（市）全部跑遍了，还到浙江等地学习考察。当时的闽东并不具备大发展的条件，他告诫大家"不能寄希望一下子抱一个'金娃娃'"，"要积极做好准备工作，将来时机成熟了，是可以大干一番的"。

翻开《摆脱贫困》一书，有一篇写于1989年2月的《正确处理闽东经济发展的六大关系》。闽东的变化，不是短时间内发生的令人眩目的变化，而是一种由量变到质变的滴水穿石般的变化。遵循"因地制宜、分类指导、量力而行、尽力而为、注重效益"的指导思想，要处理好"长期目标和近期规划""经济发展速度与经济效益""资源开发与产业结构调整""生产力区域布局中的山区与沿海""改革开放与扶贫""科技教育与经济发展"等六大关系。

马克思在《〈政治经济学批判〉序言》中说，人类始终只提出自己能够解决的任务，因为只要仔细考察就可以发现，任务本身，只有在解决它的物质条件已经存在或者至少是在形成过程中的时候，才会产生。

六个关系的处理，实际上就是马克思主义矛盾观的自觉运用。比如，"既要避免把近期难以实施的远期目标超前化，又要防止把近期规划简单化"；"速度和效益是对立统一的矛盾，把握它们之间的统一点，是比较困难的"，"应该在追求更高效益的基础上来促进发展速度与经济效益的统一"；"闽东的资源较为丰富，但这些资源的开发利用取决于合理的产业政策引导"，"闽东的产业结构的调整应主要依据本地资源的现状"，"闽东应制定区域的产业政策，确定产业发展的结构、顺序和时机等"……

坚持问题导向是对马克思主义矛盾观的坚持与发展，发现问题、分析问题、解决问题，是我们党不断解决难题、化解危机、走向胜利的突破口。

从"弱鸟如何先飞"的闽东之问出发，以问题为导向，运用马克思主义矛盾观进行辩证的思考。"当务之急，是我们的党员、我们的干部、我们的群众都要来一个思想解放、观念更新，四面八方讲一讲'弱鸟可望先飞，至贫可能先富'的辩证法。这样，既可跳出老框框看问题，也可以振奋我们的精神。"

习近平同志实事求是地分析了宁德发展必经的路径，并确立"靠山吃山唱山歌，靠海吃海念海经""工业、农业两个轮子一起转"等一系列事关闽东长远发展的工作理念。

"多上几个大项目，多抱几个'金娃娃'，加快跨越式发展。"习近平同志 2010 年 9 月在福建宁德调研时看到宁德发展条件的积极变化，提出了殷切希望。

紧扣"抱什么'金娃娃'""怎样抱'金娃娃'"等问题，坚持把主要精力放在决策前的调查、分析、论证上，促成了新能源科技、青拓集团等落地宁德，之后又抱上宁德时代、上汽集团等"金娃娃"。宁德服务好

"金娃娃"，在开展"四下基层"活动中建立"三必到三必问"机制，做足"抓龙头、铸链条、建集群"文章。

从落后到领跑，到全省的新增长极和"机制活、产业优、百姓富、生态美"新福建建设的典范，30多年间，宁德从曾经的经济总量全省老末，变成我国东南沿海正在崛起的新兴港口城市，实现了跨越式发展和历史性蜕变。

二

坚持问题导向，以调查研究作为工作开局。

1988年，从厦门特区赴任闽东山区，习近平同志坚持辩证唯物主义和历史唯物主义，在继承和创新马克思主义矛盾观中拉开了"四下基层"的序幕。不管是宣传党的路线、方针、政策下基层，调查研究下基层，抑或是信访接待下基层、现场办公下基层，都需要带着强烈的问题意识，以重大问题为导向，不断加强调查研究和辩证思考，从而使"四下基层"服务更精准、工作更有效。

从"四下基层"到"四个万家""一栋楼办公""马上就办、真抓实干"等，在不断认识矛盾、解决矛盾的过程中，"四下基层"的科学理念不断发展。从中，我们可以真切地感受到很多启示——

要敢于"钻矛盾窝"。

"四下基层"中包含解决问题的行动和发现问题的方法。信访接待下基层将信访接待点下移到基层，把群众"上访"变为领导干部"下访"，通过行动的巧妙置换，将社会矛盾化解在基层。

弘扬"四下基层"优良作风，必须深入困难丛中、矛盾窝里、基层一线，全面、准确、深入掌握现实情况。既要注重调查服务对象广泛性，又要敢于"钻矛盾窝"了解实情；既要把握总体分析面上的情况，又要深入解剖麻雀。

要抓住主要矛盾和次要矛盾。

彼时，正处在改革开放和社会主义现代化建设时期，"穷怕的"闽东人想尽快富起来，提出三大目标：修建温福铁路、开发三都澳港口、建设中心城市。而当时社会的主要矛盾是人民日益增长的物质文化需要同落后的社会生产之间的矛盾，这在经济落后的宁德地区尤其突出。

矛盾的普遍性和特殊性的辩证关系原理是矛盾问题的精髓。抓住主要矛盾和次要矛盾、矛盾的主要方面和次要方面的关系，优先解决主要矛盾和矛盾的主要方面，以此带动其他矛盾的解决，是重要的工作方法。

面对闽东人民的"三大梦想"，面对父老乡亲的期盼，习近平同志把地委、行署的同志们聚在一起，说：要把老同志的建议和干部群众的问题放在心上。通过深入调研，他进行了辩证的思考，既肯定了"热门话题"的意义，又实事求是地分析了宁德发展必经的路径，抓住了制约宁德发展的主要矛盾和矛盾的主要方面，提倡"经济大合唱"，提出"滴水穿石、弱鸟先飞"的闽东精神，在闽东吹响了思想大解放的号角。

要坚持"调研起步、调研开局"。

1986年，在厦门市委常委、副市长任上，习近平同志就抽调100多人进行了21个专题研究，深入调研、科学论证，抓住"经济特区扩区、探索施行自由港政策"这一事关长远发展问题，组织编写了《1985年—2000年厦门经济社会发展战略》。

调查研究主要是通过各种方法和途径，了解分析客观事物，进而获得对客观事物本质和规律的认知。它是马克思主义理论创立的实践基础，是与马克思主义世界观相统一的方法论，也是中国共产党从胜利走向胜利的重要法宝之一。

调查研究是一门大学问，是做好各项工作的基本功。习近平同志曾说道："调查研究就像'十月怀胎'，决策就像'一朝分娩'。调查研究的过程就是决策的过程，千万省略不得、马虎不得。"

1996 年至 2002 年，习近平同志七下晋江，到企业、进社区、访农村、走基层。经过多次调研、问计于民，2002 年 6 月，习近平同志从晋江发展的实践中提炼出"晋江经验"，并于同年 8 月和 10 月，分别在《人民日报》和《福建日报》上发表万字长文，总结提炼"晋江经验"的"六个始终坚持"和"处理好五大关系"。

2019 年 3 月 10 日，在参加十三届全国人大二次会议福建代表团审议时，习近平总书记再次对"晋江经验"予以充分肯定。他说："我到省里工作以后，多次到晋江做了调研，全省推进'晋江经验'。福建省如果有若干个'晋江'，福建就不一样了。应该说，'晋江经验'现在仍然有指导意义。"

三

从宁德兴起，"四下基层"扎根福建、走向全国，其中蕴含的马克思主义矛盾观，成为指导推进主题教育深入开展的重要抓手。

习近平总书记强调，在任何工作中，我们既要讲两点论，又要讲重点论，没有主次，不加区别，眉毛胡子一把抓，是做不好工作的。针对"发展关键期、改革攻坚期、矛盾凸显期"特殊时代特点，他明确提出，新矛盾、新问题的出现"是这个发展阶段必然出现的,是躲不开也绕不过去的"。这些都为全党树立敢于斗争、敢于胜利的决心和信心,提供了科学理论依据。

在治国理政实践中,以习近平同志为核心的党中央既注重总体谋划,又注重牵住"牛鼻子",深刻把握好前进道路上遇到的主要矛盾和次要矛盾、矛盾的主要方面和次要方面的关系,优先解决主要矛盾和矛盾的主要方面,以此带动其他矛盾的解决。

比如,对全面建成小康社会作出全面部署,既考虑区域、人口、领域的全面覆盖,又强调"小康不小康,关键看老乡",强化精准扶贫,把脱贫攻坚作为底线任务;对全面深化改革作出顶层设计,突进深水区、敢啃硬骨头,突出抓好重要领域和关键环节的改革;贯彻新发展理念,强调要完整、准确、全面,又突出创新是第一动力。这些都为我们做好工作提供了典型范例。

问题是时代的声音,也是工作的导向。

主题教育开展以来,福建省委大力弘扬"四下基层""马上就办、真抓实干"等优良作风,推行"一线工作法",推动参加单位通过群众提、网上征等方式,梳理群众反映强烈、制约高质量发展的各类突出问题,提出整改措施。

因应面对新形势新任务新挑战、进一步提振干事创业精气神这一紧迫时代课题,福建省委坚持每年开展年度主题活动。2023 年,福建部署"深学争优、敢为争先、实干争效"行动,以此作为学习贯彻党的二十大精神的实际行动,作为开展主题教育的特色载体,激发广大党员干部强烈的问题意识,增强发现问题的敏锐、正视问题的清醒、解决问题的自觉,集中全部力量和有效资源攻坚克难,积极化解工作中的突出矛盾和问题。

一年来，"三争"行动引领全省党员干部争当理论武装的"排头兵"、敢拼会赢的"先行者"、务求实效的"实干家"，交出一份固本培元、转型升级、逐季向好的发展成绩单。新的一年，省委审时度势、科学决策，部署深化拓展"三争"行动，吹响了把深学敢为实干引向深入、将争优争先争效贯穿始终的"进军号"。

八闽大地上，深入践行"四下基层"的热潮涌动，步履铿锵。

这是坚实的行动：巩固拓展主题教育成果，传承弘扬"四下基层"优良传统，直面问题直奔一线，主动精准解题、聚力攻坚破题，加快推动高质量发展，在奋进中国式现代化新征程上勇当先行者、谱写新篇章。

（发表于《福建日报》2024年2月7日第1版）

脚步向下，在人民群众中践行实践观

纸上得来终觉浅，绝知此事要躬行。

17 年半的岁月见证，习近平同志身体力行"四下基层"，开创了一系列重大实践，为福建发展打下了坚实基础。

实践性是马克思主义实现哲学革命的逻辑起点，实践观在马克思主义哲学中具有显著地位。

在纪念马克思诞辰 200 周年大会的讲话中，习近平总书记指出："马克思主义是实践的理论，指引着人民改造世界的行动。马克思说，'全部社会生活在本质上是实践的'，'哲学家们只是用不同的方式解释世界，问题在于改变世界'。实践的观点、生活的观点是马克思主义认识论的基本观点，实践性是马克思主义理论区别于其他理论的显著特征。"

主题教育强调"学思用贯通、知信行统一"。经过 30 多年的传承和发展，"四下基层"蕴含的实践观点，彰显出历久弥新的时代价值和实践伟力。

一

"空谈误国，实干兴邦。"

2012 年 11 月 29 日，习近平总书记在参观《复兴之路》展览时发表重要讲话，深情阐述中国梦，特别指出："实现中华民族伟大复兴是一项光荣而艰巨的事业，需要一代又一代中国人共同为之努力。空谈误国，实干兴邦。"

中华优秀传统文化强调实干兴邦、革故鼎新，推崇"功崇惟志，业广惟勤""天行健，君子以自强不息"的实干精神。正是中华民族几千年来孜孜求索、实践创造，铸就了辉煌灿烂的中华文明，形成中华民族独特的实践观。

马克思主义是实践的理论。马克思之前，哲学只是书斋里和学院里的东西，人们不知道哲学的实践意义，也没有把哲学自觉地用来指导自己的实践活动。实践观点是马克思主义哲学首要的和基本的观点，马克思和恩格斯自称为"实践的唯物主义者"，以区别于脱离实践的、停留于理论的旧唯物主义者。

反对空谈、崇尚实干是中国共产党的优良传统。百年奋斗历程中，一代代共产党人高举马克思主义旗帜，指导中国革命、建设、改革和新时代伟大实践从胜利走向胜利，不断实现实践上的突破、理论上的创新。

作为新时代党的创新理论，习近平新时代中国特色社会主义思想坚持马克思主义科学性和实践性的有机统一，是经过实践检验、富有实践伟力的强大思想武器，贯穿着强烈的问题意识、鲜明的实践导向。

实践是理论之母。"四下基层"是习近平同志在闽东工作期间深耕基层、苦干实干而得出的经验总结，是经过实践检验的科学工作方法和工作制度。

三进下党，是一个生动缩影。1989年7月19日，习近平同志带着相关部门负责人徒步到不通公路的省定特困乡——寿宁县下党乡现场办公。现场反映的问题当场交办，率先解决通乡公路、水电照明和办公场所三大问题。因为此行，当年被称为"车岭车上天，九岭爬九年"的下党乡成了习近平同志心中的牵挂，此后他又两次到下党乡调研、现场办公，协调解决当地建设发展难题。

踏遍闽东大地的山山水水，用脚步丈量出宁德的区情、社情、民情。当年，习近平同志提出一系列事关闽东长远发展的工作理念，也对实践观进行了深入思考和精辟论述。

《摆脱贫困》一书中指出：我们需要的是立足于实际又胸怀长远目标的实干，而不需要不甘寂寞、好高骛远的空想；我们需要的是一步一个脚印的实干精神，而不需要新官上任只烧三把火希图侥幸成功的投机心理；我们需要的是锲而不舍的韧劲，而不需要"三天打鱼，两天晒网"的散漫。

在与实践的良性互动中不断丰富发展。在马克思主义实践观视角下，作为第二批主题教育的重要抓手，"四下基层"这一工作方法和工作制度，强调滴水穿石的实干，强调锲而不舍的韧劲，强调实践发挥引领作用，所蕴含的实践观历久弥新，不断绽放出愈加璀璨的时代光芒。

二

"眼睛向下"才能获得真知。

在人的认识活动中，实践具有决定性作用。实践的观点"是辩证唯物论的认识论之第一的和基本的观点"。领导的水平来自对客观规律的认识和掌握，正如《摆脱贫困》中所指出："规律性的东西，正是蕴藏在广大群众的实践中。因此，要提高领导水平，就要眼睛向下，善于从群众的实践中汲取营养，获得真知。"

主题教育中，"学思想、强党性、重实践、建新功"的总要求，彰显了我们党认识与实践相结合、理论与实际相联系、改造主观世界与改造客观世界相统一的重要要求。"四下基层"的第一条就是宣传党的路线、方针、政策下基层，与这一重要要求一脉相承，一以贯之。

欲事立，须是心立。宣传党的路线、方针、政策是我们党的干部的一项基本功，要"让人民了解党和国家的大事，使党的看法、主张化为人民群众自觉自愿的行动"。因此，不能习惯于"台上讲、台下听"的思想政治工作方法，而应当是扑下身子下基层，在实践中与群众面对面，有效地解开群众思想上的"扣子"，推动党的路线、方针、政策落地生根。

1989年2月23日上午，宁德地委行署六楼会议厅，一场"宁德地区农民'话改革，讲形势'报告会"召开。报告会邀请"四下基层"中发掘的8位典型人物，现身说法讲党的改革开放政策好，讲脱贫致富靠自身艰苦创业。其中，有抓住"坦洋工夫"品牌发展茶叶生产致富的福安县坦洋村党支部书记；有绿化荒山、造林千亩的耕山大户周宁县后洋村农民党员；有身残志坚、开办食用菌公司带动群众脱贫的屏南县残疾农民等。

请农民进机关作报告,这是以前没有过的事情。当时,《福建日报》头版以《山鸡飞上凤凰台》为题作了报道:"农民代表用一村、一户、一人的变化,赞颂了十年来改革政策的伟大胜利,受到干部的热烈欢迎。他们说,农民是这十年改革的实践者和创造者,他们感受最深,最有发言权,听了叫人精神振奋。"这场别开生面的报告会,至今还为闽东人津津乐道。

屏南仙山牧场,海拔 800 多米,山高地远,只有一条狭窄的山间小道通往外面,很少有领导干部去过。1989 年 8 月底,习近平同志打破常规,率地委、行署班子成员,各县(市)委书记及地直机关部门负责人,专门来到这里,举办一场地委学习中心组读书班。

实地看百姓肩挑手提运送农产品,亲身感受大山深处百姓生活,干部们顿感肩上责任沉重,上了一堂加快推动摆脱贫困、乡村振兴的"现场课"。

解开群众思想上的疑虑也是办实事。翻开《摆脱贫困》,《干部的基本功》一文中说:"有的同志说,办实事需要钱,这话不错,但并不全面。为群众办实事是多方面的。下基层为群众解决一些生产、生活中的实际困难,是办实事;到农村去宣传党的农村政策,搞好形势教育,解开群众思想上的疑虑,是办实事;帮助基层加强党的建设,促进农村经济发展,是办实事;开展调查研究,解剖麻雀,总结经验,以指导面上的工作,同样是办实事。"

实践证明,只有贴近实际、贴近生活、贴近群众,宣传宣讲才具有吸引力和感染力;只有抓住基层群众普遍关心的热点难点问题,宣传宣讲才具有生命力和持续力;只有解答基层群众的困惑疑问,宣传宣讲才能打动人心、赢得民心。

鲜明的实践取向。

大力弘扬推广"四下基层"优良传统，福建优势独特、意义特殊。八闽大地上，各级各部门沿着习近平总书记指引的方向，把中心组学习、理论宣传宣讲搬到田间地头、生产一线，紧密联系群众身边事和群众关心的热点问题，以小话题阐释大主题，以小案例演绎大理论，一个个坚持学思用贯通、知信行统一的生动实践不断涌现。

三

实践是多彩的，基于实践的理论之树常青。

福建是习近平新时代中国特色社会主义思想的重要孕育地和实践地。习近平新时代中国特色社会主义思想，博大精深，内涵丰富，是一个不断展开的、开放式的思想体系，是马克思主义中国化最新成果，是党和人民实践经验和集体智慧的结晶，也与习近平同志数十年的实践摸索和理论思考紧密相连。

熠熠生辉的"四下基层"，坚持把人民的创造性实践放在首要位置，始终在实践中吸收养分，既来自实践又指导实践，既接受实践检验又随着实践不断发展完善，是实践与认识辩证运动规律的生动写照。

学习的目的全在于运用。

怎么运用？从群众中来、从实践中来，更是从习近平总书记倡导的领导方法、思想方法、工作方法中来。新时代，弘扬"四下基层"优良作风，落实主题教育"重实践"重要要求，唯有眼睛向下、脚步向下，办好一件件解民忧、惠民生的实事，才能不负群众沉甸甸的期待。

坚持从科学理论中悟规律、明方向、学方法、增智慧。科学的世界观和方法论是我们研究问题、解决问题的"总钥匙"。习近平新时代中国特色社会主义思想坚持把人民的创造性实践作为理论创新的不竭源泉，始终在实践中吸收养分，不断进行理论创新创造。比如，面对开启全面建设社会主义现代化国家新征程的要求，提出我国进入新发展阶段的重大判断，等等。要落实好将学习习近平新时代中国特色社会主义思想作为"第一议题"制度，着力在学懂弄通做实上下功夫，推动学习贯彻不断深化、不断取得实效。

坚持学思用贯通、知信行统一，匡正干的导向，增强干的动力，形成干的合力。倡导"马上就办、真抓实干"是转变作风、锤炼党性、提高本领的重要途径。福建省委每年开展年度主题活动，目的就是推动广大党员干部振奋精气神、干出新事业。广大党员和干部要有撸起袖子加油干的激情，往深里做，往实里走，在以学促干上取得实实在在的成效，开创高质量发展新局面。

坚持用群众的智慧，解决群众身边的问题。"四下基层"是践行党的群众路线的重大创举。主题教育中，广大党员干部深刻领会蕴含其中的坚定政治立场、深厚为民情怀、实干担当精神、科学工作方法、务实工作作风，推动解决了一批发展所需、改革所急、基层所盼、民心所向的问题。在推动高质量发展上下功夫，在解决群众身边的"关键小事"上见实效，需要锤炼"真抓"的工作作风，让人民群众拥有实实在在的获得感、幸福感、安全感。

坚持把"问题清单"转化为"成效清单"。习近平总书记在主题教育中要求："通过集中教育推动全党以自我革命精神解决党风方面的突出问题，是一条重要历史经验。"主题教育中，各地各部门学思想、重实践，一个个"问题清单"被转化为"成效清单"。盯着问题改，做到件件有回音、桩桩有着落，效果才能实打实。

脚步能丈量的村庄，从来都不是远方。学思想常学常新，必须坚持不懈。常学常新、常悟常进，需要日积月累，才能适应新形势的要求，这是广大党员干部在主题教育中形成的共识。

习近平新时代中国特色社会主义思想是认识世界、改造世界的强大思想武器。新征程上，弘扬"四下基层"优良作风，把思想方法搞对头，把"会抓"的本领学到手，增智慧，长才干，破难题，建新功，就一定能够以新气象新作为推动高质量发展取得新成效。

（发表于《福建日报》2024年2月8日第1版）

敏言·加快建设『海上福建』推进海洋经济高质量发展

闽在海之中，海为闽人田。福建地理上的最大特色，就在于依山面海、山海兼备。傍海而居、拓海而荣，福建逐渐形成具有外向性、开拓性、包容性、和平性特质的海洋文化。

　　习近平同志始终关心重视海洋事业发展。在福建工作期间，他就对发展海洋经济、建设海洋经济强省提出了一系列重要理念、开创了一系列重大实践，率先吹响了"向海进军"的号角。

　　如何用好这一独特优势，推动我省海洋强省建设不断取得新成效？2024 年 7 月 11 日，全省推进海洋经济高质量发展会议在福州召开。会议全面实施《关于加快建设"海上福建"推进海洋经济高质量发展的意见》，部署推进海洋经济高质量发展工作。

　　在此之际，福建日报社推出一组"敏言"文章，充分挖掘习近平同志在福建工作期间关于"海上福建"建设、振兴海洋经济、构建海洋命运共同体等方面重要论述，同时呼应当下，阐述福建在蓝色经济发展、海上牧场"蓝色粮仓"建设、海洋文化赓续创新等方面成效，全方位、多层次、立体化讲好福建海洋故事，在读者眼前徐徐展开了一幅福建牢记嘱托、接续奋斗、向海图强的生动画卷。

　　该系列文章有高度、有深度、有力度，不断引导广大干部群众增强关心海洋、认识海洋、经略海洋的责任感紧迫感，为推动福建从海洋大省蝶变成为海洋强省注入了强心剂。

　　（写作小组：潘贤强、戴艳梅、刘辉、林清智、黄云锋、谢婷、潘抒捷）

"海上福州"领风骚

人类赖以生存的地球，约有七成的表面积被海洋覆盖。

浩瀚无垠的大海，孕育了生命、联通了世界、促进了发展。

1994 年 5 月，一场关乎福州未来的会议，在四面环海的平潭召开，当时福州市的所有县委书记、县长都来了，主题是研讨如何建设"海上福州"。

"福州的优势在于江海，福州的出路在于江海，福州的希望在于江海，福州的发展也在于江海。"时任福州市委书记习近平极具前瞻性地提出福州市向海发展的战略构想。

"向海之路是一个国家发展的重要途径。"2017 年，习近平总书记在广西考察时指出。习近平总书记围绕海洋经济作出的系列重要论述，具有清晰理论逻辑和重大战略价值，对全面建设社会主义现代化国家，以中国式现代化全面推进中华民族伟大复兴，具有重要指导意义。

在这一系列关于海洋经济的重要论述指引下，面朝大海的福建与海结下的不解之缘有了更深更广的联结。

一

"官井洋，半年粮，黄瓜叫，渔民笑。"这是宁德霞浦的一句俗语。

1988 年，习近平同志从厦门来到闽东履新，在当地调研时，他用《福宁府志》的记述解释了这句俗语，"因洋中有淡泉涌出而得名"的官井洋，由于盛产大黄鱼，能够为老百姓提供半年的口粮。

无论走到哪里，习近平同志的第一件事就是要看地方史志，既了解一地历史沿革和山川风貌，也从中借鉴经验与智慧。

靠海，怎么"吃"海？《摆脱贫困》一书中，习近平同志明确提出"靠海吃海念海经"的理念，打造海洋经济"半壁江山"。他引导大家念海经，就包括把大黄鱼育苗繁殖纳入星火计划的项目当中，专门组织专家攻坚。

宁德盛产大黄鱼，但因为过度捕捞一度濒临灭绝。习近平同志对当地干部说："这是我们闽东很重要的一个资源，既要把它保护好，也要把以养殖业为代表的海上经济带动开发起来，让老百姓都富起来。"

此后，大黄鱼育苗繁殖项目被纳入星火计划。1990 年，科研工作者攻克关键技术，实现了百万尾规模的大黄鱼批量育苗，还获得农业部科技进步奖。宁德也被中国渔业协会授予"中国大黄鱼之乡"称号。

在此后的 30 多年时间里，福建加大科技攻关，深远海养殖平台等高科技设施不断投入使用。福建成为全国规模最大的大黄鱼人工育苗、养殖、加工、贸易和出口基地，形成完整的全产业链。金色的大黄鱼，续写着福建人民"靠海吃海念海经"的精彩故事。

蔚蓝的海洋，孕育着无限希望。

30 年前在平潭这场大会上，习近平同志系统阐述了对发展海洋经济、建设"海上福州"的深刻认识——

"海洋开发是当今世界的热点之一，也是实现福州市今后 20 年经济社会发展战略的重要组成部分。"

"既要做海岸的文章，也要做海上的文章，既要做海面的文章，又要做海底的文章……"

为什么选择在平潭召开建设"海上福州"的大会？那时，平潭陆地面积300多平方公里，若单从陆域来说，毫无疑问是小县。但平潭同时拥有6000多平方公里的海洋面积，把广袤的海洋面积算上，平潭就是大县！

"海上福州"的总体布局是以海岛建设为依托，以海岸带开发为重点，以海洋的综合利用为突破口，全面提高综合开发的经济效益和社会效益。

超前理念和认识令与会者耳目一新、茅塞顿开。

当时，发展海洋经济还是个新命题，大部分人关注更多的是陆域，很少有人提到海洋国土，对于海洋开发的思维也大多停留在传统的养殖捕捞上。

这场研讨会召开后半个多月，福州市委、市政府出台《关于建设"海上福州"的意见》。福州，在我国沿海城市最早发出了"向海进军"的宣言。

二

参天之木，必有其根；怀山之水，必有其源。

"海洋，我历来是关心的。"不只是在海岸线绵长的福州，从"通商裕国"的口岸厦门到山海交融的闽东，习近平同志在福建的履职之地，都和大海有关，他对大海的关注也一如既往。

厦门，"厦庇五洲客，门纳万顷涛"。在2017年的金砖国家领导人厦门会晤期间，习近平主席称厦门"自古就是通商裕国的口岸，也是开放合作的门户"。回忆厦门往昔，他感叹：海风海浪依旧，厦门却已旧貌换新颜。

1985年，习近平同志来到福建工作的第一站就是厦门，他牵头研究制定的《1985年—2000年厦门经济社会发展战略》，提出发展自由港的目标定位，对厦门今天的发展都有重要意义。

1996年起，习近平同志到省里任职后，反复强调要加快建设海洋经济强省。1998年召开的省委六届九次全会颁布了两个决定，其中一个就是《关于进一步加快发展海洋经济的决定》。

理念是行动的先导。从"海上福州"到"海上福建"，从"靠海吃海念海经"、推动"耕海牧渔"、打造海洋经济"半壁江山"到加快建设海洋经济强省、建立具有福建特色的海洋产业体系、保护海洋生态环境，一系列开发海洋宝藏的战略思维唤醒了沉睡的海洋意识。

唤醒沉睡的海洋意识，海洋的打开方式就有了更多的可能。

近年来，省委、省政府坚持一张蓝图绘到底，大力传承弘扬习近平同志在福建工作期间的重要理念和重大实践，深入贯彻落实党中央关于建设海洋强国重大战略的决策部署——

海洋经济发展蹄疾步稳。去年，全省海洋生产总值约为1.2万亿元，位居全国前三。与"蓝色粮仓"的建设同步，海洋装备制造、海洋生物医药、海洋信息、邮轮游艇等新兴产业加快发展，海洋经济日益成为福建发展的比较优势所在、未来增长点所在。

海洋科技创新成果显著。世界最大的海上风电机组，世界最长的公铁两用跨海大桥，全球首个漂浮式风渔融合项目，全球首创的深海2500米采矿船……在福建，与海洋有关的科技创新层出不穷，一个个高大上的设备、工程、项目,助力八闽儿女"耕海"有方、行稳致远。

海洋文化传播出新出彩。涉海理论研究、考古研究、文化遗产保护、文艺创作、宣传教育和文化产业发展统筹推进,侯官论坛、厦门国际海洋周、海上丝绸之路国际艺术节、世界妈祖文化论坛、开海文化季等活动丰富多元,海洋文旅 IP 火爆出圈,福建因海而兴、向海而荣的海丝故事闻名全国、走向世界。

新时代的福建,在"海洋强国"的航道上劈波斩浪。崭新的海洋事业篇章中,海洋经济成为重点发展的"四大经济"之一,助推全省经济总量连跨 3 个万亿元台阶,助力"机制活、产业优、百姓富、生态美"的新福建宏伟蓝图变成美好现实。

三

21 世纪,是海洋的世纪。

2013 年 7 月 30 日,十八届中共中央政治局就建设海洋强国举行集体学习。党的十八大之后,习近平总书记围绕建设海洋强国发表了一系列重要论述,指引我国海洋强国建设不断取得新成就——

"建设海洋强国是实现中华民族伟大复兴的重大战略任务。"

"要进一步关心海洋、认识海洋、经略海洋,推动我国海洋强国建设不断取得新成就。"

"推进海洋强国建设,必须提高海洋资源开发能力,保护海洋生态环境,发展海洋科学技术,维护国家海洋权益。"

……

牢记嘱托,锚定向海图强目标。加快建设"海上福建"、释放"海"

的潜力、向海图强，既是福建发挥自身优势的题中之义，也是融入时代潮流的必然选择。

逐浪前行、向海图强，要奏响人海和谐的协奏曲。

碧海蓝天也是金山银山，打造绿色可持续的海洋生态环境，是我国海洋事业发展的重要方向。筑牢海洋生态安全屏障，要像对待生命一样关爱海洋，健全海洋资源开发保护制度，优化海洋开发保护空间布局，坚持陆海统筹，坚持开发和保护并重、污染防治和生态修复并举，科学合理开发利用海洋资源，维护海洋资源再生能力，推动海洋开发方式向循环利用型转变，实现人与自然和谐共生。

逐浪前行、向海图强，要培育耕海牧洋的新质生产力。

海洋经济前途无量，从近海、浅海向远海、深海不断拓展，需要以科技创新赋能海洋经济高质量发展。培养海洋领域新质生产力，要坚持"科技兴海"，加强重大海洋科技创新平台建设，优化海洋人才引育机制，持续推进海洋领域基础研究，尤其要推进海洋经济转型过程中急需的核心技术和关键共性技术的研发，提高海洋资源开发能力，并加快科技成果转化，以科技创新引领产业转型升级、绿色低碳发展，推动海洋经济向质量效益型转变。

逐浪前行、向海图强，要赋予海洋文化新的生命力。

经济是人类文化的一部分，文化则是推动经济发展的重要力量，发达的经济与繁荣的文化相辅相成。海洋文化所蕴含的开拓进取、开放包容、百折不挠等精神特质，是千百年来八闽儿女经略海洋的智慧成果。提升海洋文化软实力，要深入挖掘福建海洋文化遗产，深入浅出阐释福建海洋文化的丰厚内涵，创新传播和宣传教育方式，进一步打响"丝路"文旅品牌，促进海洋文旅深度融合，让海洋文化持续焕发出新的光彩、与海洋经济交相辉映，让海洋文化的精神力量及其现代价值日益彰显，激励八闽儿女在新时代新福建建设中继续乘风破浪、扬帆远航。

海纳百川，敢拼会赢。

宋代《太平御览》中有这样一句话："舟楫为舆马，巨海化夷庚。"意思是说，乘船与坐车、骑马是一样，汪洋大海如同平坦道路。古代中国，就有着依海而生、向海而兴的海洋意识，而对海洋的探求在600多年前得到了新的突破。郑和与同列正使的福建人王景弘乘着"高大如楼"的福船，开启了中国的大航海时代，它是世界航海史上伟大的壮举，也是一场传播东方文明的探索之旅。

（发表于《福建日报》2024年7月11日第1版）

耕海牧渔抚民情

民为邦本，本固邦宁。

中国共产党从诞生之日起，就把带领人民创造幸福生活作为奋斗目标。

海洋，关乎产业，也关乎民生。

习近平总书记指出，中国是一个有着14亿多人口的大国，解决好吃饭问题、保障粮食安全，要树立大食物观，既向陆地要食物，也向海洋要食物，耕海牧渔，建设海上牧场、"蓝色粮仓"。

习近平总书记的大食物观由来已久。"我在福建工作时，在山区干过，也在沿海干过。当时我就提出大食物观，肉、蛋、禽、奶、鱼、果、菌、茶……这些都是粮食啊。""所以，我先后提出要建'海上福州'和'海上福建'。"

在大食物观的视域下，辽阔的海洋就是蓝色的粮仓、丰茂的牧场。

蓝色的海洋既能为人类提供丰富多样的食物，也能为新技术、新材料、新药研发等提供资源及灵感，与人类福祉息息相关。

—

《山海经》曰："闽在海中。"

福建,"八山一水一分田",人均耕地面积仅为全国平均水平的1/4。然而,13.6万平方公里的海域面积超过了陆地面积,拥有陆地海岸线3752千米,海岛2214个……

人与海的关系,始于渔业。

一边是稀缺的耕地,一边是丰富的山海资源。这,造就了福建先民历来就有的耕海牧渔传统。被列入2023年全国十大考古新发现的平潭壳丘头遗址群,其中的堆积物80%以上为贝壳,采集食用的贝类有19种之多。

在历史的长河中,传统的耕海牧渔只是一种"种田讨海"的生产生活模式。在福建沿海地区,人们称之为"讨小海",并由此衍生出一批赶海人。

赶海人在浅海滩涂上捕捉贝类等海产品。这样的活动承袭了数千年,反映了渔民与海洋的紧密关系,以及他们对海洋资源的依赖和利用;反映了渔民对沿海滩涂生物习性的摸索,以及他们制造和改进捕捞工具的智慧,形成了近海涂面独特的捕捞方式。

20世纪80年代初至90年代末,沿海乡人仍以"种田讨海"作为生产生活模式。比如在宁德霞浦,渔民劳作大都以家庭为单位,劳作的处所为内海或者近海。所使用的自然也是成本比较低、行动灵活方便的小渔船。因此,这种渔船还有另外一种称呼——"连家船"。

"讨小海"这样的生活方式,传承了丰富的海洋文化和渔民智慧。现在,这个行当已经渐渐淡出人们的视线,"讨小海"作为生活经济来源的比例也变得越来越少,"连家船"的船民在20世纪90年代也上岸了。

这一切,归因于观念的变化。

大食物观在宁德破土而出。1990年,习近平同志就在《摆脱贫困》

一书中提出："现在讲的粮食即食物，大粮食观念替代了以粮为纲的旧观念。"

2022年全国两会上，习近平总书记强调要树立大食物观，"在确保粮食供给的同时，保障肉类、蔬菜、水果、水产品等各类食物有效供给，缺了哪样也不行"。2023年中央一号文件，"树立大食物观"首次被纳入"抓紧抓好粮食和重要农产品稳产保供"章节。

树立大食物观，是全体人民生活水平实现质的飞跃之必然。

这一切，也归因于行动的坚实。

"海上福州"和"海上福建"的顶层设计，让海洋的打开方式从近海走向了深海，内涵更加丰富，成果更加多样。

沿着海岸线，深水抗风浪网箱、桁架式养殖平台……广阔海域建起一座座"蓝色粮仓"。海水养殖产量、海水养殖种业规模居全国首位，"宁德大黄鱼"产量占全国80%以上；水产品人均占有量200余公斤，居全国第一；水产品出口贸易额73亿美元，占全国出口额36%，连续11年居全国第一。

发展海洋渔业，是建设海洋强国的重要一环，也是确保粮食安全的重要一环。"福鱼""福鲍""福鳗""福参""福藻"等一系列品牌名声在外，满足了人们的胃口，撑起了渔民的荷包。

二

悠悠万事，吃饭为大。

怎么解决吃饭问题？吃饭不仅只是粮食，也不能只有粮食；增收不能只靠种地，可以有多种生产经营方式。

今天的宁德，海上农田阡陌纵横，连片的塑胶渔排蔚为壮观，渔民们耕海牧渔，徜徉在幸福美好的日子里。"大黄鱼之乡""紫菜之乡""海带之乡"等多个称号，让率先受益大食物观思想伟力的宁德在山海交融中书写出"弱鸟先飞"的传奇。

海洋，是地球上最大的"粮仓"和"营养库"。研究发现，海洋向人类提供食物的能力，相当于全世界陆地耕地面积所提供食物的 1000 倍，海产品提供的蛋白质约占人类使用蛋白质的 22%。

随着时代发展，我国已全面建成小康社会，人们对食物的需求已从"吃得饱"转变为"吃得好"。

如何才能吃得饱、吃得好？

要增强系统观念。"既向陆地要食物，也向海洋要食物，耕海牧渔，建设海上牧场、'蓝色粮仓'""农林牧渔并举，构建多元化食物供给体系"。这，就要从人民群众需求出发，既统筹各类食物资源，协调生产、流通、消费各环节，又统筹发展种植业、林业、畜牧业、渔业和农产品加工业，推进一二三产业融合发展，让老百姓不仅能"吃得饱"，还能"吃得好、吃得健康"。

要发展现代水产种业。福建地处我国东南沿海，海区属亚热带海洋，是寒、暖流交汇的地方，具有一定养殖开发价值的水生生物有 200 多种。目前，福建水产品育苗达 120 多个品种。紧贴时代发展脉络，发展现代水产种业，福建的独特优势和资源禀赋还有很大空间。

要更加重视科技赋能。科技兴海，发展深远海养殖，既可拓展渔业发展空间，又能有效改善近海污染大的问题。近年来，配备清洁能源、海水淡化装置，具备智慧渔业、深海养殖、产研基地、休闲旅游功能的深远海养殖装备的出现，提高了渔业养殖质量，还为渔业三产融合发展提供了支撑。

定海湾内，海上养殖"巨无霸"——"闽投1号"长92米、宽36米、高27米。这是全国首创深海养殖装备租赁试点项目、全国首台智能化渔旅融合半潜式深海养殖平台。走上平台如履平地，丝毫感觉不到颠簸，活动面积3000平方米，吃住游娱一条龙，沉浸式海洋研学基地让人流连忘返。平台下的水下养殖区水体达6.2万立方米，年产优质大黄鱼600吨，年产值1亿元。

"中国式现代化，民生为大。党和政府的一切工作，都是为了老百姓过上更加幸福的生活。"习近平总书记近日在重庆考察时的一番话，揭示了中国式现代化的鲜明特质，蕴含着深厚的人民情怀。

在推进中国式现代化的新征程上，海水养殖模式迈向信息化、智能化、现代化，才能不断提升耕海牧渔的水平，更好地丰富老百姓的餐桌，帮助群众发家致富。

<h2 style="text-align:center">三</h2>

走向深蓝，人海和谐。

辽阔的海洋是"蓝色粮仓"、丰茂牧场，要善待之、善用之。保护海洋，才能更好地利用海洋。

习近平总书记多次在不同场合阐述开发和利用海洋的重要作用。他强调，"要高度重视海洋生态文明建设……实现海洋资源有序开发利用，为子孙后代留下一片碧海蓝天"。

良好的生态环境是最普惠的民生福祉，推进生态文明建设，需要有辩证的思维、系统的思维。

作为地球上最大的生物圈和气候调节器，海洋产生了人类呼吸所需一半的氧气，吸收了人类活动产生的约四分之一的二氧化碳。实现经济社会可持续发展，海洋至关重要。

海洋虽然辽阔，但其中的资源并非取之不尽。党的二十大报告提出，"发展海洋经济，保护海洋生态环境，加快建设海洋强国"。

保护海洋生态，首先就是要深刻认识到保护海洋生态的重要意义，牢固树立人海和谐发展理念。

海洋环境问题表现在海里，根子在陆地上。保护海洋，要坚持陆海统筹，坚决防止入海口变成排污口。保护海洋，还要牢记山水林田湖草沙是生命共同体，学会算大账、算长远账、算整体账、算综合账，推动海洋生态保护工作取得最优绩效。

2023 年 4 月 10 日，习近平总书记在广东湛江红树林国家自然保护区考察时说："红树林保护，我在厦门工作的时候就亲自抓。党的十八大后，我有过几次指示。这是国宝啊，一定要保护好。"

红树林是少数能够忍受海水盐度的挺水木本植物之一，素有"海上森林""海洋卫士"之称。20 多年前，厦门下潭尾海域原生的红树林曾消失殆尽，周边环境恶臭无比。习近平同志在厦门工作期间，大力推动红树林保护和复种。厦门社会各界十年如一日复种红树林，终于让红树林重新繁盛了起来。

人不负青山，青山定不负人。保护海洋，海洋才能给予我们更丰厚的回报。闽江河口湿地公园是福建著名的生态旅游"网红打卡点"。公园内水泽茫茫、万鸟翔集，中华凤头燕鸥、勺嘴鹬、黑脸琵鹭等珍稀濒危鸟类在这里繁衍嬉戏，每年吸引 50 多万游客前来观光，成为福建著名的生态名片。

但在 22 年前，由于填海造地、违规排污等问题，湿地生态遭受严重破坏。2002 年 4 月，一份专家呼吁抢救性保护闽江河口湿地资源的材料，呈送到时任福建省省长习近平的案头。他作出批示："湿地保护是生态保护的一个重要内容，我省要建设生态省，必须重视对湿地的保护。"

闽江河口湿地"生态保卫战"自此打响。如今的闽江河口公园，也成了福建重要的科普基地、旅游景点。

生态环境保护功在当下，利在千秋。回看厦门红树林和闽江河口湿地公园的故事可以发现，保护和改善生态环境很不容易，需要坚持两个方面：

以人民为中心。生态安全与人民群众的生存和健康息息相关。每个人都是生态环境的保护者、建设者、受益者。发动群众，依靠人民，动员全体人民一起来想、一起来干，生态保护才能事半功倍。

坚持系统观念。生态环境保护非一日之功，还要做好久久为功的准备，立足更高站位，做好顶层设计，调动更广泛的力量，齐心协力守护好海洋生态。

"像对待生命一样关爱海洋。"海洋孕育生命，也蕴藏无尽宝藏。我们在与这片蔚蓝相拥的同时，也在拥抱未来。

（发表于《福建日报》2024 年 7 月 12 日第 1 版）

经略海洋见真章

纵观世界经济发展的历史，一个明显的轨迹，就是由内陆走向海洋，由海洋走向世界，走向强盛。

千百年来，福建先民食海而渔、赁海而市，造福船出海劈波斩浪，涨海声中迎万国商贾，渔盐之利和舟楫之便成就了早期海洋经济的雏形。

那些向海而强的万千故事，不只发生在过去，也正铺展在眼前。

海洋是高质量发展战略要地，是高水平对外开放的重要载体，也是国际竞争与合作的关键领域。

"站在新世纪的入口，谁拥有海洋优势，谁就拥有对外开放、参与国际经济分工合作的有利条件。"1994年6月16日，时任香港《大公报》总编辑曾德成来福州采访习近平同志。谈及《关于建设"海上福州"的意见》，习近平同志说，这是要大家形成"振兴经济在于振兴海洋经济"的强烈共识。

从广阔的海洋中找资源、找空间、找潜力、找增长点，30年来，蓝色经济破浪前行，为全省经济高质量发展注入强劲动力。

一

常说要想富先修路。还有一句话让人耳熟能详——港兴通天下。

"厦门自古就是通商裕国的口岸，也是开放合作的门户。"2017年9月，习近平主席在金砖国家工商论坛开幕式上的讲话中指出，"今天的厦门已经发展成一座高素质的创新创业之城，新经济新产业快速发展，贸易投资并驾齐驱，海运、陆运、空运通达五洲。"

当年，实施"海上福州"战略，就是要将海洋看成一个尚未开发、开垦的处女地，要看到海洋内涵丰富、地域广阔、潜力巨大，甚至是无限的特点，以获取相当于甚至超过陆上的综合实力和新的经济总量。

打造"向海经济"，基础设施要先行，福州必须建设深水港。

20世纪90年代，福州的港口是马尾港，那是一个河口港，可出入排水量2万吨以下的船只。历史上，马尾港是福州对外交往的重要口岸，但太浅了，大船进不来。而罗源湾、江阴港就是难得的天然深水良港。经过努力，福州市在福清江阴建成10万吨级集装箱深水码头，在罗源湾建成30万吨级煤码头和铁矿石码头。

港口，在习近平总书记的心中，始终有着沉甸甸的分量。

在福建宁德任地委书记时，习近平同志就认为，沿海地区要想富，要先建港。在合理规划综合交通运输、海陆并举促进经济发展的施政构想中，就有着强烈的"港口意识"——开发三都澳，把它打造成一个通往全国沿海各主要港口、面向太平洋的国际性港口。

如今的三都澳港区，专业化码头群与干支相连的公路交通网络实现了无缝衔接，闽东人民圆了"扬帆出海梦"。

党的十八大以来，习近平总书记在更广阔的视野上对港口进行谋篇布局，强调"经济强国必定是海洋强国、航运强国"。在多个国际场合，习近平主席提起港口，都会用"重要支点""重要枢纽"来形容港口在"一带一路"中的重要性。

在东南沿海，21世纪海上丝绸之路核心区，因缺少陆域土地资源的福建一直被认为是"资源小省"，但拥有13.6万平方公里海域面积、逾3700公里海岸线、125处大小港湾，是一个名副其实的"海洋大省"。

在更广阔的视野上看港口，对于福建，这又有着怎样的深意?

港口是基础性、枢纽性设施，是供应链、产业链上的重要环节。据联合国贸易发展促进会统计，按重量计算，海运贸易量占全球贸易总量的90%;按商品价值计算，则占贸易额的70%以上。

今天，台湾海峡是世界上最繁忙的航线之一，运输了福建90%以上的外贸进出口物资。2023年，沿海港口完成货物吞吐量74894.25万吨，集装箱吞吐量1817.87万标箱，福州港、厦门港货物吞吐量跻身全球前30。

港口是对外交流的纽带，是海上丝绸之路的起点和支点。在中国和世界之间，依江傍海的港口无疑是重要支点。今天，作为全国首个"一带一路"国际综合物流服务品牌和平台，以"丝路海运"命名的航线已达122条，通达46个国家和地区的135座港口。

撬动港口这个支点，服务"一带一路"建设，打造"海洋经济"，具有海上丝绸之路历史底蕴的福建正谱写着新世纪海上丝路新篇章。

二

海洋经济，是指开发、利用和保护海洋的各类产业活动，以及与之相关联活动的总和。

1998年10月，福建省出台进一步加快发展海洋经济的决定，提出建立以海洋渔业、港口海运、滨海旅游、临海工业和海洋工业为重点的具有福建特色的海洋产业体系，同时，提出要从制定发展规划、加大投入力度、扩大开放开发、大力提高科技水平、加强海洋资源与环境保护等 5 个方面加快海洋产业体系的培育。

2000 年 6 月 22 日，时任福建省省长习近平到省海洋与渔业局调研时指出，发展蓝色产业，建设海洋经济是一个长期战略任务，加大开发利用海洋、发展海洋经济的力度，要同时坚持可持续发展战略，保护海洋生态环境。

2012 年 10 月，《福建海峡蓝色经济试验区发展规划》获国务院批准，福建海洋经济上升为国家战略。

2021 年 3 月，习近平总书记在福建考察时强调，在服务和融入新发展格局上展现更大作为，奋力谱写全面建设社会主义现代化国家福建篇章。当年 11 月，省第十一次党代会召开，提出要做大做强做优数字经济、海洋经济、绿色经济、文旅经济，为福建省经济发展打造澎湃动力。

海洋经济的重要地位日益凸显。如何进一步发展海洋经济？省第十一次党代会报告强调：深化海上福建建设，迭代实施海洋经济高质量发展三年行动，打造海洋优势产业集聚区和新兴产业集群，建设世界一流的现代化港口群，力争海洋生产总值年均增长 8% 以上。

数据是最好的证明：2023 年福建海洋经济生产总值 1.2 万亿元，居全国第三，占地区生产总值的 22.2%；海水养殖产量、海水养殖种业规模居全国首位，水产品出口额蝉联全国第一，"海上福建"不断崛起。

海洋是高质量发展战略要地，发达的海洋经济是建设海洋强国的重要支撑。牢记习近平总书记的重要嘱托，持续推进海洋强省建设，福建发展海洋经济基础扎实、势头向好、潜力巨大。

2023 年 10 月，2023 世界航海装备大会在福州开幕。着力激发海洋科技创新动力,加快构建现代海洋产业体系,向深蓝要"增量",推动更多海洋优质项目落地福建、海洋优质企业投资福建、海洋优质要素集聚福建,福建进一步释放了高度重视海洋经济发展的强烈信号。

7月11日,全省推进海洋经济高质量发展会议在福州召开。会议强调,要深入学习贯彻习近平总书记关于海洋强国建设的重要论述,抢抓机遇、乘势而上、扬帆远航,在新征程上加快建设"海上福建",为新福建建设注入强劲"蓝色动能"——

坚持科技兴海,进一步壮大海洋创新动能。加快海洋关键核心技术协同攻关,健全多层次海洋科技创新平台体系,深化政产学研合作,催生一批海洋新产业、新模式、新动能。

坚持产业强海,进一步构建现代海洋产业体系。大力发展现代海洋渔业,大力推动传统海洋产业转型升级,推进海洋装备产业集聚发展,加快海洋战略性新兴产业规模化发展。

坚持生态护海,进一步呵护海洋良好生态。像爱护眼睛一样爱护海洋,强化海洋生态文明体制机制创新,打造"水清、滩净、岸绿、湾美、岛丽"的美丽海洋。

坚持开放活海,进一步深化海洋交流合作。深化海洋区域协作,深化闽台海洋融合发展,深化海洋开放合作,深度融入共建"一带一路"。

三

开放是海洋的天然属性,合作、开放、包容、共赢是海洋经济高质量发展的必由之路。

"我们人类居住的这个蓝色星球,不是被海洋分割成了各个孤岛,而是被海洋连结成了命运共同体，各国人民安危与共。"2019年4月，习近平主席向全世界发出"构建海洋命运共同体"重大倡议。

作为21世纪海上丝绸之路核心区，福建始终与国家战略同脉动，以海的胸襟敞开胸怀，拥抱世界。

强内功，创新引领。

科技创新能够催生新产业、新模式、新动能，是发展新质生产力的核心要素。依托厦门大学建设海洋智库，整合省内资源，成立了"海洋生物医药产业创新联盟""海洋与渔业装备产业技术创新联盟"等创新联盟，推动建设了厦门南方海洋研究中心、大黄鱼育种国家重点实验室、海洋生物种业技术国家地方联合工程研究中心等创新平台，开展海洋重大技术攻关，促进科技成果转化。

海洋科研是推动强国战略很重要的一个方面。目前，全省组织实施海洋新兴产业等领域基础前沿研究项目超260项，据不完全统计，已取得新技术、新产品、新装备、新品种等成果超350项，其中21项成果荣获省级以上科学技术奖、专利奖和国家行业科技奖。

走出去，脚步铿锵。

忆往昔，"涨海声中万国商"的繁荣中，东冶、甘棠、刺桐、月港、厦门等港口次第繁盛，海上贸易在梯航万国中不断延展。看今朝，全球已有317家企业和机构加入"丝路海运"联盟，"丝路海运"成为全球业界共商港航合作、共建丝路通道、共享经贸繁荣的重要平台，成为"一带一路"的中国名片。

全球约2/5的人口生活在距海岸100公里范围内，浩瀚的大海使福建成为连接中外的友好纽带。"丝路海运"这条从福建出发的"黄金水道"越行越宽，福建的"海上朋友圈"不断扩大。

海合会国家区位优势突出,是联通亚非欧的重要枢纽,也是共建"一带一路"的重要合作伙伴。今年5月23日,中国—海合会国家产业与投资合作论坛在厦门举办。举办的前一日,一艘满载着汽车零部件的集装箱班轮从厦门港出发驶向沙特阿拉伯,"丝路海运"首条通往海合会国家的多式联运通道开启常态化运行。

引进来,紧锣密鼓。

蓝天之下,水波粼粼,波光之上,"承载人类梦想,驶向星辰大海"几个大字熠熠生辉。作为2023世界航海装备大会的主题,福州海峡会展中心前的这个标语引来八方来客驻足合影。这场大会上,福建展示了自己的"强磁场"。

首艘现代双层纯电动游艇"茉莉号"引起了人们的兴趣。它由福宁船舶重工有限公司建造,配备了宁德时代提供的840千瓦时电池组。在电动船舶领域,福建初步形成涵盖研发设计、总装建造、"三电"系统研制、运营配套、船舶应用的电动船舶全产业链。

以习近平同志提出"海上福州"战略30周年为新起点,锚定"海上福建"建设目标,福建将进一步关心海洋、认识海洋、经略海洋,勇于"向海求新",善于"依海图兴",切实"耕海谋强",奋力谱写向海图强新篇章,推动福建从海洋大省蝶变成为海洋强省。

孟子曰:"观于海者难为水,游于圣人之门者难为言。观水有术,必观其澜。"意思是说,观看水有一定的方法,一定要观看它壮阔的波澜。只有壮阔的波澜才能孕育出雄伟瑰丽的奇观,读懂大海的波澜壮阔,就能让人们的视野更辽远。

(发表于《福建日报》2024年7月15日第1版)

以海为脉汇文明

海洋文化的本质，就是人类与海洋的互动关系及其产物。

地球的生命起源于海洋，2/3 的面积被海洋覆盖。海洋的浩瀚壮观、变幻多端、自由傲放、奥秘无穷，历来都使得人类视海洋为力量与智慧的象征与载体。

海洋文化是中华传统文化的重要特质，其基因融入中华民族多元一体的演进格局。《尚书》《庄子》《山海经》等古代经典文献中不乏对海洋的描述，刳木为舟、煮海为盐等记载都是时人利用海洋的真实写照。

到了 21 世纪，人类对海洋的利用已经从浅海扩展到深海，海洋经济成为新的经济增长点，开发利用海洋资源、保护海洋环境成为各国共同关注的问题。

人类与海洋的互动关系再上新台阶，海洋对于人类社会生存和发展意义更为重大。

习近平总书记强调"推动海洋文化交融"，提出"海洋命运共同体"等重要理念，成为推动海洋文化创新发展、服务海洋经济实现共生共荣以及构建海洋命运共同体的根本遵循。

天高海阔千帆进，波涛在后岸在前。海洋孕育了生命、连通了世界、促进了发展。构建海洋命运共同体，以海为脉汇文明，是理念也是实践。

一

中华文明的起源,"不似一支蜡烛,而像满天星斗"。

探其源流,海洋文化在其中占据着重要位置。据考证,在旧石器时代,中国沿海地区就有人类活动的足迹。从古代开始,中国就有"舟楫为舆马,巨海化夷庚"的海洋战略和"观于海者难为水,游于圣人之门者难为言"的海洋意识。

在先秦诸子百家著述中,经常"以海喻人""以海喻政""以海喻道",阐述治国理政的哲学理念和政治思想。古人还留下众多描写海洋的诗词作品,如"海不辞水,故能成其大""长风破浪会有时,直挂云帆济沧海""海上生明月,天涯共此时""海纳百川,有容乃大"等等,足见海洋一直以来都是中华文化的渊源和重要组成部分。

中华民族祖祖辈辈所居住的大地,东南两面临海,大陆海岸线长达 1.8 万公里,这样的地理环境,孕育了祖国悠久的海洋文化。而福建,地处东南,大陆海岸线长度居全国第二位,曲折率居全国第一。《山海经》载:"闽在海中,其西北有山。"民间也素有"浮福建"之说。经典古籍与民间传说,描绘了闽之方位,勾勒出其襟山带海的特点。

始于数千年前,先民以"舟楫之便"获取"渔盐之利",海洋活动便赓续不绝,穿越古代、近代和现代。缘于海洋,人们对大海的向往、热情和好奇,开启了一代代人对海洋的探索:海底丰富的资源、神秘奇妙的海底世界,都是大海赋予人类珍贵的宝藏。

何谓海洋文化? 人类在开发利用海洋的过程中形成的精神成果和物质成果。包括认识、观念、思想、意识、心态,以及由此而生成和创造的生活方式、语言文学艺术，都属于海洋文化的范畴，内涵十分丰富。

"海洋，我历来是关心的。"习近平总书记具有深厚的海洋情怀，在福建工作期间，基于对世界经济发展格局和趋势的深刻洞察，始终高度重视海洋事业发展。

在《摆脱贫困》一书中，习近平同志不仅提出"靠海吃海念海经"的理念，而且提出"在讲'贫穷'的同时，不要忘记讲闽东的光彩"。他指出，"我们可以从文化建设的角度，让人们好好认识一下闽东的闪光点"，"闽东的山海交融，风景独特，这也是一个闪光点"。

在大历史观的视角下，文化和经济是人类社会发展的两个"车轮"，历来是相辅相成的关系。

福建是海洋大省。千百年来福建人民在耕海牧渔过程中形成了发达的海洋经济，同时也创造了璀璨的海洋文化。海洋经济是海洋文化的物质基础，海洋文化是海洋经济发展的重要动力，而且海洋文化本身就蕴含着重要经济价值。

习近平同志亲自关心和推动拍摄了电视音乐片《山海的交响——闽东抒怀》，其中收录"三都澳畅想""蓝色牧场"等海洋之歌，情景交融，形成了一个闽东风味。

海洋强省，离不开繁荣的海洋文化。特色鲜明的海洋文化，尤其是蕴含其中的个性与精神，是促进八闽大地发展壮大的不竭动力和强大支撑。

二

南宋名相吕颐浩直言："南方木性与水相宜，故海舟以福建为上。"

万古造化聚山海。向海进发，需要有靠谱的交通工具。远古福建人早已将独木舟当作自己的精神图腾,扬帆起航的勇敢者游戏,在这片海永不谢幕。

三国时期,福建就是吴国的造船基地。晋人左思在其《吴都赋》中有"橇工楫师,选自闽禺。习御长风,狎玩灵胥。责千里于寸阴,聊先期而须臾"的说法,是对闽人擅长造船和航海的写照。据载,三国的吴国和魏晋南北朝时期,福州地区就设有典船都尉和温麻船屯等造船和航运管理机构。

此后历朝历代,福建都是全国重要的造船基地。宋元海上丝绸之路的货船、郑成功收复台湾的战船、戚继光抗倭的战船、明清使臣出使琉球的官船等,都能见到福建船的身影。

文明的交融荟萃,在劈波斩浪的船队中传递、在海上丝绸之路交流的故事中延续。今天,行走在福建街头巷尾,海洋文化可看、可听、可感知。

它是泉州海交馆里陈列的古船,是鼓浪屿背后深邃的文化内涵,是湄洲岛上延续千年的信仰,是舞台上一出精彩的表演,是游客戴在头上的簪花围……人们可以从中领会创造性转化和创新性发展的内在肌理,并汲取蕴含于其中的精神力量。

习近平总书记指出,"交流互鉴是文明发展的本质要求"。

1991年,泉州被联合国教科文组织确定为中国的海上丝绸之路起点城市。福建省歌舞剧院以此为主题,编排了舞剧《丝海箫音》。台下,有一位观众观看演出后一直惦记于心,并在20多年后,促成了这出舞剧的改编。

2014年5月,亚洲相互协作与信任措施会议第四次峰会在上海召开。对峰会上表演的文艺节目,习近平总书记提出不能少了"海上丝绸之路"的元素。他特地提到，23 年前曾在福州看过舞剧《丝海箫音》。

新编《丝路梦寻·海》以《丝海箫音》为母版，作为亚信峰会的开场歌舞，登上了国际舞台，此后在北京国家大剧院、纽约联合国总部和巴黎联合国教科文组织总部会议厅等地上演。

福建是古代海上丝绸之路的重要起点，习近平同志特别重视海丝文化遗迹保护与传统文化传播。1996 年，他在湄洲岛调研时提出"要丰富和发展地方特色文化，特别是妈祖文化"；2001 年，他听取了有关部门的相关汇报，开启了泉州海丝遗迹的申遗之路。

海洋文化穿越时空，从区域走向全球，成为全世界共同的精神财富。2009 年，"妈祖信俗"被联合国教科文组织列入《人类非物质文化遗产代表作名录》；2021 年，"泉州：宋元中国的世界海洋商贸中心"成功列入《世界遗产名录》。

岁月不居，时节如流。在保护与传承中凝聚强大的前进定力，习近平同志在福建的生动实践，至今仍是福建弘扬海洋文化、传承海洋精神的源头活水。

三

读懂福建，要读懂"闽人与海"。

大海见证了闽人以海为途、向海而生、拓海而荣的发展印记——千百年来，他们不畏波涛，在波峰浪谷间激荡出智慧、血性与风骨，也孕育了闽人海纳百川、敢拼会赢、开放包容的族群个性。

大海也见证了海上丝绸之路的古往今来，不同文明在其中交相辉映——丝帛、瓷器、茶叶从这里流向世界，香料、药材、珠翠则由此汇入中华。世界各地的使节、僧侣、商人、海客纷至沓来，马可·波罗、伊本·白图泰等旅行家给西方带去了东方第一大港泉州"遍植刺桐""舶商云集"的美丽传说，见证着福建、中国对世界海洋贸易所作出的巨大贡献。

海上丝绸之路的古往今来，不同文明在其中交相辉映。

海也者，能发人进取之雄心者也。

海洋文化，所具有的崇尚力量之品格，开放包容、探险创新、开拓进取之精神特质，亦可为闽人智慧之体现。

当前，海洋仍是远未完全开发的"聚宝盆"，可持续发展也面临越来越严峻的挑战。福建省深入贯彻落实党中央关于建设海洋强国重大战略的决策部署，围绕加快建设文化强省和海洋强省目标，制定出台《关于进一步加强海洋文化建设的实施意见》，深入实施海洋文化传承发展工程，推动海洋经济高质量发展，不断积蓄并持续释放向海图强的发展动能。

加快建设海洋强国、构建海洋命运共同体，使古老的丝绸之路焕发出新时代的活力，让"蓝色力量"助力复兴号中国巨轮扬帆远航。福建定当发挥突出的先行优势，结合新形势新任务推动海洋文化的创新与繁荣——

厚植因海而立的精神根基，增强海洋文明的感召力。注重提炼和展示自身的文化精髓，加强对自身话语体系、叙事场景的构建，研究、阐释并传承向海而生的精神品质，用深沉深厚的人文底蕴，铸就前行的精神锚点。

积蓄向海图强的发展动能，释放海洋文明的生产力。充分发挥海洋文化本身就蕴含的重要经济价值，推动产业规划、基础设施建设，促进海洋文化与旅游、信息、体育等产业深度融合、能量互济，赋能经济高质量发展。

编织以海为脉的交流纽带，提升海洋文明的凝聚力。秉承我国海洋发展历程中蕴含的全球性文明基因，推进经济合作和人文交流，汇聚深化多元互信、美美与共的"蓝色力量"，为世界贡献海洋治理的福建智慧、福建成果，助力海洋命运共同体建设。

志合者，不以山海为远。

明代郑若曾编撰的《筹海图编》载："福船高大如楼，可容百人。其底尖，其上阔，其首昂而口张，其尾高耸。"这虽是 16 世纪中期明代人对作为战船型福船的一种描绘，但也是福建船的大致写照。

在千百年的浩瀚海洋里，福船以其底尖面阔、首尾高昂的船型成为中国船的代表，见证着福建先民乘风破浪的辉煌。时至今日，福船技艺、匠人精神与角逐海洋的勇气，依旧焕发活力，指向向海图强的远方。

（发表于《福建日报》2024 年 7 月 16 日第 1 版）

屏山君·思想之源

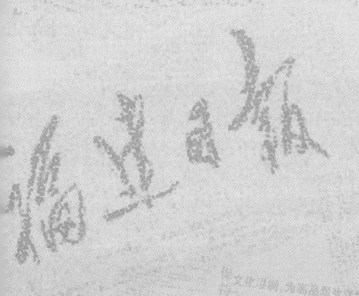

山与海的交响：
福建党政代表团赴疆川藏滇学习考察

遥望关山几万重。

带着对口支援的浓浓之情，飞度关山；带着博采众长的学习之心，跨越山海……2022 年 4 月 23 日至 27 日，福建党政代表团 5 天辗转新疆、四川、西藏、云南四省区，从东南沿海来到天山北麓，从天府之国奔赴雪域高原、再到彩云之南，从海拔 500 米到 4500 多米，横跨东西飞行11000 多公里，代表团一路看、一路议，一路交流、一路感悟，满满的行程、满满的收获，在紧张而丰富的考察中推动对口支援工作、看望福建援建队伍，学习先进经验、深化合作交流。

屏山君跟随代表团的"考察地图"，来"打卡"这次春天里的学习之行、合作之行、共进之行。

一

雪净胡天牧马还，月明羌笛戍楼间。

坐落在天山脚下的阿什里乡，是福建对口支援的昌吉州昌吉市唯一的哈萨克民族乡。这个"白天鹅后裔"的游牧民族，历史上逐水草而居，随着季节不同而不断迁徙漂泊，在转场中经受风雪侵袭、忍受人畜疲累，居无定所，收入十分不稳定。牧民们"马背上"的生活，绝不像想象中那般诗意浪漫，游牧民族走向定居是历史和社会发展的必然选择。

安居富民、定居兴牧。20世纪90年代起，一项让牧民定居的惠民工程帮助当地牧民陆续走出大山，住进宽敞明亮、整洁舒适的新居，让"风雪不再是宰羊的刀子"。走进阿什里乡的牧民定居项目"天鹅小镇"，桃花、海棠、石榴争相开放，小区道路整洁，配套设施完善。

2011年以来，福建援疆泉州分指挥部累计投入7500多万元支援当地民生项目，其中"天鹅小镇"是福建援疆助力脱贫攻坚、增进民族团结的示范项目。泉州援指还在"天鹅小镇"周边打造当地民族手工艺品基地，助力牧民住下来、过得好、能发展。

"三分天注定，七分靠打拼！"小镇的居民们听说福建亲人来了，身着盛装，自发地聚到中心花园，一起载歌载舞，还兴奋地用哈萨克语和闽南语唱起了《毛主席的光辉》《爱拼才会赢》。

牧民阿依持别克和妻子艾江热情地把代表团成员们迎进两室一厅的温馨家里，给大家奉上热腾腾的奶茶，长桌上摆满了大红枣、核桃、葡萄干、巴旦木等各种干果点心。"以前我们住的地方连自来水都没有，现在定居下来，房子很好，孩子们也都在中心校上学。"幸福的笑容洋溢在他们的脸上。临别时，尹力代表大家接受了阿依持别克一家赠送的象征祝福的马鞭，勉励他们在援疆干部的帮助下快马加鞭、加快发展！

发展是新疆长治久安的重要基础。习近平同志在福建工作期间就鼓励援疆干部，要做好民族大团结，搞好生产开发和基础产业建设。

山海交响，丝路同源。23年来，福建始终牢记习近平总书记的嘱托，选拔近5000名援疆干部人才进疆工作，实施援疆项目超800个，助推招商引资项目400多个。2021年，昌吉州地区生产总值达1640亿元，居全疆前列。

二

芳树笼秦栈，春流绕蜀城。

无论是李白笔下的"草树云山如锦绣，秦川得及此间无"，杜甫《春夜喜雨》中的"晓看红湿处，花重锦官城"，还是那首红遍大江南北的《成都》，与之3000多年未曾改变的名字一样，"天府之国"成都始终是四川区域经济中心，富庶宜居，潮流时尚，繁华依旧，魅力不改。

2018年，习近平总书记深入成都看望慰问干部群众并作出重要指示，首次提出"公园城市"理念，为成都建设全面体现新发展理念的城市指明了方向。

代表团一下飞机就直奔成都天府新区，实地感受当地是如何高质量建设践行新发展理念的公园城市示范区。

天府新区规划展示馆里，大家看到新区建设朝着"生产空间集约高效、生活空间宜居适度、生态空间山清水秀"不断加速。步出展示馆，兴隆湖在微风中碧波荡漾，对岸的现代城市建筑群与远处郁郁葱葱的龙泉山有机融合，湖岸边的步道上人们惬意悠闲地漫步。兴隆湖不远处，矗立着一座充满现代科技感的蓝色建筑"硅立方"，这里是成都超算中心的"最强大脑"，采用了浸没式相变液冷技术，最高运算速度达到10亿亿次/秒。

代表团成员们深切感受到，成都建设公园城市示范区不是简单的增绿建园，而是让生态环保与经济社会和谐共生，让城市发展更有温度、市民生活更有质感。这是在规划建设管理现代城市时，最值得学习的。

城，所以盛民也。2021年3月，习近平总书记在福建考察时指出，建设好管理好一座城市，要把菜篮子、人居环境、城市空间等工作放到重要位置切实抓好。此次考察之行，就是要学习借鉴好经验好做法，不断提升城市功能品质，为人民群众创造高品质生活。

三

雪域高原，鹰击长空。

四月的西藏昌都，依旧为冰雪覆盖，雄鹰展翅从山间掠过，牦牛如"黑珍珠"般星星点点遍布山坡草甸。飞机稳稳降落在海拔4334米的邦达机场，稀薄的空气，寒冷而清冽的风，给刚从四川盆地转机而来的代表团成员们上了第一课。大家努力适应高原反应，亲身感受到援藏干部们在这里开展工作的不易。

20多年前，为了接回第一批、送来第二批福建援藏干部，时任福建省委副书记习近平第一次入藏，从拉萨贡嘎机场到林芝八一镇，他乘车走了整整一天。如今，同样的路程乘坐复兴号高铁仅需3个小时，这折射的是西藏70多年来的沧桑巨变，更凝聚着全国各地对口援藏的强大合力。

2015年，福建对口支援地区从林芝调整到昌都。昌都在藏语中意为"水汇合处"，扎曲和昂曲在昌都相汇成为澜沧江，金沙江、澜沧江、怒江在昌都境内并肩而进，气势磅礴，奔腾向前。

从林芝到昌都，变的是海拔高度，不变的是福建对援藏工作的重视和支持。一批批援藏干部与当地藏民结下了深厚情谊，他们不仅引来了项目、资金，更结合当地自然文化资源禀赋，实现产业援藏、文化援藏相结合。

唐卡，是藏民族最具代表性的民间宗教艺术形式，深受藏族同胞的喜爱与推崇。漆画，是以天然大漆为主要材料的传统绘画形式，福建漆画是我国漆画的重要流派之一。这两种具有千年历史、各具地方特色的艺术形式，通过对口支援跨越时空实现了有机融合。"唐卡漆画"这一全新艺术形式的出现，正是基于闽昌两地厚重历史文化深度交融的璀璨结晶。

在闽昌唐卡漆画培训中心，《天路》《红色布达拉宫》《福州三坊七巷》等一幅幅精妙的唐卡漆画，让代表团成员们连声赞叹，"这是艺术与文明的融合，更是民族之间的交往交流交融"。唐卡漆画相结合的艺术扶贫模式，帮助当地藏民通过绘画改变了生活方式，为他们带来了更多收入。尹力希望大家共同把中华优秀传统文化发扬光大，共同铸牢中华民族共同体意识，再接再厉、团结协作，扎实做好各项援藏工作。

四

天气常如二三月，花枝不断四时春。

云南有一"怪"，一年四季花不败。受到大自然青睐和偏爱的昆明，有着四季如春的独特气候，特别适宜各种花卉生长。从机场到市区，一路繁花似锦，大朵大朵的高杆树状月季娇艳欲滴、花团锦簇。

走进斗南的昆明国际花卉交易中心，芍药、洋桔梗、玫瑰、百合，珊瑚日落、粉白红心、鹅黄浅绿……各类的花卉令人赏心悦目。这里是全球第二大鲜切花拍卖场所，是亚洲花卉价格的"晴雨表"，平均每天有千万支鲜花从这里通过高效冷链物流送往全国和世界各地，送到人们的手上、家里，装点着美好幸福生活。

习近平总书记在云南考察时指出，要坚持以人民为中心的发展思想，全面落实党中央各项惠民政策，抓住人民群众最关心最直接最现实的利益问题，全力做好普惠性、基础性、兜底性民生建设，让各族群众有更多获得感、幸福感、安全感。

花卉产业，一手牵着人民对美好生活的向往，一手牵着乡村振兴农民增收致富。云南牢记习近平总书记的嘱托，着力发展地方特色产业，目前已发展成为全球三大新兴花卉产区之一和全球第二大鲜切花交易中心，2021年鲜切花产量达162.25亿枝，市场覆盖全国各地并出口40多个国家和地区，其中斗南花卉市场鲜切花交易量达102.57亿枝、交易总额达112.44亿元。

福建的地理气候也非常适宜花卉生长繁育，如何学习云南的先进经验，通过数字化实现传统花卉产业的转型发展、做大做优？再次引起代表团成员们热烈讨论和深深思考。

跨山越海，奔赴而来。学习考察拉近了东西兄弟省份的距离，深化多领域合作，携手共进，互利发展。

潮平岸阔，风正帆悬。此次学习考察在交流碰撞中拓宽了视野，开阔了思路，强化了效率意识、效能意识、效益意识，增强了加快推动高质量发展的责任感紧迫感。

回首苍茫天地阔，轻舟已过万重山！

（作者：周琳，发布于新福建客户端2022年4月28日）

首场"头脑风暴"，
关乎每年 20 多万职教毕业生！

几天前，屏山君参加了全省统战系统"同心·半月座谈"的首期活动。在这场座谈会上，全省各地民办职业教育院校的代表以"共谋民办职教发展 同心助力四大经济"为主题，交流碰撞思想，研讨未来发展。

聚焦全省中心工作，推动职业教育和企业人才需求深度对接，助力复工复产，全过程民主对话，不避问题直抒建议……屏山君深切感受到了"同心·半月座谈"的魅力和职业教育的话题热度。

传承弘扬，"同心·半月座谈"有典故

说起"同心·半月座谈"，大有渊源。

省委统战部有关负责人向屏山君介绍，习近平同志在福建工作期间，对民主党派一直非常关注和关心，20 世纪 90 年代在福州任市委书记时，建立并完善了福州市委与福州市各民主党派委员会的季度座谈会制度。"在全省统战系统开展'同心·半月座谈'活动，是传承弘扬习近平总书记在福建工作期间关于统战工作的重要理念和重大实

践，贯彻省委实施'提高效率、提升效能、提增效益'行动部署的创新举措。"

屏山君了解到，"同心·半月座谈"由省委统战部领导召集，立足发挥统战职能作用、汇聚统战资源力量，原则上每两周组织一次，可结合会议、调研、沙龙、论坛、书面交流等活动开展。

每期活动都会确定一个主题，聚焦高质量发展的重大课题，群众关注的民生问题或统战领域重点、难点、热点问题，邀请统一战线各界人士广泛交流讨论、征求意见建议。可以说，"同心·半月座谈"是福建省委统战部组织省党外人士和统战团体为全方位推进高质量发展超越贡献智慧和力量的一个新平台。

聚焦职教，开篇选择有深意

2022年5月6日，"同心·半月座谈"迎来首期活动，主题为"共谋民办职教发展 同心助力四大经济"。

开篇聚焦职教，可谓恰逢其时——

5月1日，新修订的职业教育法正式施行，职业教育发展迎来重要里程碑。

屏山君查阅发现，新职业教育法首次以法律形式明确职业教育的类型定位，8章69条中，有12条内容与民办职业教育相关，从财政扶持、税收优惠、用地政策等方面为民办职业教育发展创造了更加优渥的制度环境。

2022年还是习近平总书记致中华职业教育社成立100周年贺信5周年暨中华职教社成立105周年。

"同心组成吾社兮，将以求吾道之昌也。"1917 年 5 月 6 日，以黄炎培为首的 48 位教育界、实业界先贤志士抱定职教救国之志，创立中华职业教育社，奋力倡导、研究和推行职业教育，成为我国近代职业教育的先驱。

1984 年，福建省中华职业教育社成立。省委、省政府高度重视职教社的建设，大力发展现代职业教育，在全国率先实现了地市职教社全覆盖。作为党和政府团结、联系职业教育界和民办教育界有关人士的桥梁和纽带，职教社自成立以来为福建现代职业教育高质量发展不断汇聚智慧、凝聚力量。

目前，福建有 50 所高等职业学校、165 所中等职业学校以及 40 所技工学校，近年来这些学校的招生规模不断扩大，每年毕业生达 20 多万名，各职业院校在培养技术技能人才、促进就业创业、支撑产业发展方面具有不可替代的重要作用，职业教育正日益成为新福建建设的新引擎。

作为民营经济大省，福建的民营经济助推了民办职业教育的诞生和成长。首场座谈会的定题，紧扣全省中心工作，回应民生关切重点，摸准了我省经济和产业发展提质增效的"突破点"。

常态化疫情防控下，为更好满足民企用工和全省职业院校毕业生就业的需求，座谈会前还特别安排了双向对接活动——由省委统战部、团省委、省工商联、省中华职教社联合开展的"百校万岗·同心就业"行动暨首场线上招聘会正式启动。

屏山君看到，招聘活动组织了 500 家以上非公企业，为福建职业院校、民办高校的 2022 年应届毕业生及 2021 届未落实就业岗位的毕业生提供 10000 个以上用工岗位。

直面问题，"风暴"之后有成效

"希望各级政府充分重视民办学校的贡献、面临的困难和问题，给予更多政策支持。"首期座谈会上，9位民办职业院校代表和2位企业代表结合自身实际，针对办好民办职业教育、深化校企合作和产教融合、助力"四大经济"畅所欲言。

"有什么好的建议和难处尽管讲。""直接说学校的诉求就行。""套话、空话、场面话就不讲了，直接提建议。""相关部门负责领导都在，你们讲讲具体问题。"……

屏山君注意到，在主持人的鼓励下，与会的学校、民企负责人都纷纷抛开事先准备的讲话稿，就福建职教发展各抒己见，其间，不时出现临时起意的插话提问，现场气氛活泼热烈。

用地紧张、生均补贴兑现困难、师资设备存在短板、民办和公办学校之间教师流动不畅……在讲述各自办学情况、心路历程之余，校长们更多的是谈问题、说意见、提建议，其中不乏批评的声音，有些共性问题辅之以相关数据、相应例子后，引发众多与会人员的共鸣。

座谈中，省教育厅、省人社厅、省中华职教社等相关部门负责同志还对校长们反映的问题现场作出回应。大家认为，民办院校在寻求和公办学校一样获得同等待遇、政策支持的同时，也要与公办院校"错位发展"，进一步助力经济社会发展。

"我们都认真记下来，相关的部门要着手思考如何解决。"主持人总结时强调，"同心·半月座谈"的举办就是希望广泛收集各界声音，承办的省直统战系统单位和部机关处室、单位要及时梳理情况，需要办理的事项向有关部门反馈，重要成果形成专报送省委、省政府有关领导同志参阅。

走出会议室，屏山君发现不少与会者都在感叹，这次会议形式新颖、内容务实，既发扬了民主，又求同存异、增进了团结。

屏山君 11 日了解到，作为首期座谈会承办方，省中华职教社已经对座谈会上各位民办职教界和企业家代表所提出的意见建议进行分类梳理，就其中涉及的落实生均经费、公办民办同等待遇等合理建议向省教育厅、省人社厅等相关职能部门做好协商，进一步健全与教育、人力资源和社会保障等政府职能部门联动工作机制，协助解决相应问题，并及时向民办职教界和企业代表反馈。

座谈会别开生面，会后件件有着落、事事有回应。屏山君不禁对下一次"头脑风暴"充满了期待……

（作者：林清智、严顺龙，发布于新福建客户端 2022 年 5 月 13 日）

福建，为什么这样"红"？

2022 年"七一"前夕，永定暴动旧址金谷寺迎来参观热潮，冒着酷暑专程前来的党员群众、各地游客络绎不绝。回望风雨如磐的革命岁月，无数到访者心生感慨。

同样在"七一"前夕，屏山君收到了新近出版发行的《闽山闽水物华新——习近平福建足迹》。书籍的封面，是 1999 年 11 月，时任福建省委副书记、代省长习近平在金谷寺前看望"五老"人员的难忘瞬间。这张珍贵的照片、这份珍贵的记忆，穿越时空，向全省广大读者再现人民领袖关心老区发展、关爱革命前辈的感人场景。

红色，是历史赋予福建的鲜明底色。在党的生日到来之际，屏山君和您一起穿越历史云烟，踏访八闽大地上的红色足迹。

"红"在历史底蕴

福建红，"红"在底蕴深厚：福建是革命老区，党史事件多、红色资源多、革命先辈多。

1926 年，中共福建地方党组织成立。此后，在党的领导下，福建人民历经大革命、土地革命战争、抗日战争、解放战争，赢得了 20 多年

"红旗不倒"的美誉，留下了丰富的红色资源与宝贵的红色精神。

中国工农红军入闽、中央苏区创建、古田会议、反"围剿"、才溪乡调查、中央红色交通线、松毛岭战役、中央红军出发长征、北上抗日先遣队入闽、南方三年游击战争等许多重大党史事件都发生在福建。在中国革命史上，福建具有重要地位和重大影响。

许多重要领导人和革命先辈，都在福建战斗和生活过。毛泽东同志先后8次入闽，写下《古田会议决议》《星星之火，可以燎原》《反对本本主义》《才溪乡调查》等光辉著作，以及《如梦令·元旦》等著名诗词。全省10余万人参加红军，在册烈士5万多名。

全省共有70个革命老区苏区县（市、区），有3600多个革命基点村，按2012年全国革命遗迹普查统计，全省共有2683处革命遗迹，居全国第六位，各市、县、区都有红色资源。

2021年，经过系统全面梳理排查，福建公布首批革命文物名录，全省共有不可移动文物1657处、可移动文物14万多件（套）。

福建干部群众深知，红色资源是不可再生、不可替代的珍贵资源，保护是首要任务。近年来，全省上下大力推进红色遗存保护工作，实施革命文物保护利用工程，一大批革命旧址、博物馆、纪念馆、展览馆和各类纪念设施得到修缮修复、展陈提升，红色窗口越擦越亮。

比如，整体保护中央红色交通线旧址，修缮维护交通线上的伯公凹交通小站、永昌楼等重要站点；落实长征国家文化公园建设工作任务，建成中央苏区革命纪念馆主题展厅、红旗广场雕塑、宁化长征精神教育基地等项目，等等。

革命先辈和英烈后代同样是宝贵的红色财富。近年来，福建通过开展"三引入三走进"活动和"为烈士寻亲、为烈士立传"活动，累计为

58 名烈士寻找到亲属、编撰英名录 5 万余条。

建党百年前夕，福建省委专门举行庄重的"光荣在党 50 年"纪念章颁发仪式，向 12 名老党员颁发"光荣在党 50 年"纪念章。他们中党龄最长的老党员在 1947 年入党，都不愧为福建革命史、建设史、改革史的见证者和亲历者。2022 年，该活动继续开展，持续教育引导年轻党员干部们向老一辈优秀党员看齐，学习先进事迹，感悟精神力量，共赴新的征程。

"红"在宣传展示

福建红，"红"在广泛宣传展示，让红色资源"开口说话"。

加强展览展示，是用好红色资源的关键一环。无论是新中国成立 70 周年还是建党百年，抑或是外交部全球推介会和国务院新闻办福建专场发布会等重要场合，每逢重要节点，福建都精心举办主题展，展出历史图片、文物实物，用沉甸甸的历史感召后人。

2021 年，党史学习教育在全党开展，福建因地制宜开辟"第二课堂"，推荐党史学习教育参观学习点、参观学习线路，制作全省红色地图。各革命旧址、博物馆、纪念设施学习热潮涌动，红色研学、红色旅游蔚然成风。

参观红色遗址、红色展览回望峥嵘岁月时，屏山君总不免感叹红色江山来之不易。无数先烈在二三十岁甚至十几岁的年纪，还没想过怎样过好这一生，就为这个国家、为这个民族献出了生命——

1927 年 6 月 2 日，福州党组织领导人徐琛、余哲贞在福州英勇就义，牺牲前举行了一场悲壮的"刑场上的婚礼"。

福建子弟兵近 3 万人参加长征，到达陕北仅 2000 人。基本由闽西子弟兵组成的红五军团第三十四师近 6000 人，在湘江战役中绝大部分壮烈牺牲，被誉为"绝命后卫师"。

为完成党组织安排的任务，年轻党员刘惜芬打入敌人内部，被发现后遭受酷刑，牺牲在厦门解放前一天，年仅 27 岁。

……

革命先辈的故事不敢忘，更不能忘。

宣传宣讲，是传播红色故事的重要手段。如今，在福建，共有包括老党员、老革命、老英模、新时代典型人物等群体在内的各类宣讲队伍超过 3500 支，他们常年在基层开展对象化、分众化、互动化宣讲，与"学习大军""乡村大喇叭"等线上线下阵地一道，有力促进红色故事深入群众。在各级媒体平台上，红色主题宣传报道和融媒体产品层出不穷，其中，"学习强国"福建学习平台推出的"党史千课"系列短视频点击量数以亿计，成为永远在线的"党史宣讲团"。

红色文艺，春风化雨、滋润人心。电视剧《绝命后卫师》《绝密使命》《绝境铸剑》等红色题材作品，擦亮了福建红色文化品牌，生动再现了福建"红旗不倒"光辉历程。2021 年，《古田颂》等 8 部舞台作品进京或在省内巡演，大型交响合唱组歌《中国精神》唱响中国国家博物馆，红色故事在"润物细无声"中广为传播。

"红"在薪火相传

福建红，"红"在红色精神代代相传。

历史云烟渐行渐远，红色基因生生不息。对历史最好的致敬，就是不忘来时的路、继续书写新的历史。

边境冲突中，陈祥榕面对数倍于己的敌军，突入重围，誓死捍卫国土，英勇牺牲，用19岁的生命，践行了对祖国的忠诚。

风雨来临时，孙丽美为了排除安全隐患，保护群众财产安全，不顾个人安危疏通被杂物堵塞的涵洞，不幸因公殉职。

人生最后时刻，潘东升为保一方平安，仍像陀螺一样转个不停，最终因积劳成疾，牺牲在疫情防控、重大安保工作岗位上。

……

他们与闽宁对口扶贫协作援宁群体、"漳州110"、三坊七巷消防救援站、援鄂医疗队护士等楷模一样，都是红色精神的传承人、践行者，他们的先进事迹在八闽大地引发热烈反响。全省广大干部群众深受感动，以他们为榜样，激励干事创业。

老区不老，风华正茂；今日福建，欣欣向荣。

GDP连续跨过3万亿元、4万亿元台阶，所有设区市人均GDP均超过全国平均水平的省份；水、大气、生态环境质量常年保持全优，森林覆盖率66.8%，连续多年保持全国首位；全省实现市市通动车、县县通高速；所有老区苏区县成为"全国义务教育发展基本均衡县"，全面实现低保、特困供养和临时救助标准城乡一体化，居民主要健康指标稳居全国前列……

不忘先辈、不负时代，新的长征路上，八闽儿女笃行不怠、勇毅前行，努力创造新的荣光。

（作者：刘必然、严顺龙、林清智，发布于新福建客户端2022年7月1日）

"三分天下有其二"背后的
"晋江经验"

二十载光阴，置于历史长河，如白驹过隙；

二十年探索，在福建发展里程碑上，镌刻下重要印记。

2022 年 7 月 8 日上午，在福建省政协机关，屏山君参加了"晋江经验"提出 20 周年企业家座谈会，听"晋江经验"的亲历者、见证者们忆往昔、话未来，感悟"晋江经验"穿越时空的魅力。

福建晋江，面积仅占全省 1/200 的县级市，县域经济实力持续稳居"全省第一"和"全国十强"，坐拥中国伞都、中国鞋都、中国食品工业强市、中国陶瓷重镇等 14 个"国字号"区域产业品牌，建成 2 个千亿元、5 个百亿元产业集群，成为全国县域经济发展的典范、中小城市建设的样板。

晋江发展，勇立潮头，成为福建改革开放的生动缩影。

闽山闽水物华新，习近平同志当年七下晋江的足迹，大家记忆犹新——

在任福建省委副书记和福建省省长的 6 年里，从 1996 年至 2002 年，习近平同志 7 次来到晋江调研。2002 年，习近平同志从晋江发展的实践中提炼出"晋江经验"，并于同年 8 月和 10 月，分别在《人民日报》和

《福建日报》上发表文章，总结了"晋江经验"对福建经济发展的"六个启示"，以及要处理好的"五大关系"。

目前，福建民营经济在全省经济总量中"三分天下有其二"，已经成为高质量发展一张亮丽名片，民营企业家成为福建经济重要的战略资源和发展力量。

座谈中，这是与会者的一大共识：20年来，福建民营企业家们正是秉承"晋江经验"精髓，坚守实业、搏击商海，爱拼会赢、敢为人先，让理想之光照进现实，为全国各地区域经济发展树立了时代样板。

作为土生土长的晋江人，恒安集团创始人许连捷表示，晋江民营经济及"晋江经验"的萌芽，正是始于改革开放之初党委政府的担当作为，以及良好的政企互动传统，这成为几十年来支持晋江民营经济发展的不竭动力，也是"晋江经验"的一大要义。

总部在晋江的盼盼食品于1996年创办，公司总裁蔡金钗认为，正是在"晋江经验"的指引下，晋江民企始终坚持以市场为导向，诚信经营，顽强拼搏，靠着"创"和"闯"，成就了如今享誉海内外的"晋江造"。

2022年是"晋江经验"提出20周年，也是习近平总书记给福建30位企业家回信8周年。

座谈会上，多位当年参与写信的企业家也畅谈体会，有一个共同感受："晋江经验"提出20年，至今仍然具有重要现实指导意义。

新大陆科技集团有限公司CEO王晶说，"晋江经验"经得起今天的检验。2022年全国两会，我省全国政协委员提交了《关于设立民营经济高质量发展试验区，进一步传承弘扬发展"晋江经验"》的提案，已被全国政协列为重点提案。希望能加以重视、落实到位，成为一种典范的做法和模式，不断推动体制机制变革，激发创新活力。

厦门嘉晟集团董事长李冬敏敞开心扉：带着感恩的心回头看，"晋江经验"是明灯照路，是源头活水，指引着企业不断成长壮大、走向国际市场。

此次座谈会，共有 9 位民营企业家发言。屏山君发现，恒安、福耀玻璃、盼盼、七匹狼等都是在"晋江经验"指引下，从乡镇企业起步发展起来的，恒兴、新大陆科技、鸿博、嘉晟、佳好等在闽创业的企业，也都是"晋江经验"的见证者、实践者。

座谈中，不论是老一辈还是新生代企业家，对"晋江经验"的丰富内涵和实践力量，都有着直接、深刻的理解感悟："晋江经验"在传承中不断创新发展，不仅成为开启民营经济进入发展快车道的一把"金钥匙"，更在全国范围内产生了广泛而深远的影响，为深化改革开放、推动经济高质量发展提供了一种成功范式。

芳菲歇去何须恨，夏木阴阴正可人。

20 年间，"晋江经验"在实践中不断丰富发展，指引福建一大批民营企业家开拓进取、敢拼会赢，蹚出了一条具有显著特色的民营经济高质量发展之路——

2002 年到 2021 年这 20 年间，全省私营企业和个体工商户数量从 52.86 万家增到 662 万家，增了 12 倍。

民营经济增加值从 2308 亿元增到 3.38 万亿元，增长了近 15 倍；民营经济占 GDP 的比重从 49.2% 提高到近 70%，平均每年约提高一个百分点；民间投资占比从 33.66% 增长到 57.74%，每年增长超过一个百分点。

民营企业贡献了全省 70% 以上的税收、70% 以上的科技成果、80% 以上的就业、90% 以上的市场主体。

而今，"晋江经验"跳出晋江、走出福建，目前已在全国范围内深化拓展、丰富完善，成为一种广受赞誉的发展经验。

一起向未来，福建广大民营企业家豪情满怀：弘扬闽商精神，创新"晋江经验"，践行实业报国，福建民营企业将创造更多辉煌，在时代宏大叙事中书写更精彩篇章。

新起点、再出发，屏山君也深信——

"晋江经验"源于福建，又高于福建，是植根历史、立足当前的时代缩影，具有穿越时空、历久弥新的生命力，未来必将对我国民营经济高质量发展作出更大贡献。

（作者：严顺龙、林清智、刘必然，发布于新福建客户端 2022 年 7 月 8 日）

福建承诺：穿越时空　一诺无悔

正是八闽好风景，盛夏时节又逢君。

火热7月，福建迎来了很多"老朋友"——新疆维吾尔自治区、宁夏回族自治区、西藏自治区党政代表团，他们先后来闽"走亲戚"。

亲戚越走越亲，感情越走越近。屏山君兵分几路，记录了代表团在闽共叙情谊、共话发展、共谋协作的一幕幕。老友重逢，激动与喜悦溢于言表，屏山君耳闻目睹，深切感受到闽疆、闽藏、闽宁穿越时空、跨越山海的深厚情谊。

心手相牵20余年，东西部协作和对口支援何以缘起？带来了什么？是什么让"援友"们魂牵梦萦？屏山君一路思考、一路追寻。

援建为什么

2000多年前，我们的先辈筚路蓝缕、扬帆远航，穿越草原沙漠、惊涛骇浪，开辟出联通亚欧非的陆上丝绸之路，闯荡出连接东西方的海上丝绸之路。

在绵亘万里、延续千年的古丝绸之路上，福建、宁夏、新疆、西藏，都是重要节点，历史交往源远流长。

经略西部地区、破解区域发展不平衡不充分问题，始终是党中央谋划的大事。

1994年，中央召开第三次西藏工作座谈会，作出了全国对口支援西藏建设的重大决策。1995年，第一批福建援藏干部进藏；1998年，时任福建省委副书记习近平率领福建省第二批援藏干部进藏。

1996年，党中央、国务院作出东部比较发达的13个省市结对帮扶西部10个省区的战略部署，指定福建对口帮扶宁夏。福建省对口帮扶宁夏领导小组随即成立，时任福建省委副书记习近平担任组长。

按照中央统一部署，福建省从1999年开始对口支援新疆昌吉回族自治州，架起"海丝＋陆丝"万里同心桥。

实施对口支援，是福建义不容辞的政治任务和光荣使命。

福建承诺，重若千钧，一诺无悔！20多年来，一批批福建"援友"暂别闽山闽水，跨越千山万水，将爱拼会赢的福建精神与老西藏精神、"两路"精神、胡杨精神等紧密融合，在西北边疆、在雪域高原激荡改天换地的磅礴力量。

"援建，不仅是责任、更是情怀，不仅是奉献、更是收获。"福建省第七批援藏专技人才姜涛的话，道出了福建"援友"们的心声。

援建做什么

这几年，屏山君也曾多次随福建省党政代表团赴宁夏、新疆、西藏，看当地项目建设、产业发展，听百姓话幸福生活，切身感受各民族如石榴籽般紧紧抱在一起。

屏山君观察到，无论是闽宁协作，还是援疆、援藏，福建援建工作紧紧围绕"123"展开，唱响了雄伟的山海协奏曲。

"1"，即围绕一个中心：让当地人民生活越来越好。

"以前，一年只产两三百斤土豆；1998 年，福建来的林占熺教授手把手教我们种蘑菇，全年增收 2.9 万元；2020 年，林教授鼓励种植巨菌草，2021 年 200 多亩巨菌草净利润 40 万元。"宁夏永宁县闽宁镇园艺村村民刘昌富算的这笔账，记录着一家人的生活变迁。

从吊庄移民到坡改梯，从井窖建设到劳务输出，从联办医院到援建学校，从产业推广到共建产业园……闽宁协作始终围绕脱贫攻坚这条主线，"干沙滩"变成了"金沙滩"，越来越多宁夏乡亲过上了向往的生活。

"2"，即突出两个重点：民生福祉和产业协作。

一次次采访中，屏山君真切感受到：在闽宁镇、在昌吉、在昌都，一个个饱含福建元素的民生项目顺利建成，一个个凝聚着福建力量的特色产业欣欣向荣：

八宿海螺水泥公司，是福建省第八批援藏队引进的重点项目。2019 年 4 月，项目主体动工。在"闽九援"接续努力下，2020 年 8 月，八宿海螺水泥公司投产，目前已成为川藏铁路、川藏高速等国家重大建设项目的水泥供应企业。

昌吉市阿什里哈萨克民族乡的"天鹅小镇"，是由福建援疆泉州分指挥部支援建设的生态移民工程，也是我省援疆示范项目，建成楼房 20 栋、住宅 502 套，使该乡所有牧民实现定居。

"3"，即援建资金向三个方面倾斜：教育、医疗卫生、基础设施。

比如，福建省第八批援疆队投入资金 3.1 亿元支持中小学、幼儿园新建及提升改造项目；投入 1.23 亿元支持医疗设施建设、医疗设备添置、医疗应急物资保障等项目；投入 4437 万元支持乡镇、街道、城乡社区等基层阵地建设……

不仅是资金投入，依托数字福建建设的经验和成果，福建不断探索"互联网＋对口支援"新模式，在支持当地智慧城市建设、推动传统产业数字化改造、开展远程医疗会诊、"云课堂"远程教学等方面积极探索，让山海不再遥远。

援建留什么

援建留什么？福建干部人才一直在思考。

——留下扎根的产业，戈壁滩上种下希望之树。

2021年，为进一步做好东西部协作工作，全面推进乡村振兴，巩固脱贫攻坚成果，闽宁签署了东西部协作协议。

2022年上半年，福建安排1.58亿元资金，围绕枸杞、滩羊、肉牛、黄花菜、小杂粮等宁夏特色农业产业，实施产业帮扶项目168个，帮助销售宁夏农特产品8.71亿元；安排8000万元资金，拓宽就业渠道，帮助宁夏21879名农村劳动力、9955名脱贫人口实现稳定就业……

同时，把福建乡村振兴的好做法嫁接到宁夏，计划建设100个闽宁乡村振兴示范村，探索"闽宁＋侨台""乡建乡创"发展新模式。

——留下"带不走"的队伍，干部人才交流开出友谊之花。

27年来，共选派10批631名援藏干部人才，就在西藏自治区党政代表团来访前夕，第十批101名援藏干部人才已经进驻西藏，各项工作正有序开展。

26年来，派出12批200多名援宁干部到宁夏挂职，更有数千名教师、医生和科技工作者接力帮扶，助推宁夏80.3万贫困人口全部脱贫、

1100 个贫困村全部出列、9 个贫困县全部摘帽。

23 年来,分批选派各类干部人才 4000 多人进疆工作,财政安排援疆资金 51.52 亿元,实施援疆项目 795 个……

——留下浸润心田的大爱,民族团结事业结出石榴之果。

"重走林公路·丝路援疆情",2022 年 7 月 3 日至 17 日,一场横跨闽疆两地、飞越万里关山的主题采访活动在闽疆两地举行。两地新闻人因"闽疆缘、闽疆情"结谊,共同追寻林公在新疆的历史足迹,探寻新时代的福建援疆故事,传承弘扬伟大的爱国主义精神。

福建省第八批援疆前方指挥部负责人介绍,2020 年以来,组织开展两地各类文化交流活动约 190 场次。

福建援建,种下发展希望,绘就未来美好图景。

正如福建省第七批援疆工作队领队黄鹤麟在座谈会的发言:一世援疆情,一生新疆情。援疆这三年,是爱疆、建疆、护疆的三年,是追梦、筑梦、圆梦的三年,从此心中魂牵梦萦的是新疆。胡杨、雪莲、驼铃……情牵新疆,奉献新疆,祝福新疆!

使命在变、形势在变,情谊永不变。新征程上,闽疆、闽藏、闽宁,正续写"山海情"新篇章。

(作者:林宇熙、严顺龙,发布于新福建客户端 2022 年 7 月 22 日)

何为鱼水情？听听这主旋律

2022年8月1日，是中国人民解放军建军95周年。

7月29日，福建省双拥模范城（县）命名大会在福州举行，命名我省双拥模范城（县），表彰全省双拥工作先进单位和个人。

"军爱民，民拥军。"福建军民始终保留着革命年代的光荣传统，传承弘扬习近平同志在闽工作时关于双拥工作的重要理念和重大实践，"爱我人民爱我军"的主旋律，在闽山闽水间代代传唱。

身在福建，屏山君深切感受到：这片红土地双拥工作历史悠久，成绩斐然——

闽西红土地有着20多年"红旗不倒"的美誉；

早在第二次国内革命战争时期，上杭县才溪乡就成为中国革命史上第一个"拥军爱民模范乡"；

1991年1月，新中国成立后第一次全国双拥工作会议在福州召开；

……

2020年10月，在全国双拥模范城（县）命名暨双拥模范单位和个人表彰大会上，福建19个市（县）荣获全国双拥模范城（县）称号，实现全省所有设区市连续五届"满堂红"，成为全国唯一获此殊荣的省份！

人民军队发展史上的灼灼荣光

回顾人民军队95年发展史，福建发挥了重大作用，作出了巨大贡献。且看这些历史印迹——

1927年9月初，周恩来、贺龙、叶挺、朱德、刘伯承等率南昌起义军入闽，播撒武装斗争的火种。

1928年间，福建党组织领导发动了龙岩后田、平和、上杭蛟洋、永定、崇（安）浦（城）等农民武装暴动，打响福建武装反抗国民党反动派的第一枪，开启了创建革命武装、开展土地革命、开辟农村革命根据地的新阶段。

1929年初，毛泽东、朱德、陈毅等率红四军主力离开井冈山，于3月首次进入闽西，5月再次入闽。"红旗跃过汀江，直下龙岩上杭"，推动闽西革命根据地初步建立。

1929年12月上旬，毛泽东同志在连城新泉主持红四军军事政治整训。12月28日至29日，毛泽东同志在上杭古田主持召开红四军第九次党代表大会，这次会议通过的《古田会议决议》成为建党建军的纲领性文件。

1930年1月，毛泽东同志在古田写下名篇《星星之火，可以燎原》，"农村包围城市，武装夺取政权"的中国革命道路理论初步形成。

1934年10月，中央红军长征从龙岩长汀、三明宁化等地出发。

中央红军长征后，坚守福建各苏区的红军游击队，在党的领导下，紧紧依靠人民群众，进行3年艰苦卓绝的游击战争，保持了中国革命在南方的重要战略支点。

1938年初，近5000名红军游击队员整编为新四军北上，在抗日战场上取得 200 多次战斗胜利，被誉为"南方的模范队伍"。

解放战争时期，福建成立中国人民解放军闽浙赣边纵队和中国人民解放军闽粤赣边纵队。闽粤赣边纵队共辖 6 个支队，指战员最多时达 2 万多人。

从红军到八路军、新四军，直至人民解放军，都有福建子弟的身影。

革命战争年代，福建人民积极参军参战，配合支持，不怕损失财产和牺牲生命，为中国革命胜利和人民解放事业作出重要历史贡献。

屏山君了解到，福建全省 10 余万人参加红军，在册烈士 5 万多名。福建子弟兵近 3 万人参加长征，到达陕北仅 2000 人。基本由闽西子弟兵组成的红五军团第三十四师近 6000 人，在湘江战役中绝大部分壮烈牺牲，被誉为"绝命后卫师"。

岁月带不走荣光，历史再一次选择古田。2014 年 10 月 30 日，全军政治工作会议在福建省上杭县古田镇召开。

"爱我人民爱我军"的接力传承

"闽山闽水物华新"这句诗为福建人所熟知。这首诗就是为双拥工作而赋。

1991 年 1 月，新中国成立后第一次全国双拥工作会议在福州召开，时任福州市委书记习近平满怀豪情赋诗《军民情·七律》：

> 挽住云河洗天青，闽山闽水物华新。
>
> 小梅正吐黄金蕊，老榕先掬碧玉心。
>
> 君驭南风冬亦暖，我临东海情同深。
>
> 难得举城作一庆，爱我人民爱我军。

今天再朗诵，人民军队爱人民、人民军队人民爱的鱼水深情，依然跃然纸上。

习近平同志在福建工作期间高度重视、亲自推动双拥工作，被广大官兵亲切地称为"拥军书记"。

"部队的事，是国之大事，也是不寻常的特事。既然部队的事是特事，那就要特事特办。"

在习近平同志的关心推动下，随军家属子女落户、就业入学，部队营区、训练场地、出入通道建设，水电增容、征地、通信等棘手问题都逐一化解。

新时代新征程，如何传承弘扬好习近平同志在闽工作时关于双拥工作的重要理念和重大实践，持续唱响"爱我人民爱我军"的双拥"主旋律"？

福建紧紧围绕适应国家和军队改革进程，健全完善双拥政策法规。

2018年12月，我省在全国首个拥军优属地方性法规《福建省拥军优属若干规定》基础上，修订出台《福建省拥军优属条例》，提高义务兵优待金标准、提高烈士抚恤待遇，加强军人优待范围的广度和深度，进一步加大对军人子女的教育优待等。

2022年初，省退役军人厅联合28部门出台《关于加强军人军属、退役军人和其他优抚对象优待工作的实施办法》，涉及荣誉、生活、养老、医疗、住房、教育、文化交通和其他优待等8个方面153项优待内容，比国家目录多37项。

2022年6月，省双拥共建工作领导小组印发《关于加强新时代拥军支前工作的实施意见》，成为全国第一个出台拥军支前实施意见的省份。

"双拥工作的一大任务，就是消除官兵的后顾之忧。"

秉持这一理念，我省在双拥工作中始终想官兵之所想，急官兵之所急，帮助他们克服困难，解决问题。

7月，漳州常山、宁德林厝两个高速服务区先后设立军人驿站（退役军人服务站），为全国过往的军人军属、退役军人提供尊崇优待服务。

福州在全国率先建立"关爱军人困难家庭救助基金"，累计对2084户驻榕部队军人困难家庭开展关爱，发放救助金1042万元；在全省率先成立邮政"退役军人服务站""军人驿站"，整合邮政工作体系和退役军人、双拥工作体系，"双拥＋退役军人"工作法入选全国十大示范工作法。

三明市大力实施"司法拥军"，全市法院均成立涉军合议庭或审判庭。

晋江市创造性打造"拥军支前商会"，开展民企拥军、亲情拥军，丰富"晋江经验"。

......

军人身许国，全民尊其家。屏山君欣喜地发现，"拥军"已成为全社会的自觉行动。

目前，全省共有企业家拥军协会、爱国拥军促进会、军民融合促进会、妇女拥军协会等各类拥军组织45个、会员1万多名，先后筹措经费2000多万元支持驻高山、海岛艰苦地区的基层部队，帮助解决战备训练、生产生活、文化设施建设和帮扶困难官兵家庭等方面实际问题。

军人胸膛里永远装着人民

念念不忘，必有回响。全省人民对军队拥护与支持，部队对人民怀有深厚的感情，在危难之际，人民子弟兵总是毫不犹豫伸出援手。

2021年11月17日，在漳州市诏安县，陆军第七十三集团军某部中士田伟达在休假期间协助家人出海工作，偶遇游客落水。危急关头，他挺身而出，从冰冷刺骨的海水中救出 3 名游客，及时挽救了 3 个家庭。

2022 年 5 月 21 日，在泉州市区一个十字路口，一辆小轿车与电动车相撞，骑电动车的老人倒地受伤。事故发生后，行驶中的东部战区陆军某部一辆军车紧急停在路边，随车军医黄莉莎带领两名卫生员迅速下车，当即对老人展开检查并进行紧急救治。在场群众目睹了官兵救人全过程，称赞"人民子弟兵最棒"。

这样的事例不胜枚举。只要地方有需要，广大官兵始终义无反顾。

抢险救灾一线，他们冲锋在前。两年来，驻闽部队出动官兵 15 万多人次、工程机械 5000 多台，积极参与防台风、强降雨等自然灾害；在本土疫情发生期间，部队官兵闻令而动，驰援疫区，以战斗姿态，全力筑牢疫情防控坚固防线。

支援地方发展，他们全力以赴。驻闽部队采取工程用地、光缆迁移等方式，支持地方地铁、机场、港口等 1000 多项重点项目建设。

参与脱贫攻坚，他们尽心尽力。驻闽部队年均投入近 5000 万元，持续帮扶 416 个乡村基础设施建设。

……

勿忘昨天的苦难辉煌，无愧今天的使命担当，不负明天的伟大梦想。

踏上建军 95 周年的新起点，"爱我人民爱我军"这首主旋律将在福建代代传唱！

（作者：郑雨萱、林清智、严顺龙，发布于新福建客户端 2022 年 7 月 30 日）

风华正茂！ "省苏" 90 岁生快！

"他"，今年 90 岁了。

这两天，屏山君来到龙岩长汀，参加 "他" 的 "生日宴" ——纪念福建省苏维埃政府成立 90 周年大会。

走进革命老区苏区，屏山君再次零距离触摸这片承载着厚重历史的红土地。

往昔　红旗跃过汀江　直下龙岩上杭

"红旗跃过汀江，直下龙岩上杭，收拾金瓯一片，分田分地真忙。" 毛泽东同志当年在福建闽西写下的这首宏伟作品，生动地描绘了创建中央苏区特别是福建苏区的波澜壮阔历史画卷。

九十载栉风沐雨，九十载薪火相传。今天，屏山君和你一起穿越时空，回溯 90 年前的峥嵘岁月，重温那段历久弥新的光辉历程——

1931 年 11 月 7 日，中华苏维埃共和国临时中央政府在瑞金正式成立。作为中央苏区主要组成部分的闽西苏区，也酝酿着建立福建全省的苏维埃政权。

1932 年 3 月 18 日，根据中华苏维埃共和国临时中央政府的指示，福建省第一次工农兵代表大会在长汀隆重举行。

为期 4 天的大会，盛况空前，150 余名代表参会。大会讨论通过了一系列重要决议，宣布成立"福建省苏维埃政府"，标志着苏区的革命斗争和建设进入全盛时期。

"自带干粮去办公，日穿草鞋干革命，夜走山路访贫农"成为当年苏区干部的好作风。张鼎丞、张思垣、郭滴人等一批当年的"顶流"，为建设和保卫苏区，作出了不可磨灭的贡献。

实行工农兵代表大会制度，奠定了政权建设的基本原则；实施选举制度，开创了民主建政新路；创建苏维埃法律体系，保障工农群众的民主权利和有序政治参与……

战火硝烟中，一次全过程人民民主的伟大探索就此拉开帷幕，闽西成为中共民主建政的重要孕育地和实践地，为全国苏区政权建设积累了宝贵经验。

在革命根据地的创建和发展中，在建立红色政权、探索革命道路的实践中，苏区人民前赴后继、英勇斗争，谱写了一曲曲可歌可泣的英雄赞歌，践行了伟大建党精神，铸就了苏区精神，为闽西赢得了"二十年红旗不倒"的赞誉。

今朝　红色精神代代传　发展面貌日日新

囿于历史条件，福建原中央苏区大多地处山区，受地理位置、资源禀赋等影响，经济发展相对落后，财力比较薄弱，在基础设施建设、产业发展和公共服务保障等方面还存在短板。

习近平同志在福建工作期间，经常深入老区苏区调查研究，关心支持老区苏区发展，倾力改善老区苏区民生。党的十八大以来，习近平总书记作出一系列重要指示，为我们弘扬革命传统、做好老区苏区工作指明了方向。

把革命老区苏区建设得更好，让老区苏区人民过上更好的生活，是党中央赋予我们的重大政治责任。党的十八大以来，福建上下牢记嘱托，持续创新帮扶机制，持续攻坚克难、输血造血。

一项项大手笔政策指向老区苏区，一波波真金白银投向老区苏区。到 2020 年底全省现行标准下 45.2 万户农村建档立卡贫困人口全部脱贫，2201 个建档立卡贫困村全部退出，23 个省级扶贫开发工作重点县全部摘帽，脱贫攻坚取得决定性的胜利。

从前"干革命走前头、搞生产争上游"，如今"奔小康不掉队、谋发展争跨越"。今天福建的老区苏区是什么样？屏山君一定要和你说一说——

基础设施提档升级。全省老区苏区实现"市市通快铁""县县通高速"，所有县城实现 15 分钟内上高速，基本实现"镇镇有干线"。

富民产业赋能乡村振兴。福建每年安排财政资金 20 亿元以上，支持老区苏区发展茶叶、蔬菜、水果、畜禽、渔业、食用菌等乡村特色产业。

公共服务提质增效。全省老区苏区农村小规模学校附设幼儿园全覆盖，所有老区苏区县成为"全国义务教育发展基本均衡县"，全面实现低保、特困供养和临时救助标准城乡一体化。

生态优势日益凸显。全省老区苏区水、大气、生态环境保持全优，县级以上饮用水水源地水质达标率 100%，南平、三明、龙岩等重点革命老区森林覆盖率都接近 80%，绿色优势更加凸显。

赴宴之余，行走在人称"红色小上海"的长汀，屏山君发现，一个转角就有可能遇见一个革命旧址。此外，纺织工业园、稀土工业园、医疗器械产业园等现代产业，也井然有序排布于城中。

先烈洒过热血之处，必有后来人播种出希望之花。屏山君欣喜看到，如今的老区苏区，红色精神代代相传，发展面貌日新月异。

明日　饮水思源聚合力　初心如磐向未来

90 年前，工农革命，风起云涌、如火如荼；90 年后，老区不老，发展如歌、风华正茂。"90 后"老区苏区，未来可期。

屏山君细数了下，这几年，好消息不断，而且每个"干货"满满，有"料"又有"范儿"——

2021 年 4 月，国务院办公厅印发《新时代中央国家机关及有关单位对口支援赣南等原中央苏区工作方案》，龙岩全境 7 个县（市、区）和三明 5 个县正式列入对口支援范畴。2022 年 3 月，经国务院批复，国家发展改革委印发了《闽西革命老区高质量发展示范区建设方案》，对闽西革命老区振兴发展作了全面系统部署。这是闽西革命老区高质量发展示范区建设的"路线图"和"施工图"。2022 年 5 月，国家发展改革委印发了《革命老区重点城市对口合作工作方案》，明确龙岩市与广州市、三明市与上海市建立对口合作关系，并提出了 5 项重点任务。就在这次的"生日宴"上，中国建筑集团、中粮集团、华润集团等知名央企，带来了 20 个支持闽西革命老区高质量发展示范区建设的合作项目。

一桩桩，一件件，都是党中央、国务院对老区苏区的关心支持，是重大历史机遇，汇聚起老区苏区振兴发展的强大合力。

要饮水思源，决不能忘了老区苏区人民。

一切向前走，都不能忘记走过的路；走得再远、走到再光辉的未来，也不能忘记走过的过去，不能忘记为什么出发。

殷殷嘱托，言犹在耳。

参加了 90 岁"生日宴"，屏山君也相信，到"百岁宴"之际，老区苏区将建设得更加美好，老区人民也将过上更加殷实的生活，与全国人民一道，实现共同富裕。

（作者：郑昭、严顺龙，发布于新福建客户端 2022 年 9 月 17 日）

福来福往长情在！
福建与长崎的 40 年"老友记"

2022 年 9 月 29 日，屏山君见证了一场特别的"见面会"：福建省与长崎县，位于中国东南沿海与日本九州岛最西端的两地，各界代表人士相聚云端，共同庆祝结好 40 周年。

共同举办中日黄檗文化交流大会，福建省博物院与长崎县历史文化博物馆联合举办主题展览，贴着"崎岖路、长情在""崎岖路上风雨共、福来福往长情存"祝福语的抗疫物资往来两地间……现场，大家共同观看了短片，重温两地友好交往的一幕幕，展望携手共进的美好未来。

日本的县，相当于中国的省级行政区。长崎县是日本距离亚洲大陆最近的地方，是日本对外交流、对外开放的门户，也是日本著名的观光旅游胜地。

其实，福建与长崎的缘分不止 40 年。长崎县首府长崎市，与福建省省会福州市，已缔结友城 42 年，是我省对外结好的第一对国际友城。"第一"的背后，则有着更深的历史渊源和文化连接。下面，就跟着屏山君一起，探寻福建与长崎之间不得不说的故事吧。

368 年前的"福"文化使者

在福建福清与日本京都，有两座名字相同、建筑构造相似的寺——黄檗山万福寺。这特别的连接，因一人而起——隐元禅师。

明朝崇祯十年（1637 年）10 月至南明永历八年（1654 年，即清顺治十一年）5 月之间，祖籍福清的隐元禅师住持并振兴了福清黄檗山万福禅寺。

17 世纪中叶起，日本江户时代实行闭关锁国政策，长崎的出岛是日本唯一的对外开放港口。也正是在这一时期，福建与长崎海上贸易快速发展，促进了文化的交融。

1654 年，63 岁高龄的隐元禅师应长崎唐人的恳请，由厦门东渡日本长崎弘法，于 1661 年转赴京都，创建了黄檗山万福寺，创立了日本黄檗宗，由此衍生发展的黄檗文化成为中日文化交流的一条重要纽带。

长崎兴福寺，是隐元禅师东渡弘法住持的首座寺院，是 16 世纪建造的长崎四大中国汉唐古风寺庙之一，至今仍悬挂着隐元禅师"初登宝地"的匾额。

屏山君曾有幸于 2019 年赴长崎采访，探访兴福寺，深切感受到：在饮食、建筑、印刷、书法、习俗等方面，两地有许多相似之处。例如，在日语发音中，"普茶料理"与福清方言"福清料理"相似，胡麻豆腐、杂烩菜、油炸馒头、仿肉菜式是其代表菜品，进餐时大家围坐在没有主次之分的圆桌旁，用自己的筷子随意取食摆在桌子中间的菜肴，注重人与人之间的和睦平等；隐元禅师引入了福建饮茶的习俗，后来发展成为煎茶道；带去了四季豆、西瓜等农作物，在当地四季豆也被称为

"隐元豆"，还带去了印刷术以及如今日本新闻出版普遍使用的明朝体；长崎灯会、舞龙舞狮已经融入长崎市民的日常生活，成为长崎多元文化的一部分……

兴福寺第三十二代住持松尾法道曾6次到中国寻访黄檗文化的故地，他告诉屏山君："当年从福州来长崎的贸易商人，租住在当地人家中，可用白糖代替钱付给房主，在当时白糖比钱更贵重，这也影响了长崎人的口味，和福州人一样都偏好甜。我想，这是两地紧密历史关系的最好例证。"

2015年5月23日，中国国家主席习近平在中日友好交流大会上特别提到："我在福建省工作时，就知道17世纪中国名僧隐元大师东渡日本的故事。在日本期间，隐元大师不仅传播了佛学经义，还带去了先进文化和科学技术，对日本江户时期经济社会发展产生了重要影响。2009年，我访问日本时，到访了北九州等地，直接体会到了两国人民割舍不断的文化渊源和历史联系。"

他说："中日一衣带水，2000多年来，和平友好是两国人民心中的主旋律，两国人民互学互鉴，促进了各自发展，也为人类文明进步作出了重要贡献。"

福建鲍鱼的"长崎基因"

1980年10月20日，福州市与日本长崎市缔结友好城市关系。渔业资源丰富的两市，在水产领域携手相伴、共同发展，取得了累累硕果。

1985年以来，长崎市先后向福州市赠送了盘鲍、红海胆、海葡萄等优质海产品种苗；福州市也向长崎市赠送了海带苗、杂交鲍等优良品种。20 世纪 90 年代，在长崎水产技术专家的指导下，福州将长崎的盘鲍和中国北方的皱纹盘鲍进行杂交，在国内率先成功培育出杂交苗，对福州市杂交品系的鲍种质复壮起到了积极作用，该杂交苗也是国内目前鲍鱼养殖的主导品种。

一颗小小鲍鱼，仅是福建与长崎友好交往的一个缩影。

自 1982 年以来，我省每年都组织专业考察团访问长崎县，长崎县也相继派团访闽。20 世纪 80 年代，我省自长崎县引进甜瓜、枇杷、葡萄品种，试种获得成功，并在省内外推广。自 2006 年以来，长崎县每年都率团参加中国投资贸易洽谈会，推介长崎丰富的文旅资源，展示精美的长崎瓷器、蛋糕、清酒等物产，促成了一批商务、文旅、环保等合作项目。

长崎梵钟"福建铸造"

2021 年 11 月 14 日，由福建省捐赠的"世界和平钟"启用仪式在长崎县兴福寺举行。梵钟口径约 1.2 米，高约 2 米，重约 2.5 吨，正面印刻"世界和平钟"5 个大字。

据介绍，该寺原有梵钟在清代初期由华侨共同捐资铸造，1820 年重铸，1940 年毁于战事。2020 年，在省外办等部门积极协调下，在福州、福清市政府和河仁基金会大力支持下，梵钟如期铸造完成，通过福州港运往长崎。

"近些年来，长崎县和福建省围绕共同的文化符号'隐元禅师'和黄檗文化，开展了文化及学术交流，世界和平梵钟也正作为两省县友好的象征而受到长崎县人民的喜爱。"长崎县知事大石贤吾在视频致辞中表示。

文化是民心相通的纽带。近年来，我省与日本京都府、长崎县等地共同开展了形式多样、内容丰富的黄檗文化交流活动。2021年，经省民宗厅批准，由福清黄檗山万福寺牵头，正式设立福建省黄檗禅文化研究院。就在6月底，由省外办与福建省文旅厅、福州市主办的"一脉相承 花开两邦"——纪念中日邦交正常化50周年黄檗文化展在省美术馆开幕，吸引许多市民前往观展。

40年友情历久弥坚

缔结友城关系究竟意味着什么？屏山君了解到：国际友好城市，是各国地方政府之间通过协议形式建立起来的国际联谊与合作关系，属于民间外交范畴。"走亲戚"、品文化、谈合作……友好城市依靠共同特性凝聚共识，凭借互补优势促进共同发展。

40年来，在双方的共同努力下，福建与长崎在经贸、科教、农林、水产、轻工业、交通等领域开展了广泛的交流与合作，取得了可喜的成绩。

高层互访、巩固友谊。据不完全统计，40年来，双方通过友城渠道累计互派团组和人员565批、9210人次。福建福州、厦门、漳州以及泉州南安市分别与长崎、佐世保、谏早、平户市缔结了友城关系。在长崎县政府门口，就摆放着福建省于2018年3月赠送的一对青石狮雕，正是两省县友好交往的见证。

人文互通、交流密切。两地跨越山海，开展丰富多彩的教育、文化、体育等交流合作，长崎县有80多名水产、农业、造船等专家教师来福建工作，福建有 300 多名留学生赴长崎学习，两地青年相知相亲，种下世代友好的友谊种子。

民间友好力量跨越国界、跨越时空、跨越文明。长崎县知事高田勇和民间友好人士松藤悟司于 1995 年分别捐资在福州罗源县兴建 2 所小学；长崎县于 1997 年捐赠 2830 万日元在我省宁德古田县等地兴建了 10 所希望小学……

"真诚欢迎长崎县的朋友们多到福建游览观光、投资兴业，持续深化民间交往和青年交流，为中日友谊与合作添砖加瓦。"

"长崎县与福建省之间的友情，已经成为长崎县人民的珍贵财富，并将世世代代传承下去。"

现场聆听两省县各界人士感言，见证双方高校代表签署合作备忘录，屏山君感慨万千，正如中国古语所言：以心相交，方能成其久远。因海结缘、向海而兴、以心相交，愿"福崎"友谊地久天长！

（作者：林宇熙、张永定，发布于新福建客户端 2022 年 9 月 30 日）

办好教育，福建最大优势在哪里？

又一个春天如约而至。

时值习近平总书记来闽考察两周年，屏山君参加了多场重要活动。其中，2023 年 3 月 24 日召开的省委理论学习中心组学习会，深入学习贯彻党的二十大精神，重温习近平总书记来福建考察重要讲话精神，把学习贯彻不断引向深入。会议特别强调要加快建设现代化经济体系，完整、准确、全面贯彻新发展理念，坚持教育发展、科技创新、人才培养一体推进。

2023 年 3 月 26 日，习近平总书记关于教育的重要论述理论研讨会在福建举行，国内知名高校的专家学者相聚榕城，重温研讨重要理念、重大实践，共商教育强国之策。

春风化雨，万物生长。

屏山君认为，这些活动的连续举办，时机特殊、意义重大。因为我们清晰记得：2021 年 3 月，习近平总书记回到"第二故乡"考察，情暖山海，寄望殷殷：要全面贯彻党的教育方针，落实立德树人根本任务，坚持教育公益性原则，深化教育改革，办好人民满意的教育。

感悟真理伟力，感受福建实践，集聚众智办好教育，推进教育强国、强省建设，屏山君为您回顾本次研讨会的思想碰撞与火花。

思想先声　孕育实践

2021 年 3 月，习近平总书记来闽考察时动情地说："这里的山山水水、一草一木，我深有感情。离开福建以后，我也一直关注福建。在这里工作期间的一些思考和探索，在我后来的工作中仍在思考和深化，有些已经在全国更大范围实践了。"

福建是习近平总书记关于教育重要论述的重要孕育地和实践地。习近平同志在福建工作 17 年半，始终"把教育摆在先行官的位置"，以全局眼光和战略思维来谋划和推动教育事业发展，既为福建教育事业发展提供了价值依循，又为全国更大范围的教育工作积累了宝贵经验。

参天大树，必有其根。

丰富的理论离不开深邃的思考。中国社会科学院哲学研究所党委书记、副所长、研究员王立胜深入福建各地调研后提出观点：这一系列重要论述形成于世纪之交国际形势发生深刻变化、国内社会主义现代化事业加速推进的时代条件；形成于党和国家深入推进教育体制改革、中国特色社会主义教育事业蓬勃发展的现实背景；形成于有效利用福建地域优势、充分弘扬福建文化传统的省情基础上。

"习近平总书记在福建工作期间关于教育工作的重要论述，是十八大以来习近平总书记关于教育重要论述的理论雏形和思想先声。"王立胜表示。

深邃的思考离不开躬身实践。闽江学院党委书记叶世满认为，这一系列重要论述强大而持久的生命力，源于习近平同志"不当挂名校长"的责任担当和亲力亲为的教育实践，习近平同志亲自兼任闽大校长长达

6 年，为闽大改革发展把方向、谋规划、作决策、解难题、办实事，创造性提出"不求最大，但求最优，但求适应社会需要"的办学理念，影响极其深远。

"习近平同志坚持'马上就办、真抓实干'，经常到学校召开现场办公会、座谈会。"时任闽江职业大学党委副书记、常务副校长孙芳仲和大家分享了一段难忘往事，得益于习近平同志亲自抓、亲自管，闽大先后与福州市中级人民法院、福州市土地局等单位联办法律、土地管理等紧缺专业，培养了一大批应用型人才，就业率接近 100%，成功探索出一条办学治校的新路子。

厦门大学党委副书记徐进功说，长期以来，厦门大学的建设和发展得到了习近平总书记的深情关怀和悉心指导。"习近平同志先后在厦门大学建校 80、90、100 周年的关键时刻莅校指导或发来贺信，为学校擘画发展蓝图，令全体厦大人倍感振奋。"

"这些温暖瞬间、感人故事，让我们充满力量；这些重要指示重要要求，就是福建办好教育的最大优势。"研讨会上，近距离感悟习近平总书记深厚的教育情怀、生动的教育实践和深邃的教育理念，来自全国各地的参会者深受教育和鼓舞。

真理伟力　枝繁叶茂

教育是国之大计、党之大计。

2021 年 3 月 25 日，习近平总书记时隔多年再次走进闽江学院。校园广场上师生们高喊"总书记好""习校长好"，总书记向大家挥手致意。一进校园，总书记就感慨，过去巴掌大的地儿，现在这么大的发展，沧桑之变啊！

牢记嘱托、感恩奋进。一校之变，窥见全域。

"过去五年和新时代十年，福建省委、省政府坚持以习近平新时代中国特色社会主义思想为指导，全面贯彻党的教育方针，牢牢把握社会主义办学方向，坚持优先发展教育不动摇，教育事业取得了跨越式发展。"研讨会上，中国人民大学党委书记张东刚这样点赞福建教育事业。

跨越式发展的背后，凝聚着习近平总书记对福建教育事业的深情厚望，浸润着福建干部群众和教育工作者沿着总书记指引的方向拼搏奋斗的辛勤汗水——

从地方到中央工作，习近平总书记高度重视、亲力亲为推进教育事业发展。同时，他长期牵挂福建教育事业发展，在福建工作期间，习近平同志兼任闽大校长、担任集美大学校董事会主席，审时度势、亲自擘画建设福州地区大学城。党的十八大以来，习近平总书记先后给集美大学、闽江学院、华侨大学、厦门大学致贺信、作批示；2014年，习近平总书记来闽考察时，殷殷叮嘱"福建没有理由不把教育办好"；2021年3月25日，习近平总书记专门到闽江学院调研并作出重要指示。

近年来，福建始终把教育摆在优先发展战略地位：教育支出是我省财政第一大支出，年均增长8%，五年来教育经费投入达6685亿元。努力促进教育公平惠及民生，全省学前三年入园率、九年义务教育巩固率、高中阶段毛入学率、高等教育毛入学率等主要指标均高于全国平均水平，还在全国率先实现义务教育发展基本均衡县全覆盖，基础教育质量居全国第一方阵，从"有学上"迈向"上好学""学得好"。具有福建特色的现代职业教育体系基本形成，高等教育日益成为新福建建设的创新引擎……

就在几天前，好消息从北京传来："2022 年度中国科学十大进展"发布，厦门大学、中国科学院福建物质结构研究所、厦门福纳新材料科技有限公司合作研发的"温和压力条件下实现乙二醇合成"项目成功入选。

消息振奋人心，背后更是我省高校人才探索科技前沿的接力传承。近年来，我省积极打造高质量人才培养体系，全省高校每年平均培养 20 多万人才，高校获国家自然科学基金项目与经费占全省总数 85% 以上，获省科学技术奖一等奖占 50% 以上。

"福建教育事业发展成绩，有目共睹！"与会专家学者认为，福建大力传承弘扬习近平同志在闽工作期间推进教育改革发展的重要理念和重大实践，坚持教育优先发展战略，不断完善教育体系，推动福建教育事业发展取得了显著成效，为新发展阶段新福建建设提供了有力的人才支撑。

从福建走向全国，习近平总书记关于教育重要论述的真理力量和实践伟力，在实践中不断丰富发展，正深深扎根、枝繁叶茂，焕发出强大生命力。

强国建设　教育何为

屏山君注意到，党的二十大报告将教育、科技、人才专章论述和一体部署，擘画了教育强国建设的发展定位、建设目标、原则要求，丰富和发展了习近平总书记关于教育的重要论述，是习近平新时代中国特色社会主义思想的重要组成部分。

新时代新征程，如何加快建设教育强国，为中国式现代化提供有力人才支撑？作为新思想重要孕育地和实践地，福建如何发挥独特优势，在新起点上实现新作为？本次研讨中，与会代表也进行了热烈研讨，建言献策。

教育部社会科学司副司长聂清斌介绍，当前教育部正以党的二十大精神和习近平总书记关于教育的重要论述为指引，成立工作专班研制教育强国建设规划纲要，聚力夯实全面建设社会主义现代化国家的战略性、基础性支撑。希望与会专家学者围绕习近平总书记关于教育的重要论述、关于中国式教育现代化、在福建工作期间关于教育的理论实践等方面，多谋创新之举、多建睿智之言、多献务实之策。

习近平总书记多次强调教育的根本任务就是立德树人，就是培养德智体美劳全面发展的社会主义建设者和接班人。对此，北京大学习近平新时代中国特色社会主义思想研究院常务副院长孙熙国认为，真正落实好立德树人根本任务，就必须从根本上解决好培养什么样的人、怎样培养人、为谁培养人的问题。

中央马克思主义理论研究和建设工程首席专家、中央党校（国家行政学院）教授严书翰说，进入新时代，办好思政课成了抓好思想政治教育最为重要的任务之一，习近平总书记对此发表了一系列重要论述，从中我们可以感悟到办好思政课是习近平总书记心中的国之大者。"认识是行动的先导。我们只有对这个重要战略问题认识到位，才能在实际工作中把思政课办好。"

"坚持以人民为中心发展教育，办好人民满意的教育。"中央党校（国家行政学院）科学社会主义教研部教授康晓强建议，立足已有优势，福建要深刻把握习近平总书记关于坚持以人民为中心发展教育重要论述的精髓要义，以人民满意作为衡量教育事业发展的根本标尺，满足人民群众对更加公平、更高质量教育的新期待，同时依靠人民推动教育改革创新，不断实现人民对美好生活的向往。

展望未来，浙江大学副校长黄先海期待进一步深化习近平总书记关于教育的重要论述理论研究，串联起从福州到浙江，再到上海、中央的全链条溯源，为构建习近平教育思想理论体系贡献智慧和力量。

争优！争先！争效！新的赶考路上，福建有责任有优势把教育办得更好。让我们一起期待福建答好"强国建设，教育何为"的时代之问。

（作者：严顺龙、刘必然、徐文锦，发布于新福建客户端 2023 年 3 月 26 日）

关乎全局的主题教育，如何满溢
"福建味道"

当前，一场事关 9600 多万党员的主题教育，在全国有序推进、迅速展开。

今天下午，福建省学习贯彻习近平新时代中国特色社会主义思想主题教育工作会议在福州召开。屏山君全程聆听了大会，深切感受到：在这件关乎全局的大事上，福建作为习近平新时代中国特色社会主义思想重要孕育地和实践地，应以更高站位、更大责任、更深感情，既对标对表中央、高标准高质量开展，又立足实际、特色鲜明扎实推进。

那么，下一步福建如何充分发挥优势，努力在主题教育中走前头、作表率？屏山君认为，紧扣主题教育"学思想、强党性、重实践、建新功"总要求，应注重统筹处理好"五组关系"。

统筹处理好深学与悟透的关系

习近平新时代中国特色社会主义思想，是马克思主义中国化的最新理论成果，是新时代党和国家事业发展的根本遵循。

屏山君认为，这次主题教育是一次理论大学习、思想大武装，因此坚决不能作浮于表面、蜻蜓点水式的学习，要坚持边学习边思考边领悟，处理好深学与悟透的关系，在学思践悟上持续下功夫、见成效，以习近平新时代中国特色社会主义思想凝心铸魂。

首先是原原本本，坚持读原著学原文悟原理。主题教育中，我们要认真学习《习近平著作选读》《习近平新时代中国特色社会主义思想专题摘编》《习近平新时代中国特色社会主义思想学习纲要（2023版）》等中央指定书目，反复研读精读，领悟思想精髓。

其次要追根溯源，探寻新思想的源头活水。"问渠那得清如许，为有源头活水来。"我们要用好《习近平在福建》系列访谈实录、《闽山闽水物华新——习近平福建足迹》等特色学习材料，从理论和实践的源头，细细品味穿越时空、历久弥新的真理味道、思想伟力、领袖魅力。

最后要立足实际，注重把自己摆进去把职责摆进去。这次主题教育坚持学思用贯通、知信行统一，所以对每个党员而言，都要联系实际、立足工作，努力做到以学铸魂、以学增智、以学正风、以学促干，以实际行动坚定拥护"两个确立"、坚决做到"两个维护"。

统筹处理好教育与实践的关系

2023年，是全面贯彻落实党的二十大精神的开局之年，主题教育正当其时、意义重大。

屏山君注意到，这次主题教育的总要求落在"重实践、建新功"上，指向十分明确，即要求我们要把主题教育与中心工作统一起来，做到两手抓、两促进。

牢记嘱托，感恩奋进。当前，全省上下正扎实开展"深学争优、敢为争先、实干争效"行动，我们做好结合文章，把主题教育与省委行动紧密结合起来，把落实党中央决策部署与推动本地区本部门本单位工作结合起来，整体谋划、一体推进，聚焦高质量发展主战场，树牢实践意识、强化实干为要、务求工作实绩，引导广大党员干部积极投身新时代新福建建设的火热实践，奋力谱写全面建设社会主义现代化国家福建篇章。

实践中，我们要着眼践行宗旨为民造福，深刻领悟习近平新时代中国特色社会主义思想是为人民代言、为人民立言、为人民造福的思想，把以人民为中心的发展思想贯穿主题教育，聚焦解决群众急难愁盼，落实省委省政府 2023 年为民办实事项目，不断提高 4100 多万福建人民的生活品质，促进共同富裕。

统筹处理好对标对表与突出特色的关系

习近平同志在福建工作 17 年半，创造了宝贵的思想财富、精神财富和实践成果，这是我们开展主题教育的宝贵资源。习近平总书记始终高度重视福建发展，每到关键节点、重要时刻都亲自为福建把脉定向、指路引航。

福建承载着殷殷嘱托，肩负开展好主题教育的重大使命。不仅要学出个样子，更要努力在全国学出个"样板"。如何争当优等生？做好"自选动作"尤为关键。屏山君注意到，在历次主题教育中，福建就十分注重用好这一宝贵资源，在"自选动作"上突出特色、注重成效。

在新征程上继续争当"优等生"，福建有优势、有责任，继续把"自选动作"做得出新出彩——

在创新学习载体方面，我们要用好《摆脱贫困》《习近平在福建》《闽山闽水物华新》等特色教材，用好"三进下党""木兰溪治理""万寿岩遗址保护"等特色资源、宁德赤溪村等新思想实践示范基地；

在锤炼工作作风方面，我们要大力弘扬"四下基层""四个万家""滴水穿石""马上就办、真抓实干"等优良传统和作风，让党员干部在重读经典、重温思想中不断增强对党的创新理论的政治认同、思想认同和情感认同。

坚持因地制宜、用好宝贵资源，让我们期待接下来如火如荼开展的主题教育，充满"八闽特色"、满溢"福建味道"，接地气又快落地，以富有感染力的动人"交响乐"融入这场嘹亮的"大合唱"。

统筹处理好调查研究与解决问题的关系

调查研究，是我们党的传家宝。2023年是毛泽东同志才溪乡调查90周年、习近平同志提出"四下基层"35周年。

屏山君认为，开展主题教育的过程，同样是一个发现问题、研究问题、解决问题的过程。大兴调查研究，是开展主题教育的重要内容，是开展好主题教育的重要武器。

日前，省委办公厅印发了《关于在全省大兴调查研究的实施方案》。我们要认真对照执行，把方案明确的"贯彻落实党中央决策部署和习近平总书记对福建工作重要讲话重要指示批示精神的主要情况和重点问题"等13个方面调研课题，抓紧抓实、抓出成效。

调研中，我们要大力倡导"四下基层""四个万家"，落实好党员领导干部直接联系群众、挂钩联系民营企业等制度，多采取"四不两直"

方式，最大限度减少对群众的干扰，切实减轻基层负担。更重要的是，要带着问题带着思考，做到人到、身入、心贴近，脚上粘泥土、身上带露珠，把基层实情摸清楚，把问题解决好，让广大群众实实在在感受到主题教育带来的实惠与成果。

统筹处理好"当下改"与"长久立"的关系

开展主题教育，首先看态度，关键看行动，最终看效果。把问题整改贯穿主题教育始终，是本次主题教育的重要要求。

如何检验主题教育的成效？群众满不满意是根本评判标准。

因此，我们要坚持边学习、边对照、边检视、边整改，全面查找自身不足和工作偏差，奔着问题去、带着问题学、对着问题改，在主题教育中纠"四风"、树新风；坚持"开门搞教育"，解决群众急难愁盼问题，增进民生福祉，让群众得实惠。

"高手在民间"，总结人民群众的智慧之光、经验之谈、应变之方十分必要。问需于民、问计于民，从而建立巩固深化主题教育成果的长效机制，健全学习贯彻党的创新理论的制度机制，从思想根源和制度机制上解决问题，以整改的实际成效取信于民。

当前，福建正以高度的政治自觉、思想自觉和行动自觉，既严格对标对表中央，又突出鲜明特色，认真组织实施好这次主题教育，点亮大学习的灯塔，用真理之光照亮梦想。

中国共产党已走过百年奋斗历程，立志于中华民族千秋伟业，责任无比重大、使命无上光荣。

新时代新征程，通过一次次学习教育，我们党将持续自我净化、自我完善、自我革命、自我提高，不变质、不变色、不变味，带领中华民族以更加昂扬的姿态屹立于世界民族之林。

（作者：周琳、严顺龙、刘必然，发布于新福建客户端 2023 年 4 月 10 日）

调查研究的"源头活水"，
在福建汩汩流淌

作为中国共产党的传家宝，调查研究始终是干革命工作、抓发展建设的重要利器。2023 年开春，党中央决定，在全党大兴调查研究，作为在全党开展的主题教育的重要内容，推动全面建设社会主义现代化国家开好局、起好步。

问渠那得清如许，为有源头活水来。

2023 年恰逢毛泽东同志才溪乡调查 90 周年，是习近平同志提出"四下基层" 35 周年，屏山君和您穿越时空、追根溯源，一起探寻调查研究在福建的"源头活水"。

才溪乡调查：深入实际实事求是的典范

红旗跃过汀江，直下龙岩上杭。

才溪乡（现为才溪镇），位于上杭县西北部。1933 年，才溪乡因在乡苏维埃选举、扩大红军及发展经济等方面的突出表现，得到中央苏区及福建省苏维埃政府的嘉奖，被誉为"第一个模范区"。

1930 年 6 月至 1933 年 11 月，毛泽东同志曾 3 次到才溪乡开展调查研究。1933 年 11 月下旬，毛泽东同志率领中央政府检查团，从红都瑞金出发，沿着汀江，步行数日，第三次来到才溪乡，调查"乡苏"（乡苏维埃）工作。

在才溪乡调查中，毛泽东同志运用马列主义的立场、观点、方法，对才溪人民的革命斗争实践进行了全面、系统、周密的调查和科学的总结，写下了著名的《才溪乡调查》。《才溪乡调查》全文约 1.2 万字，系统总结了苏区革命斗争和政权建设的经验，为中华苏维埃第二次全国代表大会作准备，也树立了共产党人走群众路线，深入实际、调查研究、实事求是的光辉典范。

历史长河，奔流不息。

1996 年到福建省委工作后，习近平同志下基层的第一站就选在革命老区闽西。当年 5 月 2 日至 7 日，他深入永定、长汀、上杭和龙岩（今新罗区）等四个县（市）开展调查研究。5 月 3 日那天，时任福建省委副书记习近平参观了毛泽东才溪乡调查纪念馆。

"在一幅毛泽东开展调查的油画前，习近平同志表示，这体现了毛主席这一代中国共产党人实事求是调查研究的作风，值得我们学习。"对当年的情景，毛泽东才溪乡调查纪念馆原馆长黄春开记忆犹新。

2023 年以来，前往纪念馆参观学习、旅游打卡的社会各界人士络绎不绝。屏山君也多次走进才溪，重温、学习毛泽东同志开展调查研究的方法技巧、重大成果等。

龙岩市委党史和地方志研究室原主任苏俊才认为，毛泽东同志一向倡导并重视调查研究，坚持从实际出发，作出决策，指导斗争。"毛泽东同志在调查研究中提出的一系列理论观点和工作方法，对推进全党在新时代大兴调查研究工作，具有重要的历史意义和现实价值。"

"四下基层""四个万家"优良传统一脉相承

在福建工作时，习近平同志提倡：做县委书记，一定要把下辖的村走完；做市委书记，一定要把乡镇走完；做省委书记，一定要把县走完。

屏山君翻阅《闽山闽水物华新——习近平福建足迹》，对其中的一段话印象颇深：刚到厦门，习近平同志就买了一辆自行车，穿行在山区街道、工厂企业。特别是第一年，他对当地的情况不是太熟悉，工作中至少有1/3的时间花在调研上。这是当时习近平同志身边工作人员王太兴的一段回忆。

多位曾与习近平同志在福建共事的老同志回忆，坚持先调研后决策，坚持以调研发现问题、推动工作，是习近平同志一贯的工作方法。

比如，刚到宁德工作，习近平同志面对当地群众"三大梦想"的热切期盼，不急于烧"三把火"，而是一头扎进基层、以调查研究作为工作开局，走遍闽东9个县（市），并到浙南温州、苍南、乐清等地学习考察，在深入调研、科学决策基础上提出"滴水穿石""弱鸟先飞"。

从深入调研、科学论证，组织编写《1985年—2000年厦门经济社会发展战略》，到万人答卷、千人调研、百人论证，几经商榷、十易其稿制定出台《福州市20年经济社会发展战略设想》（简称"3820"工程）；从宁德任上提出"四下基层"（信访接待下基层、现场办公下基层、调查研究下基层、宣传党的方针政策下基层），到福州部署开展"四个万家"（进万家门、知万家情、解万家忧、办万家事）活动；从跋山涉水"三进下党"倾听群众心声、解决实际困难，到"七下晋江"调研总结"晋江经验"……

1985 年 6 月到 2002 年 10 月，习近平同志先后在福建经济特区、贫困山区、省会城市以及省委、省政府担任重要职务。在福建工作的 17 年半，他既注重用好调查研究这个传家宝，又不断活用创新，赋予新的内涵。

诚如《闽山闽水物华新——习近平福建足迹》所述：他怀抱一颗赤子初心，走遍八闽山山水水，不断探索实践，亲身经历了这片土地上波澜壮阔、日新月异的改革开放和现代化建设进程，提出了一系列极具思想性、战略性的创新理念，开展了许多极具前瞻性、引领性的创新实践。

历史观照现实：今天如何开展调查研究

习近平同志在福建工作时曾经说过，"没有调研就不要决策""谋于前才可不惑于后"。

时下再提"大兴调查研究"，屏山君特别留意到党中央工作方案有这样一段表述：世界百年未有之大变局加速演进，不确定、难预料因素增多，国内改革发展稳定面临不少深层次矛盾躲不开、绕不过，各种风险挑战、困难问题比以往更加严峻复杂，迫切需要通过调查研究把握事物的本质和规律，找到破解难题的办法和路径。

由此观之，大兴调查研究，已上升到事关全局的工作方法，是一种战略考量。面对新形势新要求，广大党员干部如何把自己摆进去、把职责摆进去，在大兴调查研究中走在前、作表率？

开展调查研究，首先要弘扬优良传统，走好党的群众路线。

习近平同志在福建工作期间，特别注重深入基层、深入群众，走进海拔近千米、边远贫困的军营村和白交祠村，"三进下党""七下晋江"

等等，足迹遍布"老、少、边、岛、贫"地区，真诚倾听群众呼声、真情关心群众疾苦、真心解决实际困难。

近年来，省委在全省实施"无会周"制度，推动各级领导干部走好群众路线，把更多的时间和精力投入到密切联系群众、多下基层中，在工作的第一线推进经济社会高质量发展。

弘扬优良传统，省委于 2021 年开展"再学习、再调研、再落实"活动、2022 年实施"提高效率、提升效能、提增效益"行动，再到 2023 年实施"深学争优、敢为争先、实干争效"行动，自觉用党的创新理论指导解决改革发展稳定的重大问题，坚持在调查研究、求真务实、狠抓落实中赢得主动、赢得胜势、赢得未来。

开展调查研究，关键在于坚持问题导向，注重解决问题。

毛泽东同志在《反对本本主义》中强调，调查就是解决问题。当下开展调查研究，关键在于直面问题、直奔问题、发现问题、解决问题。实践中，要发扬斗争精神，敢于担当、敢于攻坚、敢于创新，积极探索在复杂环境、多重约束下解决现实问题的各种实现路径。

开展调查研究，重点解决什么问题？屏山君特别注意到，"贯彻落实党中央决策部署和习近平总书记对福建工作重要讲话重要指示批示精神的主要情况和重点问题"，是此次省委实施方案明确的 13 个调研内容的第一项，即"首要任务"。

开展调查研究，最终落脚点要放在"以调研促深学、促敢为、促实干"上。实践中，我们要与开展学习贯彻习近平新时代中国特色社会主义思想主题教育结合起来，与实施"深学争优、敢为争先、实干争效"行动紧密衔接起来，以推动党中央决策部署在福建落地生根、全方位推进高质量发展的实际行动和更大成效，坚定拥护"两个确立"、坚决做到

"两个维护"。

暮春时节，毛泽东才溪乡调查纪念馆前，鲜红大字"没有调查没有发言权"在阳光下熠熠生辉；放眼生机勃发的八闽大地，"四下基层""四个万家"蔚然成风，有如和煦暖风，拂过山岗田野，吹进千家万户。

在全党大兴调查研究之际，来自福建的"源头活水"，汩汩流淌！

（作者：严顺龙，发布于新福建客户端 2023 年 4 月 19 日）

新青年眼中的光，照亮新福建的炬火

今天是五四青年节，屏山君想和你谈谈福建青年的担当作为。

不久前，屏山君参加了福建省直青年学习讲堂"做大做强做优文旅经济"专题学习会。这场学习会吸引了线上线下近万名机关青年干部参加。大家围绕促进文化和旅游深度融合发展、做大做强做优文旅经济等话题，分享政策"干货"，碰撞见解思路，积极建言献策。

就在学习会一天前，2023 年福建省文旅经济发展大会召开。可以说，关注时事、紧跟时政已成为福建青年的自觉行动。同时，在省委省直机关工委主办的学习讲堂教育引导下，当前的中心工作在哪里，福建青年的目光就投向哪里，智慧就汇聚到哪里。

一

新青年积极建设新福建，这一好传统其来有自。

习近平同志在福建工作期间，就十分重视青年工作、关心青年成长，特别注重青年成才要与社会进步、国家建设紧密结合。他亲自指导青年朋友学习实践，经常为青年学子讲授时事政策，叮嘱青年人要多关心世情国情省情，踊跃投身社会实践。

在厦门工作时，习近平同志亲自指导一名正在厦门大学求学的青年学子张宏樑研读《资本论》，并带他前往厦门当时的贫困村何厝村进行产业调研，叮嘱他"不仅要认真读书，从书中汲取知识，更要注重实践"。后来，张宏樑多次回忆起这段难忘经历，总是暖心如初、激动不已。

在宁德工作时，习近平同志6次到宁德师专调研，两次为师生作形势政策报告。报告会上，习近平同志阐述了中美农业发展水平的差异，介绍了闽东的扶贫工作，勉励同学们"积极投身到改革、建设的洪流中，在实践中施展自己的才华，实现自己有意义的人生价值"。

在省会福州，时任福州市委书记习近平兼任闽大校长6年，亲自指导学校改革，推动同学们投身社会实践；多次为师生作形势政策报告，叮嘱同学们："社会是一个大课堂，工农大众则是你们的好老师。"

到省上工作以后，习近平同志对青年成长念兹在兹。2002年4月23日，时任福建省省长习近平来到福州大学，为2000多名青年学生作了题为"当前福建经济社会发展情况和国内外形势"的省情报告。他结合国际国内形势，介绍了福建省经济社会发展情况，阐述了福州"东扩南移"的战略规划，并以一副对联寄语青年学子——"智叟何智只顾眼前捞一把，愚公不愚哪管艰苦移二山"，勉励同学们胸怀大志，建功立业。

习近平同志始终深入青年之中，倾听青年呼声，指引青年奋进，让广大青年倍感振奋。30多年来，福建青年牢记殷殷嘱托，勇担时代使命，在各种困难风浪考验面前敢于挑战、敢于斗争，为党为国贡献青春智慧与力量。

二

鼓励青年建功立业，要有大平台、大舞台。

习近平同志任福州市委书记期间，在新年寄语福州市直机关党务工作者时指出："机关党的工作要有感召力和生命力，关键要在'新、活、实'上下功夫。"

"新、活、实"，不仅是对机关党建工作的重要要求，也和青年人、青年工作的特点规律不谋而合。由此，2022 年初，福建省委省直机关工委强化党建引领、搭台赋能，开设了"省直青年学习讲堂"，打造成为机关青年"理论学习的讲台、成果展示的平台、锻炼成长的舞台、比武竞技的擂台"。

学习讲堂自去年开设以来，场场精彩，其中有 4 场令屏山君印象尤为深刻。

2022 年 4 月初，在习近平总书记来闽考察一周年之际，省直机关青年干部以"来自省直机关一周年的青春报告"为主题，汇报交流深入学习贯彻习近平总书记来闽考察重要讲话精神的实践和成效。福建农林大学教授廖红及 11 名省直机关青年，报告了一年来牢记嘱托、感恩奋进，坚持党建引领，聚焦"四个更大"重要要求和四项重点工作，服务发展、服务基层、服务群众，奋力谱写"福建篇章"的生动实践。

2022 年"七一"前夕，对照习近平总书记提出的和平时期对党忠诚"四个能不能"的检验标准，举行了以"忠诚在心 岗位奉献"为主题的省直青年学习讲堂学习会。学习活动集中观看《精神的足迹》专题片，重温学习伟大建党精神。"七一勋章"获得者、党的二十大代表、福州市鼓楼区军门社区党委书记林丹作主旨报告，分享习近平总书记的殷殷嘱托。6名省直青年代表聚焦主题，立足岗位实际，从不同角度报告以担当诠释忠诚、以实干践行使命的青年心迹和青春誓言，为党的二十大胜利召开营造良好的政治、思想和社会氛围。

2023年2月，省委"深学争优、敢为争先、实干争效"行动部署后，省直青年学习讲堂举办"争优争先争效机关党员在行动"主题宣讲。青年干部深入学习党的二十大精神和省委关于实施"深学争优、敢为争先、实干争效"行动工作部署，观看了"争优争先争效机关在行动"学习视频。会上正式启动全省"争优争先争效机关党员在行动"主题巡回宣讲活动。

2023年3月，全国两会闭幕不久，省直青年学习讲堂"全面推进中国式现代化福建实践与青年担当"专题学习会就在福州举行。刚刚返闽的全国人大代表黄茂兴等7位机关青年干部结合工作实际，畅谈学习体会、工作思考和落实措施。

屏山君发现，每一期青年学习讲堂都聚焦关键领域、重点工作、重要节点，都紧扣中央决策部署和省委工作要求。省直机关工委根据不同主题安排，联合省发改委、省生态环境厅、省农业农村厅、省文旅厅等单位协同联办学习讲堂，邀请"七一勋章"获得者、党的二十大代表、福州市军门社区党委书记林丹，中国科学院院士、省农科院研究员谢华安等14位专家学者和嘉宾作主旨报告，起到很好的领学促学作用。

讲堂坚持每月一讲、每期一主题，专家学者辅导、青年主讲、厅长点评总结成为每一讲的基本标配。到目前，先后举办14场，推出"学习贯彻党的十九届六中全会和省第十一次党代会精神""全面推进乡村振兴""做大做强数字经济、文旅经济、海洋经济、绿色经济""统筹发展和安全"等主题研讨，征集"金点子"287 条，分别汇编成册，服务高质量发展大局；104 名机关优秀青年代表走上讲堂，1600 多人次现场聆听，观看网络直播受众超 10 万人次，成为亮眼的党建工作品牌、青年工作品牌。

请党放心，强国有我！

在党的旗帜下，一代代中国青年把青春奋斗融入党和人民事业，成为实现中华民族伟大复兴的先锋力量。在新福建新征程上，福建机关青年继续当好"生力军""青春战斗队"，让青春在全面推进中国式现代化福建实践中绽放绚丽之花。屏山君相信，新青年眼中的光，终将成为照亮新福建的炬火。

（作者：刘必然，发布于新福建客户端 2023 年 5 月 4 日）

携千年风华，
"文物大省"如何迈向"文物强省"

万物更迭，如天地蜉蝣。

文物存在，让千百年历史浮沉复现。

从此，瞬间亦可变成永恒。

2023年6月26日，在全省文物工作会议上，南平市获授"城村汉城国家考古遗址公园"匾牌。

就在2022年12月29日，国家文物局公布第四批19处国家考古遗址公园名单，位于武夷山市兴田镇的城村汉城国家考古遗址公园成功入选，成为我省继万寿岩国家考古遗址公园之后的第二个国家考古遗址公园。

目前，我省有世界遗产5处，数量位列全国第二位；全省共登记不可移动文物33251处，居全国前列，其中全国重点文物保护单位169处，可移动革命文物数也居全国前列，可谓文物资源大省。

习近平总书记在文化传承发展座谈会上指出："在新的起点上继续推动文化繁荣、建设文化强国、建设中华民族现代文明，是我们在新时代新的文化使命。"

文物传承历史文化，是文化的载体。作为近年来我省规格最高的文物工作会议，全省文物工作会议对推动文物事业高质量发展作了具体部署，勾勒出从文物资源大省迈向文物保护研究利用强省的美好蓝图。

探　寻

　　曾被认为是"蛮荒之地"的福建，直至唐以来，文化渐盛，逐渐成为中国重要文化区域。

　　闽人从哪里来，经历了怎样的变迁？多年来，福建考古界为之不懈努力、上下求索。20世纪90年代以来，我省陆续发现了旧石器时代早、中、晚期的遗址（地点）100余处。2022年6月，国家水下文化遗产保护福建（平潭）基地暨福建水下考古（平潭）基地揭牌，标志着我省水下考古事业开启新征程。

　　知其从来，方明所往。都说福建人爱国爱乡、爱拼会赢、诚实守信、乐善好施，我们或可以通过三个关键词探寻福建人的"精神密码"——

　　一是中原。中原文化的基本精神形成于古代中原地区高度发达的农业文明。西晋时期，中原大量居民入闽避乱，福建人口开始增长。而通过对漳平奇和洞、闽侯昙石山等遗址史前人骨提取DNA并进行研究，可知中国南北方古人群早在8000多年前就开始了交流融合。

　　二是闽越。战国晚期，闽越族助楚灭秦、助汉灭楚，汉高祖刘邦封闽越头领无诸为闽越王，"王闽中故地"，蛮荒的福建由此进入了文化高度发达的时代，福州屏山闽越国宫殿区遗址、城村汉城遗址就是见证。"闽越文明是闽江上游古文化与周邻地区古文化在互相借鉴、融合基础上发展并开创地区文明新阶段的典型模式，也是中华文明多元一体、共融共生共发展的生动案例。"福建闽越王城博物馆馆长楼建龙研究员认为。

　　三是海洋。伴海而生、勇闯世界的闽人，刻着鲜明的海洋基因。我省唯一入选"百年百大考古发现"的昙石山遗址，代表了独具福建特色的海洋文化；平潭壳丘头遗址是研究南岛语族起源地的关键区域，也为佐证闽台自上古以来就是同根同源提供了实物证据；宋元时期，随着经济重心南移、海上贸易的繁荣，促进福建文化发展与文明交流互鉴……

厚重博大的中原文化、古朴别致的闽越文化、绚丽多彩的海洋文化，构成了福建多元文化的厚重底色。

探索未知、揭示本源，文明历史研究意义重大。会议提出，要启动一批史前文明、闽台关系、海上丝绸之路等特色考古项目，加快推出一批高质量的考古研究成果，进一步回答好福建历史文化的背景、起源、特征及价值阐释等。这是新时代福建文物和文化事业的一道"必答题"。

保　护

"评价一个制度、一种力量是进步还是反动，重要的一点是看它对待历史、文化的态度。要在我们的手里，把全市的文物保护、修复、利用搞好，不仅不能让它们受到破坏，而且还要让它更加增辉添彩，传给后代。"

30 多年过去，再度回味 1991 年 3 月 10 日时任福州市委书记习近平说的话，仍感觉到振聋发聩，引人共鸣。当年，正是在他的重视和推动下，三坊七巷得以免遭破坏，一大批历史文物古迹保留至今。

1991 年 3 月 10 日，时任福州市委书记习近平主持召开福州市委市政府文物工作现场办公会，决定对林觉民故居进行保护和修缮，并议定了加强文物保护的 7 件实事，由此衍生出惠及长远的"四个一"机制——成立一个文物局、一支考古队，增加文物部门一颗"印"，每年安排文物修缮经费 100 万元。福州文物保护事业从此掀开崭新的一页。

习近平同志在福建工作期间，极为重视文化遗产保护工作，提出了许多前瞻性的思想和观点，推动了福州三坊七巷、厦门鼓浪屿、三明万寿岩等文化遗产的保护，为延续福建文化的"根"与"魂"奠定了坚实的基础。

今天，当我们徜徉古老坊巷、流连武夷山水、漫步刺桐城……回溯福建历史发展脉络，或可从三组关系中思考文物与文化遗产保护事业——

一是古与今。20世纪90年代初，福州市建设现代化国际大都市稳步推进，但正因为较好地处理了"古与今"的关系，福州这个历史文化名城"在发展中得到保护，在保护中得到了发展"。

二是当前与长远。唯有建章立制，方能谋长远、促长效。近年来，我省颁布施行福建土楼、鼓浪屿、泉州市海上丝绸之路史迹等有关保护条例，制定《福建省红色文化遗存保护条例》，加快修订文物保护管理条例，推动完善文化遗产保护地方性法规。

三是局部与整体。保护能力强、管理水平高是文物强省的必然要求。随着时代的进步，文物保护要更突出科学精准，坚持系统观念、系统思维，按照"微改造""最小干预"等原则，注重保护好文物周边的原有空间格局、建筑风格、历史文脉、城市肌理等整体风貌。

活　用

西安大唐不夜城"不倒翁小姐姐"与"盛唐密盒"频频出圈；"数字敦煌"使得昔日晦涩难懂的"高冷文化"，成为触手可及的"共情体验"；千年瓷都景德镇，以多元业态为以文塑旅探新路……

"文博热"的背后，是人民群众日益增长的精神文化需求，也是文博界守正创新的生动写照。

只有让收藏在博物馆里的文物、陈列在广阔大地上的遗产、书写在古籍的文字活起来，才能更好地让历史文化走进生活、走进心灵。

　　会上，泉州与龙岩分享了文物与文化遗产活化利用的心得：泉州以世遗和古城为重点开展"宋元中国·海丝泉州"世遗文旅品牌推介活动，入选《新周刊》"2022年十大出圈小城"、2022最佳文旅融合之城等；龙岩把众多革命旧址打造为红色游、乡村游的"打卡点"，"十三五"期间实现红色旅游收入308亿元。

　　努力迈向"文物强省"，对深挖文物价值、深度活化利用、深化文旅融合等提出更高要求，需要文物工作者和每一个福建人的共同努力与守护。

　　为一馆，赴一城。作为2023年"5·18国际博物馆日"中国主会场，福建博物院举办"中国白·向世界——德化白瓷精品展"等展览，吸引众多文博爱好者。博物馆的力量归根到底是文化的力量，许多文博爱好者"为一馆、赴一城"，由此带动了当地文旅经济的发展。当前，我省博物馆可在软硬件上持续发力，善于运用数字化手段，策划有影响力的精品展陈、文创产品等。

　　择一业，精一事。文物工作没有捷径可走，文物管理部门和文物工作者要懂文物、爱文物，懂专业、有情怀，出能以文化人，入则耐住寂寞，把满腔热忱投入到所热爱的文物事业中。

　　"心的强大，就在于正定，在于守一不移。""敦煌的女儿"樊锦诗在自述《我心归处是敦煌》中写道。建设文物强省、文化强省的征程上，我们信心满怀、责无旁贷。

　　（作者：林宇熙，发布于新福建客户端2023年6月26日）

"四下基层"：常下常新　历久弥新

　　源起宁德，兴于福建，推向全国。2023 年恰逢"四下基层"工作制度提出 35 周年。

　　2023 年 7 月 21 日至 22 日，中共福建省委、人民日报社联合在发源地宁德市举办"四下基层"与新时代党的群众路线理论研讨会，同时举办 3 场平行分论坛，受到全国关注。

　　屏山君全程参与了本次研讨会，通过现场感悟"四下基层"的时代价值和实践伟力，更加深切感受到，本次理论研讨的目的，与主题教育"学思想、强党性、重实践、建新功"的总要求高度契合：大力传承弘扬习近平同志在福建工作期间开创的重要理念、重大实践，从中汲取精神滋养和前进力量，走好新时代党的群众路线，走好新时代的赶考之路。

时代价值穿越时空

　　1990 年 5 月，习近平同志在《同心同德　兴民兴邦——给宁德地直机关领导干部的临别赠言》中这样写道："我们开展的'四下基层'工作，取得了一些成绩，得到了人民群众的欢迎和称赞。今后，要继续坚持下去，并注意在实践中不断完善，还要不断探索密切联系群众的新途径、新方法。"

历史观照现实。35 年过去了,"四下基层"如何创新发展?

正如《求是》杂志社编委姚眉平在研讨会的致辞中所说,35 年来,特别是党的十八大以来,福建历届领导班子牢记习近平总书记重要指示要求,持之以恒广泛践行"四下基层"要求,传承弘扬"四下基层"优良传统,深化探索"四下基层"新方法新路径,"四下基层"所蕴含的精神内涵、所体现的价值追求已经成为广大党员干部的自觉实践,激发集聚起八闽大地团结奋进的磅礴力量。

"山海交响"日日新,"四下基层"活力涌。

在福建工作期间,习近平同志不仅带头倡导践行"四下基层",还大力推行"四个万家""马上就办、真抓实干""一栋楼办公""政府机关效能建设"等工作方法。经过几十年坚持、拓展、深化,这些优良作风、工作方法,逐渐成为一代代福建党员干部的思想自觉、行动自觉。在新福建建设中,涌现出廖俊波、孙丽美、潘东升等一批"时代楷模"。

实践充分证明,"四下基层"是对我们党坚持群众路线这一优良传统的继承和创新,转变干部作风、密切联系群众的重要法宝,是加强党的建设、做好各项工作的宝贵财富。可以说,新时代党的群众路线与"四下基层"的核心精神一脉相承。

中国社会科学院哲学研究所党委书记、副所长王立胜认为,"四下基层"的时代价值就是一切从实际出发,着眼解决新时代改革开放和社会主义现代化建设的实际问题,作出符合中国实际和时代要求的正确回答,得出符合客观规律的科学认识,形成与时俱进的理论成果,从而更好地指导中国实践。

当前,全党正在深入开展主题教育,大兴调查研究。与会专家学者认为，新的历史时期，"四下基层"所蕴含的精神内涵、所体现的价值追求，在新时代不仅没有过时，而且穿越时空、历久弥新，愈发彰显出巨大的时代价值和强大的生命力。

"福建是习近平新时代中国特色社会主义思想的重要孕育地和实践地，要进一步挖掘好、运用好习近平总书记留给福建的'理论富矿'，让'四下基层'等工作制度展现出新的时代价值，焕发出新的时代光彩。"与会专家学者建议道。

关键在于如何"下"

新的历史时期，我们如何继续下好基层，继续探寻新时代党的群众路线的实践密码，让这一制度永葆活力、常下常新？

福建师范大学郑传芳教授认为，"四下基层"的关键词有两个，一个是"下"，另一个是"基层"。所谓"下"，就是下沉和深入一线，不高高在上，不脱离实际，不脱离群众。"下"，体现了自觉性、主动性，体现了责任感、使命感。

当年，面对闽东干部群众急切改变落后面貌、尽快抱上"金娃娃"的渴盼，习近平同志深刻指出，"我们需要的是立足于实际又胸怀长远目标的实干，而不需要不甘寂寞、好高骛远的空想；我们需要的是一步一个脚印的实干精神，而不需要新官上任只烧三把火希图侥幸成功的投机心理；我们需要的是锲而不舍的韧劲，而不需要'三天打鱼，两天晒网'的散漫"。

实践证明，"四下基层"工作制度，有效锤炼了宁德党员干部真抓实干的工作作风、清正廉洁的生活作风，进一步提振了干事创业的精气神。闽东，从"老少边岛贫"到全省新增长极、全国百强城市的发展嬗变，就是鲜活的例证。

同时，"下"是有使命有任务要攻坚克难，不是形式主义的搞花架子装样子；是要解决问题推动发展，不是给基层和群众增添麻烦和带来新的困难；更是要传达中央路线方针政策和上级各项决策部署，团结带领群众奋斗开创发展新局面。

当年，习近平同志跋山涉水、披荆斩棘，三进下党访贫问苦、现场办公，协调解决下党村公路和水电建设、下屏峰村灾后重建等问题。针对"许多宝贵的林地资源白白闲置抛荒，山的整体优势没有充分发挥"等问题，他提出，森林是水库、钱库、粮库，闽东的振兴在于"林"。实践充分证明，这些思路和举措抓住了主要矛盾，找准了主攻方向，有效推动了问题解决和经济发展。

实事求是、求真务实，是我们党一以贯之、代代相传的优良作风。

越是面对复杂国内外环境，越是面对繁重的改革发展任务，广大党员干部越是要大兴务实之风，树牢造福人民的政绩观，力戒形式主义、官僚主义，重实干、求实效，积小胜为大胜，以好的作风振奋精神、激发斗志、树立形象、赢得民心，创造出经得起历史和人民检验的发展实绩。

重点到基层"做什么"

所谓"基层"，是社会活动最直接最直观的发生地，也是问题矛盾等社会治理的源头，是领导干部做群众工作的第一线。基层状况如何，最能反映一个地方的发展进步情况。

在具体工作中，讲究"一分部署、九分落实"。领导干部定期到基层现场调研、办公，可以推动发现问题在一线、化解矛盾在一线、工作落实在一线。

在宁德工作时，针对当时少数同志把下基层办实事简单理解为"送钱送物"的片面观点，习近平同志指出，"为群众办实事是多方面的。下基层为群众解决一些生产、生活中的实际困难，是办实事；到农村去宣传党的农村政策，搞好形势教育，解开群众思想上的疑虑，是办实事；帮助基层加强党的建设，促进农村经济发展，是办实事；开展调查研究，解剖麻雀，总结经验，以指导面上的工作，同样是办实事"。

常下基层、多到一线，有助于实事求是地思考、谋划经济发展、民生改善、党的建设等各方面工作。习近平同志曾说过："虽然辛苦一点，但确实摸清了情况，同基层干部和老百姓拉近了距离、增进了感情。情况搞清楚了，就要坚持从实际出发谋划事业和工作，使想出来的点子、举措、方案符合实际情况，不好高骛远，不脱离实际。重要决策方案，特别是涉及群众切身利益的重要政策措施，要广泛听取群众意见，不能嫌麻烦、图省事。"

就在这个月，省领导分别率队赴全省各县（市、区）开展年度工作检查，大力弘扬"四下基层""四个万家"等优良作风，大兴调查研究，深入乡村、企业、园区，倾听企业、群众呼声，察实情、找痛点、谋良策，激发各地比学赶超、奋勇争先，推动各项工作落实落地、取得实效。

当前福建正处于抢抓重要战略机遇、推动经济恢复向好、实现高质量发展的3个"关键期"，2023年时间已过半，实现全年发展目标任务，时间紧、任务重。

中国人民大学校长林尚立表示，"四下基层"是新时代实干兴邦的重要法宝。"谁用活了这个法宝，谁就一定能干事、干成事、不出事，就一定能在执政为民的实践中建功立业。"

对此，华侨大学教授杨洪涛提出，要将坚持"四下基层"作为干部培养锻炼的重要举措，推动下沉一线常态化长效化，为奋进新征程提供强大的作风保障。

新征程是充满光荣和梦想的远征。我们要倍加珍惜、积极践行"四下基层"这一实干兴邦的重要法宝，把优良作风切实转化为干事创业的强大动力，深入一线、调查研究，拿出"一把钥匙开一把锁"的精准务实举措，不断打开新工作局面、创造发展新业绩，奋力谱写中国式现代化福建实践更加绚丽的华章。

（作者：严顺龙、刘必然，发布于新福建客户端 2023 年 7 月 25 日）

来自 90 年前的"风"，
如今吹遍闽山闽水

"没有调查，就没有发言权，更没有决策权。"先调研后决策，是我们党一贯的工作方法。今年是毛泽东同志才溪乡调查 90 周年，习近平同志提出"四下基层"35 周年。用好调查研究传家宝，福建优势独特、意义特殊。

2023 年 8 月 18 日，目光又一次聚焦福建、聚焦老区闽西，纪念毛泽东才溪乡调查 90 周年座谈会、理论研讨会在龙岩上杭召开。党史专家学者们来到闽西革命老区，围绕传承弘扬才溪乡调查、"四下基层"等优良作风展开研讨。

今天，我们为什么纪念毛泽东才溪乡调查 90 周年？才溪乡调查蕴藏的宝贵精神有何时代价值？屏山君全程参加相关纪念活动，和你一同穿越时空，追寻革命前辈光荣足迹，感悟历久弥新的真理力量。

一

历史是最好的教科书，常读常新、不忘来路。

翻开厚重的革命史，闽西苏区"二十年红旗不倒"，是毛泽东、朱德等革命前辈创建的中央革命根据地的重要组成部分。在这片红色的土地上，毛泽东同志亲自起草《古田会议决议》，写下了《星星之火，可以燎原》《才溪乡调查》等著作。

"才溪乡调查是毛泽东同志在土地革命战争时期革命形势十分严峻的背景下，开展的一次农村调查。毛泽东同志曾先后3次到才溪乡，1933年11月是第三次，调查历时10多天，形成了《才溪乡调查》这一经典文献。"中央党史和文献研究院学术和编审委员会主任王均伟认为，毛泽东同志的才溪乡调查，为我们党树立了基层调查研究的光辉典范。

90年前的调查研究，何以成为"光辉典范"？

党史资料记载，毛泽东同志第三次来到才溪后，先后召开了各种类型的座谈会，对才溪乡的政权建设、扩大红军、经济建设、拥军优属、支援前线、文化教育进行全面细致的调研和分析，还深入红军烈士、外出苏维埃干部、贫苦农民家里访贫问苦，同他们促膝谈心，帮助他们解决实际问题。

通过10多天的广泛深入调查，毛泽东同志在掌握大量的第一手材料的基础上，从7个方面总结了才溪乡的经验，写下了著名的《才溪乡调查》。在《才溪乡调查》中，毛泽东同志称才溪是"全苏区第一个光荣的模范"，是"争取全中国胜利的坚强的前进阵地"。

屏山君发现，不少与会专家的案头，就摆放着《才溪乡调查》。这篇1.2万字的调查报告文字质朴、不假修饰，仅数据运用就达400余个。这些"铁的事实"，粉碎了当时"一切机会主义者的瞎说"，也再次阐明了一个朴素的道理——

没有调查，就没有发言权，更没有决策权！

时光荏苒，初心不改。90年来，这股调查研究的好作风一如既往，让闽山闽水焕发勃勃生机。

二

当历史的云烟逐渐散去，光辉的足迹愈加清晰。

2023 年，也是"四下基层"工作机制提出 35 周年。习近平同志曾在福建工作 17 年半，对调查研究进行了深邃理论思考、生动实践探索。特别是在宁德，他亲自倡导并大力践行"四下基层"工作机制，推动闽东地区加快发展、摆脱贫困。

福建革命老区大多地处偏远，处于调研的"神经末梢"，却是习近平同志的心头大事。他经常深入老区调查研究，曾深情地说："我是在这样的氛围中耳濡目染走过来的，工作过的很多地方都是老区，对老区的感情是很深厚的。"

在福建工作期间，习近平同志先后 19 次到闽西，其中 3 次到才溪。特别是到省上工作后，习近平同志下基层的第一站就选在革命老区闽西。他还先后 5 次赴长汀调研，持续推动当地水土流失治理，推动形成"长汀经验"。

翻开《才溪乡调查》，其中大约 2/3 的篇幅详细描述才溪群众生产生活情况，充分体现了群众路线。在闽西老区开展调查研究时，习近平同志特别注重进村入户、实地考察。他每到一地，都要看望革命"五老"人员和优抚对象等，与他们拉家常、话发展。《闽山闽水物华新——习近平福建足迹》书籍封面照片就是 1999 年 11 月习近平同志在永定暴动旧址金谷寺前看望"五老"人员场景，至今为老区人民感念。

当年，才溪群众积极投身革命，涌现出卓才连等闽西好儿女。

"1996年5月3日，时任福建省委副书记习近平赴才溪考察，来到我家，听了相关介绍后，他紧握我奶奶卓才连的手说：才溪妇女真伟大！"老红军后代邱发锦说。

念念不忘，必有回响。阔步新时代，且听"风"声……

三

毛泽东同志曾形象地说："调查就像'十月怀胎'，解决问题就像'一朝分娩'。调查就是解决问题。"

"纪念毛泽东才溪乡调查90周年，就是要以史鉴今，深入研究才溪乡调查的时代价值和现实意义。"中国中共党史人物研究会会长张树军认为，召开理论研讨会，是对一代伟人不朽业绩的深切缅怀，对做好新时代调查研究、推动全面建设社会主义现代化国家开好局起好步，也具有重要意义。

新时代新征程，如何从才溪乡调查中汲取智慧，以调研开路，解决问题、推动发展？

要传承弘扬强烈的大局观念。《才溪乡调查》中，毛泽东同志以小见大、以点带面探求中国革命道路，他号召全苏区几千乡一齐学习、造就几千个才溪乡，"成为争取全中国胜利的坚强的前进阵地"。这要求我们坚持系统观念，聚焦新福建建设宏伟蓝图，围绕落实"四个更大"重要要求，将福建工作放在全国大局中来审视、谋划和推进，在调查研究中科学预见发展趋势、蕴藏其中的机遇和挑战，不断做好深化山海协作、海峡两岸融合发展示范区建设等工作，以一域发展，为全域添彩。

要传承弘扬鲜明的发展意识。毛泽东同志抓住苏区建设的关键问题，重点考察才溪乡的生产状况，分析制约发展的症结所在，总结出了战争环境下开展经济建设的有效办法。这要求我们坚定走好高质量发展之路，以问题导向引领调研方向，聚焦实践中遇到的新问题、改革发展稳定存在的深层次问题、人民群众急难愁盼问题、国际变局中的重大问题、党的建设面临的突出问题，深入开展调查研究，让改革发展稳定各项任务落下去，让惠及百姓的各项工作实起来。

要传承弘扬严谨的科学精神。在才溪乡调查中，毛泽东同志亲力亲为地准备调查纲目、召集调查会、做记录，全面掌握第一手资料，为作出正确判断和决策奠定坚实基础。这要求我们注重科学的调研方法，不断在"深、实、细、准、效"上下功夫。比如福建坚持线下调研与线上调研相结合，强化调查研究数字赋能，借助互联网、大数据等现代化信息技术，开展"我为福建高质量发展献策""我为强省惠民建言"线上调研活动，通过问政平台、福建日报－新福建 App 等渠道，汇聚了一系列富有建设性、创新性的意见建议。

红旗跃过汀江，直下龙岩上杭。

老区苏区，是我们党重要的初心孕育地。当年，毛泽东同志称赞才溪为"中央苏区第一模范乡"。新中国成立后，他又亲自为才溪的光荣亭题字。有人说，成功从古田出发。屏山君认为，只要我们发扬革命传统、争取更大光荣，就可以用行动证明——光荣来自才溪，荣光必将续写！

（作者：刘必然，发布于新福建客户端 2023 年 8 月 19 日）

保持定力，坚守实业不松劲

"要实实在在、心无旁骛做实业，这是本分。"2019 年春天，习近平总书记来到十三届全国人大二次会议福建代表团参加审议，殷殷期盼，言犹在耳。

党的二十大报告提出，建设现代化产业体系，坚持把发展经济的着力点放在实体经济上。

福建是民营经济的发轫地之一。习近平同志在福建工作期间，6 年 7 次深入晋江调研，系统总结提炼出的"晋江经验"，成为引领福建加快改革、全面发展的一个标杆。

时光荏苒，"晋江经验"的传承弘扬给我们以启示：坚守实业、求实创新，方有所成。

"坚持发展实体经济，加快建设先进制造业强省""增强民营企业心无旁骛谋发展的信心"……刚刚召开的省委十一届四次全会再次发出坚守实业不松劲的强烈信号。

一

20 多年前，光泽县华桥乡严金友曾经前前后后做过十几个项目，都没有成功。当时,《福建日报》刊发的《严金友为何屡战屡败》引起热烈讨论。

2002年4月,时任福建省省长习近平特地到严金友家,鼓励他选择适合自己的、有把握的发展路子,专心做茶,"预祝他屡战屡胜"。此后,他关了养牛场,一心做好茶。今天,严金友的茶园已扩大到1200余亩,还有2500平方米的加工厂,公司年产值突破千万元,带动了周边村增财、民增收。现在,大家称他是屡战屡胜的农民企业家。

山多、地瘠、面海,农耕文明和海洋文明的碰撞交融,孕育了福建人爱拼敢赢的基因。当改革开放的东风拂过东南沿海,福建人刻在骨子里的基因在时代大潮中被唤醒。

盼盼食品从27年前的一家小食品厂,发展成在全国拥有17个大型现代化生产基地的食品集团。

利郎集团以3台缝纫机起家,逐步成长为集产品设计、开发、生产、营销于一体的知名男装品牌。

从闲房、闲资、闲散劳动力创业起步,敢拼、敢闯、敢冒险的福建人,专注一双鞋、一片纸、一块玻璃、一根拉链……

"专注做一件事""心无旁骛做实业",这些理念在自强不息、拼搏争先的创业实践中升华。这些年间,福建民营企业在全省经济总量中已然"三分天下有其二"。

新时代十年,全省民营经济增加值从2012年的1.32万亿元增加到2022年的3.69万亿元,增长了1.8倍。而实业,当之无愧地成为我省民营经济的最强IP。

如今,面对新技术革命,福建民营经济更出现了宁德时代、福耀集团、安踏集团、七匹狼集团等"独角兽"与"巨无霸"企业。它们不仅是经济社会发展重要的源头活水，还是"中国民营经济故事"里的精彩篇章。

此时，回顾福建民营经济的发展，最核心的经验就是"坚守"，这几乎是每一家成功企业发展的共同路径。

求木之长者，必固其根本。

在今天的八闽大地上，无论是推动工业化、城镇化，还是数字化，都少不了民营企业的身影，都偏离不了实体经济这一坚实基础，处处彰显出坚守实业的福建定力。

二

心定则谋定，谋定则事成。福建民营经济坚守实业的定力来自哪里？

从内看，定力来自信念。

20多年前，恒安曾面临着营收下滑的转折期，但恒安坚守做好实业的信念，度过了困顿时期，从一家乡镇企业成长为行业标杆。

盈利难、融资难、开拓市场难、转型升级难……民营经济发展的不同阶段，总会遇见不同的难题和瓶颈。有人觉得实业赚钱太慢，不如虚拟经济和资本运作来钱快，开始"脱实向虚"；也有人贪大求全，在主业之外盲目上马一些"副业"，搞"多元化"，最终铩羽而归。

但也有这么一群人，信念如磐，敢于担当，不随物流，不为境转。

"恒安的过去证明了坚守实业的价值和意义。"作为"企二代"接班的恒安集团总裁许清流认为，父辈坚守实业的精神值得尊敬："这种专心专注、锲而不舍的打拼精神更需要传承和发扬光大。"

坚守最难，也最可贵。和恒安一样，许多福建民营企业在面对各种困难、挑战甚至是挫败时，始终初心不改，信念不移，一步一个脚印，从山海间出发，走向世界。

向外看，定力更来自时代和机遇。

民营经济的成长、发展和壮大，最离不开的，就是踩对、踩准、踩稳时代发展的大趋势和大机遇。面对机遇，犹豫者错失、勇敢者进取。

宁德时代动力电池使用量连续 6 年排名全球第一，福耀集团成为全国第一、世界顶尖汽车玻璃制造商。安踏成为全球第三大体育用品企业。九牧品牌价值连续 13 年蝉联我国厨卫行业第一。

政企同频共振，福建民营经济如同八闽大地的广袤森林一样茂密苍翠，成为福建经济的特色所在、活力所在、优势所在。2011 年初，得知光电龙头企业三安光电要上马一个蓝宝石衬底高科技项目，福建、泉州、安溪三级政府迅速行动，与三安光电接洽。几番商谈，三安光电最终决定，将项目落地安溪县湖头镇，成立福建晶安光电有限公司。

一家民企带起一条产业链。今天，位于湖头镇的泉州芯谷安溪分园区，成为我省光电产业最集中的生产基地之一。这个规划面积 1.5 万亩、投资超 300 亿元的园区，汇聚了晶安光电、天电光电、中科生物等国内一批有影响力的行业龙头企业。

党的十八大以来，习近平总书记高度重视民营经济发展，旗帜鲜明宣示"两个毫不动摇""三个没有变""两个健康"。省委十一届四次全会再次聚焦民营经济，提出促进民营经济健康发展、高质量发展的一系列政策。

"中国的企业家要有自信、有使命、有担当。我始终坚信，未来全球最好的发展机会在中国。"安踏体育董事会主席丁世忠的一番话，诠释了坚守的定力所在。

三

如果说，过去的福建民营经济靠"勇"和"敢"抢抓机会，不断壮大实业，那么今天要靠什么，才能创造机会、把握机会，守住实体经济这一"看家宝"？

首先，要稳住底盘，深耕主阵地。

"我要的是把一口井挖 10 米宽、100 米深，而不是挖 100 米的宽，然后只有 3 米的深。专注本行，不要太贪心。"九牧王董事长林聪颖的这句话或许就是九牧王男裤累计销售 1 亿条的"密钥"。

坚守实业，需要锲而不舍的笨功夫。面对复杂多变的内外部环境，选准一个行业，然后十几年、几十年如一日地磨，比慢、比笨、比扎实。当用工匠精神把一件事做到极致，在时代的喧嚣中始终坚守住本分，企业就有了核心竞争力。

其次，要主动求变，做好必答题。

"惟改革者进，惟创新者强。"民营企业要想站在市场前沿，创新不是可选项，而是必答题。

浔兴公司凭借突破常规的设计思路，自主研发拉链"锁"在宇航服上跟随航天员多次出征；圣农集团历时 10 年自主培育的白羽肉鸡新品种，打破国外垄断；中科芯源研发超大功率透明荧光陶瓷光源，突破国外专利壁垒，赢得广阔国际市场……

在创新驱动下，福建民营企业贡献了全省 70% 以上的技术创新成果。这也印证一点，坚守实业并不是简单地不离不弃，而是需要嗅觉敏锐、眼光长远，激发自身改革创新的澎湃动力，向"高"攀升、向"智"

而行、向"绿"转变。

最后，要激发活力，把准大方向。

在当前经济复苏回升、各地全力"拼经济"的关键节点，从中央到省里，支持民营经济发展的政策举措密集出台，企业融资、营商环境、减税降费一系列政策举措加快落地，为民企发展注入强劲动能。

对民营经济发展中的困难、前进中的问题、成长中的烦恼，既要"有事必应"，还要"无事不扰"。

一方面，要拿出有针对性的有力措施，及时回应、切实解决困扰企业发展的痛点、难点、堵点，让企业有生意做、能赚钱；另一方面，又不能用力过猛，给企业带来诸多不必要的干扰，放手让企业能全身心投入创新研发和市场开拓中去，让肯下苦功夫的实干者得到应有的尊重与回报。

实业兴则经济兴，实业强则国家强。

放眼八闽，历经市场洗礼和检验的福建民营经济，在坚守实业的同时，已有了更强的能力、更大的本领、更广的视野，去寻找更多的机遇、面对更难的挑战、实现更高的梦想。

（作者：郑昭，发布于新福建客户端 2023 年 8 月 29 日）

激发动力，下好创新这一"先手棋"

科技是第一生产力，创新是第一动力，科技创新事关"国之大者"。

2021年3月，习近平总书记在福建福光股份有限公司考察调研时指出，抓创新不问"出身"，只要能为国家作出贡献，国家就会全力支持。

经过改革开放，民营企业已成为我国科技创新的重要主体。在福建，民营企业贡献了全省70%以上的科技创新成果，是名副其实的创新引擎，越来越多的闽企将创新视为破解发展难题的"金钥匙"。

省委十一届四次全会明确提出，坚持以创新驱动增添动能，强化企业技术创新主体地位，加强创新公共服务平台建设，强化人才战略支撑，推动民营经济成为实现科技自立自强和产业链自主可控的重要力量。

一

抓创新不问"出身"。

位于闽侯经济技术开发区的福建省力得自动化设备有限公司，在我省民营企业中规模不算拔尖，但其产品进入国家重点工程的供应链体系：长江三峡水利枢纽、国家体育场、国家大剧院、上海世博场馆等等，应用场景属于全国顶尖，被评为工信部第二批专精特新"小巨人"

企业和福建省制造业单项冠军。

在东山，一道新能源科技（漳州）股份有限公司也是一家专精特新企业，研发及专业技术人员占员工总数的20%，已获授权专利200多项，申请中的专利近400项，产品远销60多个国家和地区，覆盖生态光伏、城市光伏、海上光伏三大系列场景。

近年来，福建的战略性新兴产业快速发展，国家级专精特新"小巨人"企业达到349家、制造业单项冠军达45家，国家级服务型制造示范企业达33家、居全国第三位。

创新是企业的生命线。

宁德时代，动力电池使用量连续6年居全球第一，获第七届中国工业大奖，成为锂电行业首个获奖企业，其与福建高速集团共同建设的全国首条高速公路重卡换电绿色物流专线于8月24日启动，助力打造重卡电动化、货运物流零碳化的福建模式和全国标杆。

福耀玻璃，世界第一大汽车玻璃生产商，打破多领域的国际垄断和行业壁垒，全球专利申请量超2000件，成功解决一批行业"卡脖子"技术难题。

圣农集团，用10多年时间培育出第一代国产白羽肉鸡种鸡，打破国外垄断，实现种业的自主研发。

……

习近平总书记高度重视科技创新，多次强调"创新是第一动力"，强调"社会生产力发展和综合国力提高，最终取决于科技创新""科技兴则民族兴，科技强则国家强"。

作为民营经济最早的发轫地之一，福建在这出创新大戏中扮演着重要角色。坚持以创新驱动增添动能，推动民营经济成为建设现代化产业体系的重要力量，一方面将为国家实现高水平科技自立自强注入澎湃动力，另一方面也为自身长远发展打开宽广通道。

二

"创新"一词，首现于《魏书》——"革弊创新者，先皇之志也"。

创新，顾名思义，既指创立或创造新的，也指"首先"，是推动人类文明进步的强大动力。今天谈论的创新是多方面的，广义上包括体制机制创新、理论思维创新等等，狭义上通常用其来代指科技创新。

历史上，我们品尝过科技创新的甜头，也承受过科技落后的痛苦。

这些年来，我国加快推进科技自立自强，一些关键核心技术实现突破，载人航天、探月探火、深海深地探测、超级计算机、卫星导航等取得重大成果，使我国进入创新型国家行列。

新时代，民营企业科技创新重要主体地位愈加突出，创新动能加速释放。高质量发展对民营经济发展提出更高要求，推动福建向民营经济强省跨越突破，须牵住科技创新这个"牛鼻子"，走好科技创新这步"先手棋"。

2023 年 8 月 19 日，位于邵武的福建远翔新材料股份有限公司迎来喜讯——年产 4.4 万吨纳米二氧化硅生产线正式投产。至此，该公司纳米二氧化硅年产能达 10 万吨，行业细分"龙头"地位进一步巩固。公司董事长王承辉说，经过近 17 年的技术积累，远翔新材相继啃下好几个硬骨头，自主创新优势不断提高，目前已有 36 种纳米二氧化硅定制化产品，满足不同客户的个性化需求。

创新、拼搏，是许许多多福建民营企业成为"龙头"的秘诀。

九牧集团，首创智能马桶"灯塔工厂"，每年可生产450万套智能马桶，品质合格率达99%，工厂机器人占比50%，预计2030年实现工厂机器人占比80%。

安踏集团，与全球60多所高校及科研机构、全球700名设计师密切合作，成立国内首家运动科学实验室和目前运动鞋服行业唯一的院士工作站，研发投入累计超过50亿元，是拥有专利最多的中国运动品牌。

乾照光电，顶着技术压制，追学赶超，造出光电转换效率31%的砷化镓膜太阳能电池，领先世界。

……

福建的民营企业处在市场最前沿，对经济的脉动尤为敏感，对创新的国家、社会和市场需求有精准深刻的把握。

特别值得一提的是，在我省民营经济这片森林中，民营企业科技创新价值的一大体现在于实用性，并且其发展与人民群众的幸福息息相关，生命力十分强劲。

三

创新，只有进行时，没有完成时。创新不是一件容易的事，急功近利要不得，毕其功于一役也不现实。

尽管参天大树是少数，但我省却能够诞生数百家国家级专精特新"小巨人"企业，十分可喜。经验告诉我们，要找准定位，明确方向，坚持以产业升级优化结构，推动高端化、智能化、绿色化发展，切忌好高骛远、盲目跟风追热点。

在龙岩新罗区，国家级专精特新"小巨人"企业福建逢兴机电设备有限公司已成立 21 年。响应"双碳"战略，公司推向市场的空气环保柜，在填充气体方面通过技术创新用清洁空气替代含硫气体，电气设备订单交付期已经排到 9 月底。

"创新是企业的生命线，对我们这些专精特新中小企业来说，优势就体现在专业化、特色化、智能化。"逢兴机电设备总经理苏太育说，"新时代的工匠，不仅要有高超的技艺，更要成为勇于突破、敢于创新的技能型人才。"

的确，公司要想有竞争力，必须保持创新的热情与激情。

与此同时，要强化人才战略支撑，开辟发展新领域新赛道，不断塑造发展新动能新优势。

科技创新的比拼本质上拼的是人才。苏太育本人就是"省双百计划——省科技创新领军人才"，公司拥有研发人员 23 人，2 人是省高层次人才。

从 2009 年起，福建远翔新材料股份有限公司就设立研发中心，逐渐建立起一支 40 余人的研发团队，该研发中心后来被认定为省级技术研究中心和省级企业工程技术研究中心。

创新是一场远行，一个人走得快，一群人走得远。

福建中裕新材料技术有限公司 2012 年落户仙游县经济开发区。近 3 年，该公司市场份额稳居福建省细分领域前 3 位、国内行业前 5 位，成为国内技术领先的 PU 合成革制造企业。"我们和华侨大学材料科学与工程学院建立长期产学研合作关系，并依托浙江禾欣控股有限公司的相关科研装备，同中科院物构所跨学科领域横向联合，增强了企业技术中心的创新能力。"中裕新材料常务副总经理黄则鸿说。

这，不是个案。福建民营企业有这样的传统——积极与科研院所、高校合作，多方联合组建研发团队，就关键技术"卡脖子"问题开展集中攻关，产生"1＋1＞2"的协同效应。

海阔凭鱼跃，天高任鸟飞。

面对"八山一水一分田"和土地、环境、碳排放、能耗等发展硬约束加大的特殊省情，民营企业唯有与时俱进不断推进科技创新，才能进一步提高全要素生产率，为经济社会发展注入更加强大的动力。

当前，我省实施新时代民营经济强省战略的号角已然吹响，时代赋予了广大民营企业新的历史机遇。加速锻造科技创新这一发展引擎，必将驱动福建民营经济强省建设行稳致远。

（作者：林清智，发布于新福建客户端 2023 年 8 月 30 日）

释放活力，以"有为"推动"有效"

"各级政府正在加快转变职能、大力简政放权，目的之一就是让市场更好发力，让企业创新创造源泉更加充分涌流，这是又一次重要的'松绑'放权，也是企业家更好发挥智慧力量的历史新机遇。"

2014年，"松绑放权"30周年，习近平总书记给福建企业家回信。肯定1984年的呼吁信是经济体制改革的一段佳话，希望企业家面对历史新机遇，继续发扬"敢为天下先、爱拼才会赢"的闯劲，改革创新，做大做强，为国家经济社会持续健康发展发挥更大作用。

好的营商环境，就像阳光、水和空气一样不能缺少。

从当年"晋江经验"提出"始终坚持加强政府对市场经济发展的引导和服务""处理好发展市场经济与建设新型服务型政府之间的关系"，到如今民营经济蓬勃发展，"便利福建"、数字政府加快建设，福建始终坚持推动有效市场和有为政府更好结合，在建设一流营商环境道路上久久为功。

省委十一届四次全会明确提出，聚焦民营企业关切，加快营造市场化、法治化、国际化的一流营商环境，持续优化稳定公平透明的发展环境，充分激发民营经济生机活力。

一

福建民营经济因改革而生，因改革而兴。

1984 年，福建 55 位企业厂长经理联名向当时的省委领导同志发出《请给我们"松绑"》的呼吁信，在全国引起巨大反响。

一大批福建民营企业发展壮大，现已形成"七七七八九"的贡献格局。2022 年，贡献了全省七成左右的税收、地区生产总值、科技创新成果以及八成以上的城镇劳动就业、九成以上的经营主体数。

地处福建东南沿海的晋江市，率先播下"种子"，走出一条"以市场经济为主、外向型经济为主、股份合作制为主，多种经济成分共同发展"的经济发展道路。

六年七下晋江。2002 年，时任福建省省长习近平在《福建日报》发表关于晋江经济持续快速发展的调查与思考的署名文章，总结"晋江经验"，提出"六个始终坚持"和"处理好五大关系"，从民营经济发展方向、路径、精神、品质、环境、保障等方面总结探索经验，提出明确要求。

处理好发展市场经济与建设新型服务型政府之间的关系，是民营经济发展的重要保障。习近平总书记指出："在市场作用和政府作用的问题上，要讲辩证法、两点论，'看不见的手'和'看得见的手'都要用好，努力形成市场作用和政府作用有机统一、相互补充、相互协调、相互促进的格局，推动经济社会持续健康发展。"

闽北出好茶。这一片"叶"，是南平市力推的生态优势产业之一。"这几年，市里和县乡的干部、村里的下派第一书记，一直手把手指导我发展，让我一个农民创业者掌握发展茶产业的最新知识。"光泽县华桥乡"屡战屡胜"农民企业家严金友说。

2008 年，在晋江做了多年橡胶制品的蔡友志决意涉足橡胶产业链上工艺更为复杂的轮胎。永安尼葛工业园拥有"集中供汽"的电厂，能提供生产轮胎所需且成本更低的蒸汽。15 年后，蔡友志的建新轮胎日产量从 300 条提升到 8000 多条，种类规格从 30 多种到 300 多种，在卡车和客车轮胎这条细分赛道上，位列全国第一、世界第五。

2022 年，建新轮胎启动二期项目。尼葛工业园当好"服务员"，协调工业用地 60 亩，争取技改贷款 1.7 亿元，配套建设低压专用供气管道，不到一年就开始试运行。"项目能有这么高效的进展，地方政府为我们出了大力。"负责生产的总经理黎先津说。

发展越是面临困难挑战，越需要政府"这只手"发挥更大作用。我省各级各部门坚持政策服务齐努力，全力帮助企业特别是中小企业解决困难问题，推动今年以来我省经济运行继续保持稳中有进的势头。

二

20 世纪 90 年代初，在时任福州市委书记习近平倡导下，福州实行投资项目审批"一栋楼办公"。从"一栋楼办公"推开，以简政放权为核心的审批制度改革在福州大刀阔斧展开。

2000 年，时任福建省省长习近平亲自担任省机关效能建设领导小组组长，在全国率先推进服务型政府建设。

"政府职能转变是经济体制改革的重要内容，也是推动企业改革和发展的关键环节。"2001 年，时任福建省省长习近平在福建省企业家活动日暨表彰大会上的一席话，如今听起来仍掷地有声。

企业与地方"结缘"，关键看营商环境，看政府部门的工作能力、工作效率。

福建逢兴机电设备有限公司是一家专业从事高低压成套设备生产及中高压元器件研发、生产、销售与服务的国家级高新技术企业。"小巨人"激发大能量，公司连续多年年产值以 35% 的速度递增，产品 20% 出口"一带一路"沿线国家。这是龙岩市新罗区营造营商好环境、助力专精特新企业快速成长的生动案例。

"当好工业企业的'娘家人'，我们责无旁贷。"新罗区工信科技局局长苏建华表示，该区将持续以"千名干部挂千企"活动为载体，建立专精特新中小企业培育库，开展优质中小企业梯度培育，用好一系列帮扶企业发展的政策、措施，助力专精特新企业快速成长。

也是在 2000 年，"数字福建"建设的大幕正式开启。发挥"数字福建"优势，深化"放管服"改革，塑造了福建营商环境新优势，2022 年福建省级数字政府服务能力在全国位列优秀级。

"放"得更到位。破除市场准入"壁垒"，建成市场准入效能评估平台，进一步提高市场准入隐性壁垒线索处置效率；深化"一业一证"改革，推动省级综合许可平台建设，进一步降低企业准入成本；提升经营主体准入退出便利度，全省企业开办时间压缩至 1 个工作日，简易注销公告时间压缩至 20 天。

"管"得更高效。破除政务数据共享"壁垒"，实现 550 个省级、1237 个市县政务信息系统全部接入省市公共数据汇聚共享平台；建设省域一体化数字执法平台，推进行政执法全流程管理；建成首个省级一体化营商环境监测督导平台，及时发现问题、督导解决问题，在今年全国优化营商环境现场会上作为典型经验进行推介。

"服"得更精准。破除审批"壁垒",形成全省行政审批"一张网",96.7%的事项可以网上办理;深化"一件事一次办"等改革,让企业和群众少跑腿、数据多跑路、办事更便利;出台相关政策,引导金融机构积极提升中小微企业金融服务,2022年经营主体对融资支持的满意率较上一年度提升近25个百分点。

<h1 style="text-align:center">三</h1>

营商环境只有更好,没有最好。

全国工商联发布的2022年度万家民营企业评营商环境报告显示,我省营商环境总体水平居全国第十位,一些领域评分居全国中游,反映出民营企业对优化营商环境还有更大期待。

对于企业而言,什么是好的营商环境与服务?或许就像五星级酒店,当你不需要服务时,几乎感觉不到服务生的存在;而当你需要时,一个抬头或一个眼神,服务生就会立刻来到你身边。

政府"有形之手"作用的发挥,在于加强宏观调控,改善供求关系,优化市场机制、产业结构、营商环境,最大限度为经营主体降低市场风险、交易成本,提供服务,使产业和区域发展走向平衡与协调。优化营商环境的"有为"政府,体现在统筹"破"与"立"。

破,即破壁垒、拆藩篱,在民营企业利益受损、遇到困难时及时"出手",保障民营企业依法平等使用生产要素、公平参与市场竞争、同等受到法律保护。这次全会对全面规范市场准入、全面落实公平竞争制度、支持积极参与混合所有制改革等作出针对性部署,旨在推动各种所有制经济权利平等、机会平等、规则平等。

立，即立根基、优服务，以良法善治护航民营经济发展，以优质政策服务帮助民营企业做大做强。这次全会鲜明提出通过改革，打造好市场环境、法治环境、诚信环境、政务环境，切实保障民营企业融资、用地、用工等需求，目的就是让民营企业在福建能办事、好办事、办成事，让民营经济在阳光雨露滋润下更加枝繁叶茂。

新材料产业成为闽北山间飞出的"金凤凰"，离不开好政策好环境。去年8月，远翔新材在深交所创业板上市，成为邵武首家本土上市企业。目前，邵武市147家规上企业，新材料企业达55家。眼下，园区正打造氟新材料科技创新研究院，并成立过程安全实验室，夯实产业发展基础，持续优化服务，为企业高质量发展提供有力支撑。

园区的配套设施不断优化，项目从谋划、开工、推进到投产全生命周期都有专人动态跟踪服务；人才引导培育政策的完善与精准匹配，助推高端人才到园区工作，赋能产业优势，等等。以"政府有为"推动市场有效、企业有利、群众有感，福建民营经济高质量发展的生机活力不断迸发。

（作者：林宇熙，发布于新福建客户端2023年8月31日）

当"四下基层"遇见主题教育

当前，第二批学习贯彻习近平新时代中国特色社会主义思想主题教育正扎实开展。结合主题教育，各地锚定全年目标、全力冲刺四季度。在"关键之年"的关键节点，如何进一步贡献福建经验，助力全国发展大局？

2023年10月13日，全省深化运用"四下基层"制度走好新时代党的群众路线推进会在福州召开。会议深入学习贯彻习近平总书记重要批示精神，推动各级党组织和广大党员深刻把握"四下基层"的丰富内涵、时代价值和实践要求，走好新时代党的群众路线，奋力谱写中国式现代化福建篇章。

屏山君深切感受到，"四下基层"早已上升为典型经验，扎根八闽、推向全国。如今，作为第二批主题教育的重要抓手，"四下基层"正被不断学习推广、深化运用，成为密切联系群众、走好新时代群众路线的重要法宝。

一脉相承

宁德霞浦县委党校，"四下基层"发源地主题展，"把心贴近人民"几个大字愈加清晰醒目。2023年5月底，省委常委会学习贯彻习近平新时代中国特色社会主义思想主题教育第二次读书班在这里开展现场教学。大家深入了解"四下基层"制度30多年来的传承拓展，深切感受习近平总书记始终践行群众路线、全心全意为人民服务的宗旨意识和深厚为民情怀。

时间回溯到20世纪80年代末。彼时的闽东，山高路远、交通不便，群众有事上门找政府，跋山涉水、耗时耗力。有感于此，时任宁德地委书记习近平提出每个县确定一个信访接待日。

1988年12月，宁德首次"地、县领导接待群众来访日"活动在霞浦县举办。一天时间，地、县两级领导共接待群众102名，受理问题86件，其中12件当场解决，其余要求在一个月内处理完毕。霞浦接待群众来访这一新尝试，打开了"一扇窗"，此后在实践中逐步发展、丰富为"四下基层"制度。

经过35年不间断的传承发展、接续推进，"四下基层"成为八闽党员干部的广泛共识和自觉行动，其蕴含的真理历久弥新，在八闽山海间持续绽放光芒。

一棒接一棒，推动"四下基层"制度不断深化。《关于推进领导干部"四下基层"工作的意见》《省级领导"四下基层"工作制度》《关于深化领导干部"四下基层"工作 切实走好新时代党的群众路线的意见》等文件先后出台，福建从制度上推动党员干部更好地践行党的群众路线，真正与群众汗洒在一起、事干在一起、情融在一起。

一任接一任，推动"四下基层"优良传统发扬光大。省委常委会发挥"头雁效应"、从自身抓起，每年到基层调研不少于30天，市县领导不少于60天，坚持下到基层听民声、汇民意、聚民智、解民忧。在第一批主题教育中，福建各级领导干部采取"四不两直"、蹲点调研、解剖麻雀等方式，不断改进作风，减轻基层负担，提升工作效果；在今年"年中拉练"时，省领导们分别带队检查1-2个县，轻车简从、直奔基层，通过实地察看、座谈会、接访等多种形式，与基层干部群众面对面交流，共话发展、共谋未来。

一程又一程，推动"四下基层"等宝贵理论财富、实践财富润泽八闽。主题教育开展以来，福建用好"富矿"，深入挖掘、大力秉承习近平同志在福建工作期间提出的重要理论、开创的重大实践，引导各级领导干部到一线推动理论学习、汲取思想养分，在"大众化"宣传中"化大众"，真正做到凝心铸魂。

蔚然成风

35年的坚持和发展，如今，"四下基层"在八闽大地蔚然成风、常下常新。

先说传承弘扬"宣传党的路线、方针、政策下基层"。在福建，每逢党中央举行重大会议和活动、提出重要精神、作出重要部署，省委领导以上率下，党员干部纷纷跟进，及时把党的路线、方针、政策带到群众身边，让党的创新理论不断"飞入寻常百姓家"。

党的二十大结束后，省领导第一时间带头进机关、企业、农村、学校、社区宣讲，变"一般性号召"为"面对面讲解"；全省组织"新时代宣讲师""福小宣"等形式多样的宣讲队伍，把讲台搬到最基层，将理论宣讲的触角延伸到千家万户。党的二十大精神集中宣讲期间，我省各级领导干部开展宣讲就达4万多场。

传承弘扬"调查研究下基层"。调查研究好比一座桥梁，连着理论与实践，连着信息与决策，连着党员干部与基层群众。实践中，福建出台《中共福建省委常委会重大决策征求意见制度》，以上率下形成重大决策听取群众意见的常态化做法。主题教育开展以来，福建立足独特优势，大兴调查研究，通过调查研究密切联系群众、实现科学决策、改进工作作风，问政于民、问需于民、问计于民，保持经济社会发展恢复向好态势。

传承弘扬"信访接待下基层"。多年来，福建省委每年研究《省级领导"信访接待下基层"工作方案》，构建完善"党委统一领导、政府组织落实、信访工作联席会议协调、信访部门推动、各方齐抓共管"的信访工作格局。

信访是送上门来的群众工作。福建创新开门接访、进门约访、登门走访、上门回访"四门四访"、服务民企"四访四通"等工作机制，打通信访"最后一公里"，把信访工作做到群众心坎里。仅今年以来，全省各级党政领导"四门四访"接待群众5800多人次，"四访四通"化解涉民企诉求1100多件，通过拉家常等方式化解各类矛盾纠纷超1.1万件。

传承弘扬"现场办公下基层"。当前，福建大力实施新时代民营经济强省战略，每位省领导挂钩联系1家重点民营企业，示范带动全省深入开展"万名干部进万企"行动，进一步推动民营经济提质增效、再创优势。主题教育期间，广大党员干部深入开展"我为群众办实事""我为企业解难题"等活动，共为群众办实事、为企业解难题2万多件。

福建大力推行"一线工作法"，连续13年组织开展省委省政府工作检查，普遍建立党员领导干部直接联系群众、挂钩联系民营企业等制度，"马上就办、真抓实干"，推动新福建建设不断取得新成效。

绽放光芒

第二批主题教育涉及的单位和人员范围广、类型多、数量大、任务重，如何在抓好主题教育、推进高质量发展上立标杆、作表率、勇为先？

"我们要传承弘扬好、转化落地好，切实把'四下基层'贯通落实到主题教育中，把深化运用'四下基层'的成果体现到新福建建设的成效上。"我省广大党员干部一致认为，要从基层的实际出发，充分运用第一批主题教育好经验好做法，把"四下基层"作为重要抓手，贯通落实到第二批主题教育各项重点措施中，使其焕发出更大光彩。

——坚持人民至上，把为民造福作为最重要政绩。

"四下基层"是对马克思主义群众观的继承和创新，根本上源于习近平总书记一以贯之的深厚为民情怀。要把"四下基层"作为重要抓手，在基层一线倾听群众的愿望和心声，畅通民意表达渠道，把惠民生、暖民心、顺民意的工作做到群众心坎上，着力创造高品质生活，扎实推进共同富裕，让全省人民共享现代化建设成果。

——坚持实事求是，把在一线摸清实情作为科学决策的重要前提。

"四下基层"是对马克思主义矛盾观的继承和创新。习近平同志在福建工作期间提出，"作出决策之前，先听他个八面来风""没有调研就不要决策"。要把"四下基层"作为重要抓手，推动干部走出机关大院、走到群众中间，在基层广阔天地中摸清情况、总结规律，聚焦制约经济社会发展的痛点难点堵点，在一线解决问题、推动发展。

——坚持实干为要，把"马上就办、真抓实干"作为自觉追求。

"四下基层"是对马克思主义实践观的继承和创新。"四下基层"，就是通过现场办公抓落实，减少中间环节，提高办事效率。要把"四下基层"作为重要抓手，强化重效、求效、显效的鲜明导向，将更多精力花在设身处地为群众着想、千方百计为群众服务上，以拼的姿态、抢的劲头、闯的胆略，奋力抓发展、促发展、护稳定。

——坚持基层导向，把夯实基层基础作为关键着力点。

基层是党的执政之基、力量之源。"四下基层"的重要作用就是突出抓基层、强基础、固基本，更好服务基层、服务群众、服务发展。要把"四下基层"作为重要抓手，突出大抓基层的鲜明导向，发挥基层党组织战斗堡垒和党员先锋模范作用，激发人民群众的积极性、主动性、创造性，把党的政治优势、组织优势和群众工作优势巩固好、发展好，使我们党的执政根基更加牢固。

（作者：严顺龙、刘必然，发布于新福建客户端2023年10月15日）

屏山君·力量之基

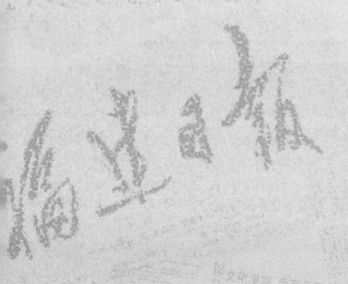

援沪手记：我们是"舱友"

方舱内外，风雨同舟。

屏山君随福建援沪医疗队来到上海已半月，今天跟大家分享一线的见闻与感受，看看"大白"们是如何"做事非常认真、非常负责、非常有爱心"的！

"不好意思，让我先好好睡一觉。"福建援沪医疗队队员兰才凤在生日当天婉拒了屏山君的采访。抵沪第十一天，身为小组长的她才给自己安排了第一次轮休。

这是福建援沪医疗队接管上海世博方舱的第二周，工作推进有条不紊，全队上下终于有机会歇口气。也在这周，上海每日新增感染人数终于从 2 万多的持续高位上滑落，疫情防控取得阶段性成果。

借着这喘息的机会，屏山君和大家聊一聊这座有着 7000 多张床位的世博方舱里，近来发生的故事。

重　压

"武汉方舱一般才一两千个床位，一家大型综合性医院的床位数也差不多。7000 张床位，这还是第一次。"一位曾带队参与援鄂抗疫的领队感慨道。

屏山君了解到，虽然医疗队队员大多有参加援鄂、援厦、援莆等新冠疫情防控工作的经历，不少人还是从泉州抗疫一线转战上海，经验很丰富。但这次从明确任务到全面接管，短短不过一天，大部分队员还来不及"热身"就直接上岗。

"大家信心满满……然而到了世博方舱，现状比我们想象的严重得多。"队员刘青的工作日志里记录道。

陌生的环境、陌生的患者，甚至同队伙伴也才认识几天……所有人都觉得"压力山大"。

压力，首先来自院感风险：奥密克戎毒株传染性极强。

即使有过援鄂经历，队员林清华首次进舱时仍然很紧张："穿戴全套的防护装备，打开舱门走进去那一刻，呼吸都觉得困难。"

接管初期，方舱及驻地的感控警报频发，可谓每日一惊。大家一边完善感控措施，一边硬着头皮上。

压力，也来自患者。

方舱集中隔离的患者大多是轻症及无症状感染者，身体状况尚可。但临时改造的世博方舱生活条件有限，承受着身体和精神的双重煎熬，他们难免紧张、困惑、焦虑。

再加上接管初期，流程不熟、磨合不畅，一定程度加剧了舱内的紧张气氛。

与焦躁的患者甫一接触，"大白"们就成了所有负面情绪的直接宣泄对象。

疾　行

屏山君曾目睹几位"大白"被数十位患者围堵在护士站索要核酸

报告的场面。尽管戴着口罩，患者们眼神中的焦躁不安依然能直接感受到。

小部分患者的不配合，让一些队员的心情一度跌落谷底。

"无论如何我们都要笑着再冲上前，这是我们的责任，也是我们志愿选择来这里的情怀。"一位领队在工作群里对战友们发出鼓励，"共担风雨，我，和你们在一起。"

同时，医疗队发出了《致世博方舱全体朋友的一封信》，信中这样写道：此时此刻，最重要的是齐心协力、同舟共济，最需要的是相互的理解包容。

在担心与质疑的嘈杂声中，"大白"们一遍又一遍、冷静而耐心地安抚解释，同时不忘微笑着关心患者的身体、心理状态。

"很理解他们的心情。他们着急，我们也希望他们能早点回家。"从援泉一线转战上海的队员章晓芳说，"大家的目标是一样的。"

舱内负重前行，舱外争分夺秒。

世博方舱之前的两支医疗队均只驻管了几天，很多制度还来不及完善；信息系统中，一些统计数据与患者实际情况不匹配；出舱流程多方尚在磨合，存在梗阻；物资保障、感染控制……哪哪都是困难。

"我们是来帮忙的。没有困难，我们来干吗？有困难，自己先想办法！"医疗队临时党委发出号召，"党员要亮身份、作表率。"

医疗队迅速完善了组织架构，以问题为导向，抓紧一切时间梳理流程、厘清信息。

每个人都在努力发现问题。就连屏山君这样的"小白"，都被医疗队专门叮嘱："采访时如果发现什么问题，请一定告诉我们。"

每个人都在努力解决问题。工作微信群里、碰头协调会上，反映的问题很快有人回应，甚至候车时，屏山君听到的闲聊，也是三句话两句不离工作。

遇山开山、遇水架桥：

进舱速度慢——调整更衣区布局、增配全身镜；

护目镜起雾——提前用碘伏内涂镜片阴干，换装随时可取用；

感控设施不够——多方筹措、就地取材、设法改造；

通勤车辆和司机不足——通过私人关系借来司机、车辆，还不行，自己当司机；

夜班吃不上热食——后勤队员借来酒店大锅，熬热粥给夜班队员当消夜……

这场持续一周的急行军，所有人肩并肩：需要加班，没有二话；需要帮忙，一呼百应；有每天只睡三四个小时的，有连续十几个小时不吃不喝的，有晕倒、脱水、不适的……

舱　友

全力磨合协作下，世博方舱的日均出入院人数稳步攀升，最终稳定在 2000 人上下的"高周转"状态。

这周，上海的气温在骤降 10℃后，开始逐渐回暖。一如舱内的温度。

回暖，大概是从一块巧克力开始的。

接管方舱的第四天，H2 舱 1 区的护士台收到一封信和一块巧克力。回答完患者们的咨询，队员许益丹才有时间瞄一眼。就这一眼，她差点当场破防。

"这些天我看着你们入驻以来经历的委屈和艰辛，我真想去抱抱你们！"一位即将出舱的患者在信上说。

分享到工作群里的感谢信，犹如久旱后的甘露，医疗队里沸腾了——原来我们的付出，大家是看得到的。

也是从这块巧克力开始，患者的感谢纷来沓至。"谢谢你们，辛苦了！"成了队员们最常听到的一句话。

与此同时，主动参加志愿服务的患者越来越多，协助"大白"开展物品分送、秩序维护、心理疏导等各项工作。舱内逐渐形成了自我管理、互帮互助的良性循环，这极大缓解了"大白"的压力，可以让队员们专注在医护专业工作上。

屏山君在方舱采访时，发现好几位即将入舱的队员手里提着塑料袋，装着方便面、水果、零食、饮料。

"你们在舱内不是不能吃喝吗？"屏山君很好奇。

队员笑着解释："这是给'舱友'准备的。舱里的食品种类不多，我们就把自己的拿进去分给大家。"

瞧，"舱友"！这是队员们对舱内患者的称呼，多么温暖的一个词。

（作者：张永定、吴旭涛，发布于新福建客户端 2022 年 4 月 22 日）

180 年前的"福建援疆干部第一人"
为什么新疆人民感念至今?

2022 年 7 月 4 日,"重走林公路 丝路援疆情"主题采访活动在福州林则徐纪念馆启动。

跟着屏山君,去新疆。

从福州出发,行程约 10000 公里,屏山君经乌鲁木齐转机到伊犁,而后由西向东,先后深入昌吉回族自治州的玛纳斯县、呼图壁县、吉木萨尔县、奇台县、木垒县,吐鲁番市,昌吉市区等地采访,追寻民族英雄林则徐 180 年前戍守新疆时的足迹。

57 岁 122 天跋涉
他是"福建援疆第一人"

从福州坐飞机到乌鲁木齐,算上中间经停的时间,一共花了 7 小时 40 分钟。这是屏山君出差坐过的最长时间飞机了。

180 年前,没有飞机、高铁、汽车,林则徐从陕西西安出发,一路风雪兼程到达新疆伊犁,又花了多少时间呢?

答案是 122 天。

1842 年 8 月 11 日，林则徐从西安出发，在与妻儿分别时，吟出了那首有着千古名句的诗篇：

> 力微任重久神疲，再竭衰庸定不支。
> 苟利国家生死以，岂因祸福避趋之！
> 谪居正是君恩厚，养拙刚于戍卒宜。
> 戏与山妻谈故事，试吟断送老头皮。

如果说 1840 年虎门销烟是林则徐人生的高光时刻，被贬新疆就是至暗时刻。也正因如此，愈发可见其人格闪烁出的熠熠光芒。风雪戍途三千里，已经 57 岁的林则徐"衰龄病骨，风雪长征"，于 1842 年 12 月 10 日到达当时新疆的政治中心——伊犁惠远城。

奇台县、昌吉市、呼图壁县、乐土驿、果子沟、惠远古城……林则徐就这样一路艰辛跋涉入疆。

重走林公路，屏山君一路追寻、一路记录，深受感动：在这样的人生逆境中，林则徐仍然以"苟利国家生死以，岂因祸福避趋之"为理想信念，这是一种远远超拔于封建士大夫所推崇之"穷则独善其身，达则兼济天下"的高远人生境界。也正因为如此，林则徐作为"福建援疆干部第一人"在新疆的功迹才更让人称道，他的所作所为彰显出的爱国主义精神和为民情怀，更值得今天的我们去传承与弘扬！

林公渠：雕刻在伊犁大地上的丰碑

发源于天山山脉的喀什河，一路蜿蜒至新疆伊宁县墩麻扎附近，奔腾的河水被一座堤坝拦腰截住，这里是喀什河龙口遗址所在地。历史上的阿齐乌苏大渠由此向西延伸，灌溉沿线十数万亩土地。

阿齐乌苏大渠即为如今的人民渠。引喀什河水入阿齐乌苏大渠的龙口工程首段，长约 6 公里，是由林则徐捐资且承修的。这条渠因此也被称为"林公渠"。

86 岁的赖洪波，被当地人称为"伊犁的活历史"，是著名的伊犁地方史研究专家。与此同时，他还有着另一个让屏山君十分钦佩的身份——新疆研究林则徐第一人。

20 世纪 70 年代，赖洪波就开始研究林则徐在新疆的历史事迹。他激动地告诉来自林则徐家乡的屏山君："林公渠是雕刻在伊犁大地上的丰碑！"

1843 年春夏，伊犁遭受旱灾。伊犁将军布彦泰发动垦荒，林则徐积极参与。为了边疆的屯垦事业，忧国忧民的林则徐经过深思熟虑，向布彦泰提出兴修水利，并亲自捐资承修水利工程中最为艰巨的龙口工程。4 个月后，一条长 2 公里多、宽三丈有余的大水渠筑成了，造福当地人民生活用水和农田灌溉。老百姓们感念其功德，称这条大渠为"林公渠"，世世代代传颂至今。

"林公爱国、爱民，林公渠为老百姓带来幸福。"赖洪波说。

在新疆的 3 年里，无论是兴修水利，还是南疆勘地，林则徐都深入屯地、访问百姓、体察民情，与各族人民结为好友，深爱这片热土，盛赞新疆人民"如此好百姓！"。

坎儿井：浇灌沃壤绿洲的林公井

说起吐鲁番，不知道大家是不是首先想到的是《西游记》中火焰山的故事，理所当然认为是一个炎热干旱之地？那么问题来了，今天的吐鲁番为什么会是瓜果飘香之地呢?

当地老百姓骄傲地告诉屏山君,这是因为吐鲁番有着许多也被称为"林公井"的坎儿井。

吐尔逊娜依·胡吉艾合买提是吐鲁番坎儿井乐园的一名博物馆讲解员。她的父亲是一名挖坎儿井的工匠,女儿现在也是坎儿井博物馆的一名小讲解员。虽然是维吾尔族,可吐尔逊娜依对林则徐日记中的相关段落却背诵如流。

吐尔逊娜依告诉我们,林则徐在认真完成清丈田亩的任务之外,还根据各地实际,兴修水利设施,倡修坎儿井。

坎儿井是各族人民根据地理特点所挖掘修建的一种农田水利设施,把天山雪水融化所形成的浅层地下水,不用任何动力,巧妙地利用地形坡度和水的重力引出地面,并且成功地避免了强烈的蒸发。

林则徐在深入考察坎儿井的建造情况后,认为它对于通水、灌溉农田都大有好处,积极帮助当地老百姓改造原有的坎儿井,并推广这一经济实惠的水利设施。在林则徐的倡导下,新疆吐鲁番、哈密等地开浚了一批新型坎儿井,使自古以干旱闻名的火洲赤地逐渐变成了沃壤绿洲。后来,老百姓把林则徐改进推广的坎儿井称为"林公井",世世代代传诵林公的恩惠。

"挖坎儿井都是自发的,共同挖、共同用,造福子孙。"吐尔逊娜依说,"我们要讲好坎儿井这个民族团结的故事。"

志合者,不以山海为远

荷亭唱晚,是福州西湖古八景之一,位于西湖公园内则徐园的门口。则徐园共包括了桂斋、禁烟亭、荷亭唱晚等景点。

1827年，时任江宁布政使的林则徐因守孝回到福州。当他得知西湖部分面积被侵占，影响了周边的农田灌溉，就毅然站了出来，与地方开明官绅一起协力重浚西湖。

福州市西湖公园管理处副主任廖昌福告诉屏山君："在修浚西湖过程中，林则徐充分听取百姓意见，采用了'疏'的先进理念。这对他后来在新疆兴修水利的思想有着重要影响。"

这次主题采访，屏山君还与新疆昌吉的媒体小伙伴们一起来到福州马尾的昭忠祠，一路寻访林公足迹。

1850年1月3日，65岁的林则徐在告病还乡途中，与左宗棠相会于湘江之畔，与这位后辈倾盖如故、彻夜长谈，史称"湘江夜话"。其实，在此之前，左宗棠就已深受林则徐、魏源为代表的经世致用思想影响。被任命为闽浙总督后，左宗棠于1866年奏请说服清政府开办船政，由此创办福建船政。之后，左宗棠又远赴新疆，经略西北。

这位曾与林则徐在湘江小船上彻夜长谈的年轻人，传承他的爱国襟怀，从东南到西北，书写了一段经略边防的新历史。

志合者，不以山海为远。人生代代，薪火相传。

按照中央安排，福建从1999年开始对口支援新疆昌吉回族自治州，省委省政府始终将其作为一项重大政治任务，抓紧抓实。23年来，福建分批选派各类干部人才4000多人进疆工作；财政安排援疆资金51.52亿元，实施援疆项目795个；为昌吉州引进产业项目300多个，到位资金400多亿元。闽昌两地供需对接、优势互补、长效协作机制不断完善，各领域交流合作不断深化，搭起了"海丝＋陆丝"万里同心桥。

福州西湖荷亭唱晚的风，轻拂过天山上的云。

今天，当屏山君来到天山脚下，在寓意"昌盛吉祥"的昌吉州，倾听 180 年前林公造福新疆的历史回响，福建援疆干部们的话语不由在心中激荡——

"援疆虽然离家万里，但我们在精神上有林公这么一位家乡人！"

（作者：林蔚，发布于新福建客户端 2022 年 7 月 15 日）

"金鸡"唱晓：福建拥抱新蓝海

美丽鹭岛，星光璀璨。

11 月 10 日至 12 日，2022 年中国金鸡百花电影节暨第三十五届中国电影金鸡奖再次相约"海上花园"城市厦门。

持续 3 天的电影节，陆续举办了电影展映、电影论坛、创投活动等 8 大类 23 项活动。

伴随着回暖的天气，屏山君在厦门感受到了这场电影文化盛宴的热烈与绚烂——厦门登上网络热搜，福建再次迎来高光时刻。

许多人不禁要问，为什么是厦门？为什么是福建？

产业新蓝海

21 世纪，影视产业进入了新的"黄金时代"，越来越多观众走进影院看电影。

近年来，在中国电影市场的强劲表现下，亚太地区已然成为世界第一票仓。业内人士指出，"未来亚太地区有可能会成为世界影视产业新的'火车头'，成为全球影视产业的'蓝海'"。

"过去十年，中国电影在文化自信、艺术自觉、产业自强的驱动下，创造了中国电影的一个黄金时代。"本届电影节上，北京大学新闻与传播学院教授、中国电影家协会理论评论工作委员会会长陆绍阳在发布《中国电影十年艺术发展报告》时介绍。

过去十年，中国电影行业经历了爆炸式增长，电影票房纪录屡次被刷新，在全球影响、国家导向、市场票房、观众口碑、艺术创新、行业重建、技术赋能等方面取得明显成效。

据统计，这十年，我国平均每年拍摄的影片达 847 部，不仅出现了《长津湖》《战狼 2》《你好，李焕英》《流浪地球》《哪吒之魔童降世》《红海行动》等创造纪录的高票房电影，还推出了一批新主流电影、现实主义电影、中国式类型片、文艺片、艺术片、动画片、纪录片的代表性作品。

在屏山君看来，最近 3 年，尽管受到疫情的冲击，但中国影视产业的发展依然可圈可点。《2022 中国电影产业研究报告》显示，中国电影银幕总数突破 8 万块，2021 年，中国电影市场各类电影片产量、票房、银幕数、观影人次继续保持全球第一，其中，中国电影票房约合 74 亿美元，占全球总票房的 34.89%。

党的二十大报告提出"建设社会主义文化强国"，把文化建设提升到新的历史高度，全面阐述了今后 5 年乃至更长时期文化建设的总体目标、重大原则、重要战略举措，吹响了推进文化自信自强、铸就社会主义文化新辉煌的嘹亮号角。

文化产业是文化强国建设的强大动能，而作为文化产业的重要组成部分，影视产业不仅能提升硬件水平、拉动文化消费、促进经济发展，同时也有助于增强文化自信、讲好中国故事、传播好中国声音，向世界展现可信、可爱、可敬的中国形象。可以说，影视产业在文化强国建设中占据重要位置。

为什么是福建?

福建文化璀璨多元,素有"海滨邹鲁""文献名邦"之美称,是绿色宝地、红色圣地、两岸福地、著名侨乡、海丝起点和创新创业创造的高地。

新时代十年,中国电影版图上的福建地标迅速崛起。

福建省委、省政府历来十分重视文化产业的发展。"十三五"时期,福建文化产业实现质的飞跃——文化及相关产业增加值占地区生产总值比重居全国第五位,成为文化产业作为国民经济支柱性产业的少数省区市之一。

福建省第十一次党代会提出,"做大做强做优数字经济、海洋经济、绿色经济、文旅经济""加快精神文明和文化强省建设"。

屏山君认为,影视产业与数字经济、文旅经济联系紧密,是新发展理念的重要体现,也是加快推进文化强省建设的重要抓手。

近年来,福建电影牢牢把握新时代电影工作发展的大好机遇,以打造电影强省为目标,加快推进电影高质量发展,影视产业呈现出蓬勃发展的良好态势。

"金鸡"长期落户的背后,正是福建影视产业的异军突起——

影视体系方面,高标准、高起点打造以海洋为主题的平潭影视基地、以全域影城为方向的厦门影视基地、以山水之美为拍摄优势的泰宁影视基地,形成了各具特色、功能互补的三大影视基地格局,陆续引入了影视生产创作、特效制作等各类企业超过1500家,推动在全省打造30个县域电影外景拍摄基地,构建全体系的影视基础设施和配套服务。其中,已有《守岛人》《冰风暴》《我为你牺牲》等20多部影视作品在平潭拍摄取景；泰宁则被中国广播电视联合会授予"全国影视指定拍摄景地"称号。

值得一提的是，2021年12月，中国电影资料馆安溪数字资源中心项目正式落户数字福建（安溪）产业园，总投资约5亿元。根据规划，项目将建成中国电影资料馆数字备份库、国家影像修复基地、融媒体制作基地、艺术影院等主体功能。

目前，该中心已在试运行中取得不俗成绩。中国电影资料馆馆长、中国电影艺术研究中心主任孙向辉介绍，"在安溪，争取用3到5年时间，建成中国最大、全球前三的数字电影大数据存储、修复和制作中心"。

精品创作方面，过去十年中，福建电影备案数量近2000部，先后参与了《1921》《革命者》《守岛人》《我和我的祖国》《我和我的父辈》《金刚川》等重点项目的出品、摄制工作，推出了《古田军号》《误杀》《大闹天宫》《风平浪静》等一批兼具社会效益和经济效益的精品力作。其中，本省出品票房过亿影片有8部，《误杀》实现福建电影全国票房首次突破10亿元，由福建第一出品的电影全国票房累计超35亿元。

电影节展方面，福建拥有中国金鸡百花电影节、丝绸之路国际电影节和IM两岸青年影展等节展资源。其中，金鸡奖连续十年落户厦门，丝绸之路国际电影节首次设立金丝路奖，IM两岸青年影展成为全球青年影视交流盛会，电影节的数量和质量位于全国前列。

"东南之强"加速崛起

拥抱新蓝海，打造新名片。

始办于1992年的中国金鸡百花电影节，30年来走过全国28座城市，成为中国电影的一张闪亮名片。2019年起，该电影节落户厦门，已连续举办 4 届，让厦门走上了中国电影光荣历程的"红地毯"。

伴随着厦门、平潭、泰宁等地影视基地集聚效应的凸显，福建的影视产业正在加快发展——

2022 年前三季度全省共备案电影剧本 163 部，105 部获取拍摄许可证，10 部电影获取公映许可证；电影市场方面，全省现有城市电影院线 28 条、影院 391 家、银幕 2273 个、座位 30.67 万个，人均拥有数均位居全国前列，前三季度票房近 9 亿，位列全国电影票房产出第一方阵。

2022 年中国金鸡百花电影节上，福建电影持续奏响强音："福影·泰宁之夜"在厦门登场，八闽电影巡展自泉州起步，四川福建联袂拍片实质落地，八闽戏曲电影工程开启，"福影联盟，光耀海峡"合作联盟再度纳新……

作为"金鸡之城"，厦门的表现尤其亮眼。屏山君了解到，2021 年以来，厦门电影获备案单位数量、年度票房前 50 的影片出品方数量居全国前列。本届电影节期间，来自厦门各区和相关单位的超过 50 个数字影视产业招商项目举行落地签约仪式，签约金额逾 150 亿元。

影视产业，正日益成为厦门乃至福建的"明星产业"，成为福建高质量发展新动能、对外传播新名片。

宾朋满座，"金鸡"啼鸣。

屏山君相信，在党的二十大精神指引下，踏上充满光荣与梦想的新征程，福建将再接再厉，努力打造全国电影业的"东南之强"，为"电影大国"向"电影强国"迈进作出新贡献。

（作者：林清智、严顺龙、杨珊珊，发布于新福建客户端 2022 年 11 月 12 日）

爆火榜单背后的同与不同

23日，一份榜单火了。

一年一度的县域经济"大考"结果出炉，省政府发展研究中心发布2022年度福建省县域经济实力"十强"县（市）、经济发展"十佳"县（市）和城市发展"十优"区。其中，晋江市、福清市等获评经济实力"十强"县（市），霞浦县、德化县等获评经济发展"十佳"县（市），思明区、鼓楼区等获评城市发展"十优"区。

屏山君梳理发现，这份榜单中既有"常胜将军"，也有"突围黑马"，他们是如何脱颖而出的？本期屏山君尝试梳理"十强""十佳""十优"县（市、区）（以下简称三个"十"）发展背后的同与不同，解锁他们的发展密码。

同样的坚持——对高质量发展的追求

屏山君从省政府发展研究中心了解到，对于三个"十"的评价指标既考虑经济总量和均量，也考虑增速与质量效益，同时兼顾考虑民生福祉和生态发展，多角度体现全方位推进高质量发展的要求。

也就是说，上榜的"优等生"都有同样的特质——对高质量发展的追求。

屏山君发现，2021年三个"十"夯实"稳"的基础，迸发"进"的动能，以全省30%左右的行政区域面积，创造了55%经济总量，晋江市、鼓楼区、思明区、湖里区、南安市、惠安县、福清市、长乐区、蕉城区、石狮市等10个县（市、区）GDP均突破千亿大关。

与此同时，三个"十"的平均经济增速高出全省水平1.5个百分点，其中，拥有宁德时代、上汽宁德基地等"多个"金娃娃的蕉城区生产总值增长率为29.8%，连续4年位居全省第一。

"十强"榜单中，有两个县（市）引人关注：福清市首次上升至第二名，福安市从第十名上升至第八名。相关人士分析，项目支撑、产业带动是关键。例如，"化工航母"万华化学落户福清两年，上下游企业追随而来，推动江阴港城经济区朝着"世界一流的千亿级化工新材料专区"目标加速迈进；以青拓集团为主导的不锈钢新材料产业是宁德首个千亿产业集群，在今年福建省民营企业百强榜单中，青拓集团首次跻身榜首。

在此基础上，三个"十"扎实推进创新驱动发展战略，持续加大科技创新投入力度，2021年集聚了全省七成以上的千亿产业集群，贡献了一半以上的科研经费投入，规上工业企业营业收入和第三产业增加值占全省比重均接近60%。

不同的路径——立足各自资源禀赋的发展

党的二十大报告指出，中国式现代化是全体人民共同富裕的现代化。屏山君梳理发现，榜单中的他们不追求"大而全"的发展模式，而是突出资源禀赋、生态优势，加强特色主导产业的培育，"一县一策"走出突围之路，在追求共同富裕的路上形成了不同样本。

2021 年，我省打造农业特色产业百亿强县 9 个、十亿强镇 79 个、亿元强村 146 个。入选"十佳"的安溪县，就以茶叶产业为"立县之本"，大力培育新型经营组织、构建新型联农机制，让茶产业在安溪县脱贫致富中挑起大梁，并加快转型提质。与此同时，依托数字福建（安溪）产业园，引进中国电影资料馆首个异地数字修复基地，培育了光电、空天、影视等一批特色新兴产业，一步到位、抢占高地。

上榜"十强"的上杭县，近年来积极布局培育以锂电池材料、半导体材料为主要方向的新材料产业，先后引进吉利、巴斯夫、宁德时代、传化等世界 500 强、中国 500 强企业。目前，一大批科技含量高的新材料企业在当地崛起，新材料产业 2021 年实现产值 196 亿元，增长 78.6%。产业快速发展，有力带动全县财政收支稳健增长，该县今年前三季度一般公共预算财政总收入 43.55 亿元，增幅 32.6%，增幅居全省第一位，为打造老区苏区振兴发展县域样板提供了坚实保障。

深度实施"融漳接厦"战略，入选"十优"的长泰区，坚持城乡一体化发展，充分发挥区位优势，大力推进城市"南进东扩西联"，主动融入厦门湾经济圈；同时围绕"一江两岸多组团"城市发展新格局，加快新城建设和旧城改造，蹚出一条具有长泰特色的新型城镇化路子。

发展为了人民，三个"十"在创建宜居城市、创造人民美好生活方面发挥了示范作用。入选"十佳"的连城县大力发展民生事业，公办幼儿园学位占比超 70%，基本公共卫生服务工作连续 6 年居龙岩市第一，人民群众的获得感、幸福感不断增强。

相同的目标——为全省大局多做贡献

今年上半年、前三季度经济总量等保持在合理区间，我省经济社会发展保持稳中有进、稳中向好态势，这离不开"优等生"们的重要贡献。

11月16日，省政府专题会议召开，强调要紧紧抓住年终冲刺关键期，全力以赴保持工业大盘稳定，切实发挥投资稳增长关键作用，千方百计稳外贸稳外资促消费。

初冬时节，屏山君在三个"十"县（市、区）看到，各大项目建设现场一片繁忙，施工人员在保证安全和质量的前提下，抢工期、赶进度；企业生产车间里机器轰鸣，在操作工人与机械手臂的默契配合下，一件件产品顺利下线……

进入四季度，"优等生"们全面进入冲刺阶段，一边抓好疫情防控工作，一边开足马力加快生产，铆足干劲，为努力实现最好结果飞奔助力。

17日，厦门市岁末攻坚重大项目集中开工在海沧区举行，华夏电力一期机组等容量替代项目、中通快递东南智慧供应链产业园等一批重点项目集中开工，全力以赴抓项目的热力，正在海沧全域铺开。海沧区相关负责人告诉屏山君，将以此次集中开工为契机，抢抓企业发展关键期、紧抓项目施工黄金期，以不断加速的项目建设为完成全年目标努力冲刺。

在闽清县，一场与均和集团的"云洽谈"在该县招商引资办公室举行，双方就大宗商品供应链项目合作进行交流。借助线上对接，招商服务即使在疫情期间也"不断链"。在闽清县招商办奔走协助下，东方雨虹、万邦项目用地于本月成功摘牌，项目进度再提速。

　　在霞浦县，当地文旅部门出台系列促消费举措，鼓励引导酒店、民宿等市场主体参与"过路费抵住宿费""住一晚送一晚"优惠措施；针对援霞抗疫工作者，出台《援霞抗疫工作者旅游优惠措施》；出台霞浦县《民宿发展实施办法》《民宿发展扶持奖励办法》，加大财政金融的支持力度，做热文旅市场。多种旅游优惠政策的组合出击，在岁末吸引了一波波游客慕名前往，拉动了旅游经济的发展。

　　……

　　埋头苦干、接续奋斗，在三个"十"县（市、区）身上，屏山君感受到了"比学赶超，争先创优"的浓厚氛围，他们全面提升发展内生动力，用实际行动践行党的二十大精神，为全省经济总量再上一个新台阶贡献力量。

　　他们是当之无愧的"优等生""排头兵"，一起点赞吧！

　　（作者：谢婷、林宇熙，发布于新福建客户端 2022 年 11 月 24 日）

答好"三问" 探路共富

党的二十大报告提出，"中国式现代化是全体人民共同富裕的现代化"。

共富路上，"后发"怎么补上短板？"先进"如何做得更好更强？先后之间如何"美美与共"？

党的二十大胜利召开后，屏山君和省政府发展研究中心的研究人员分别走进长泰、上杭、晋江、永泰、鼓楼等县市区采访调研，并在2023年全国两会之前，持续推出"五张面孔看共富"系列报道，记录我省干部群众奋发有为的生动实践，用行动回答扎实推进共同富裕的时代之问。

报道刊登后，得到了著名经济学家李佐军的关注，他就下一步福建如何寻找新的发力点在高质量发展中促进共同富裕，提出了自己的看法。

"短板"如何变长？

在全省范围内推进共同富裕，"短板"在山区，潜力也在山区。

短板之所以短，究其根本，往往是高质量项目支撑还不够有力，没有完全解决好重大项目不足——有效投资不足——增长动能不足——发展不均衡的负向联动问题。

短板如何变长？上杭提供了一种样本。

地处闽西山区，上杭是著名的革命老区、原中央苏区，也是典型的山区县，20世纪90年代还是国家级贫困县。而在今年初发布的"2022年全国综合竞争力百强县（市）"榜单中，上杭县位列第九十六位，成为全国97个原中央苏区县唯一入选县。

从贫困县到全国百强县，上杭以产业为抓手，在持续延伸拓展金铜精深加工产业链条的同时，敏锐把握新一轮科技革命和产业变革机遇，大力发展锂电新能源、半导体等新材料产业，带动经济社会高质量发展。

上杭县上下达成共识：县里发展底子薄，不能搞"四面出击"，而应该立足资源禀赋、产业基础选好"赛道"，集中力量培育产业集群。

立足资源，五指攒拳，正是省内许多山区县逆袭的"密码"。在永泰，当地念好"农字诀"，依靠农业科技的突破来提高农业资源利用广度和深度，助推山区农业由"量"向"质"，由"小"向"优"再向"精"的转变。

屏山君采访发现，在立足各自禀赋，找到核心竞争力后，这些山区县逐渐走上了实施项目、壮大实体、带动增收、协调发展的良性循环，成为推进全省共同富裕的重要力量。

长板如何更强？

推进共同富裕，短板变长，长板如何更强？

屏山君发现，我省山区在追求"量的合理增长"上一路奔跑，而城市中心区则在"质的有效提升"上做好加法，让经济在"长个子"的同时，"体形"更好、"体魄"更强。

2022年，福州市鼓楼区GDP总量居全省第二、全市第一，人均

GDP 居全省第一。作为省会城市的"心脏"，面对日趋饱和的空间、土地，福州市鼓楼区的增长动力来自营商环境的持续优化。

通过"一线处置机制"，将企业需求定位到相关部门的个人，并在系统上全程留痕，企业办事不用求人；通过中央法务区建设，为企业发展答疑解惑、保驾护航；通过成立基金港，为企业成长提供源源不断的资金活水……聚焦"法治、金融、数字、服务"等重点领域，鼓楼区拆掉了许多企业落地的"隐形障碍"，让各经营主体能专心发展放心投资，既为企业成长提供了沃土，也让整个区域发展走上良性的"快车道"。

良好的营商环境带来磁吸效应，2023 年一开年，永辉科技总部项目、光莆区域总部项目等 12 个优质项目就成功落户鼓楼，投资总额近百亿元。

在省内发达县市区，产业发展呈现出不同面貌，但"质的有效提升"却成为共同的追求。在晋江市，当地以"共富金融"为抓手，通过打造供应链平台等，以大数据模型分析破解中小企业融资难题，为企业精准投放资金，为产业转型升级提供了坚实支撑。

在高质量发展的赛道上，后面追兵越来越近，前面标兵不断加速。屏山君认为，正是这种你追我赶、良性互动的局面，才谱写出我省共同富裕的"协奏曲"。

"美美与共"的突破口在哪？

推进共同富裕，就要逐步地缩小地区差距、城乡差距、收入差距，让发展成果更多更公平地惠及全体人民。

缩小地区差距和城乡差距的抓手在哪里？李佐军为我省"把脉"

"支招"。

他认为,在农业发达的地区可以深入推进"文旅农康融合发展",在文化、旅游、农业、康养4个方面实现产业链融合、供应链融合、营销链融合,实现创新链融合和人才链融合,进而形成一个分工协作、互利共赢的新产业链模式。李佐军说,因为以"农"为主,这种产业融合模式既可以低成本进入,又可以快速落地扎根。

在漳州市长泰区,当地就已尝到"文旅农康"四大产业融合发展的甜头。利用当地的生态优势,马洋溪旅游区内"一鱼几吃"——在区域内创建龙人古琴文化村,将中国古琴文化的传承与文化产业开发、旅游业发展融为一体;天柱山欢乐大世界森林康养基地入选省级森林康养基地后,又加速推进计划总投资80亿元的安若小镇建设,该项目建成运营后,将打造为长泰区首个医疗康养体系。

丰富却又亲民的产业形态为当地百姓提供了多样的就业方向——在旅游公司当导游,在康养基地当护理、做保洁,自家建民宿、开饭店……当地老百姓的生活红红火火,去年仅旅游区内的山重村,一年民宿、餐饮业收入就约2000万元。

屏山君期待,未来我省能涌现出更多叫得响、可复制、好推广的共富样本,绘就一幅产业更优、百姓更富、生态更美的新福建斑斓画卷!

(作者:谢婷,发布于新福建客户端2023年3月3日)

且以诗意赋山海

什么是文旅？诗和远方。

中华民族自古崇尚"读万卷书，行万里路"，文化和旅游从来相伴相随。

"旅行——它让你哑口无言，然后把你变成一位讲故事的人。"14世纪摩洛哥大旅行家伊本·白图泰这句名言，激起多少人对文和旅的向往。

正所谓"山不在高，有仙则名；水不在深，有龙则灵"。游历山水之间，人们拓宽视野、涤荡灵魂，成就佳作名篇；而多少山川草木，因其融汇历史、饱含人文而愈有魅力。

旅游，本质上是人们认识世界、感悟人生的一种精神文化活动。

且以诗意共远方。5年前，在国家顶层设计层面，文化和旅游正式"联姻"，开创了文旅融合新时代。

文化旅游为什么要融合？

在悠长的人类发展历史中，文化和旅游本就是形影不离的"孪生兄弟"。文化与历史景观的结合也开启了文旅融合的先河。

漫长的岁月里，人类不断迁徙、流动。这种迁徙，就是旅游的最初表现形式。而在长时间的迁徙过程中，又逐渐形成特定人群，孕育出特定文化。

这些文化碎片散落在大地上，化成面目斑驳的摩崖石刻，变出"虽由人作，宛自天开"的园林，镶进游神的人间烟火里，也钻到蒸汽氤氲的美食中。

一代代旅人在路上寻找和拼接这些碎片。对于文人来说，旅游如探宝，李白游历峨眉山后，创作出《蜀道难》；登顶秦岭奇峰后，创作了《登太白峰》；游览安徽宣城敬亭山后，书写了《独坐敬亭山》。"文"与"游"于其中水乳交融。

伊本·白图泰曾在元代中国游历半年之久，足迹遍布泉州、杭州、广州等地，并著书详细记载，留下赞叹。他的中国之行沟通了中国与非洲、阿拉伯世界的友好往来。

明代杰出地理学家、旅行家徐霞客一生以身许山水，留下了被人誉为"世间真文字、大文字、奇文字"的鸿篇巨制《徐霞客游记》，堪称文与旅融合的最佳"代言人"。其中，他数次入闽，在八闽的山水间留下许多佳话。

时光流转，诗带人们去远方，而远方又滋养了人们的心灵，孕育出新的诗歌。余光中凝望时空中的虚影，创作出《寻李白》："酒入豪肠，七分酿成了月光；余下的三分啸成剑气，绣口一吐就半个盛唐。"惊艳大众，引得更多人奔赴旅途，寻找诗意。而这些你来我往的人也变成了文化的一部分，生生不息，合奏出诗与远方的欢歌。

对于普通游客来说，他们为什么去旅行？

有人希望通过回归自然，消除疲劳，缓解压力，这是人类养生之需；有人想在奇险幽野的山岳、壮阔雄伟的江河中获得美的感受和熏陶，这是审美之求；有人对充满他乡情调的文明、风光、民俗满怀好奇，这是求知之欲。

按照著名心理学家马斯洛的需要层次理论，这些都属于高层次的文化需求。可以说，文化是人们对旅游的终极期待。

"所有的古镇都长着同一张网红脸，特产都从一个小商品市场批发。"过去，许多游客的吐槽折射出一个道理——随着生活水平的提高，人们对于旅游，早已上升到了追求精神文化层面的享受。

在这种情况下，以文塑旅既是当务之急，也是长远之计。文化成于无形、柔软似水，却能直抵人心、凝结一切。搬来的青砖黛瓦拼接的不过是仿古的皮，只有以文化为旅游注入灵魂，才能打造每个地域独一无二的精神 IP。

福建文旅灵魂藏在哪里？

一方山水，一方文化。自唐以来，福建文化渐盛，至宋，大儒君子接踵而出，吸收厚重博大的中原文化、古朴别致的闽越文化、绚丽多彩的海洋文化，福建逐渐成为中国重要文化区域，赢得"海滨邹鲁"之美誉。

行走福建、读懂福建，从读懂福建文化的"根""魂""脉"开始。

——以文化人，厚植崇文重教之"根"。

一片三坊七巷，半部中国近代史。

从城市上空俯瞰省会福州，一片古民居建筑群黛瓦相连：以南后街为中轴，西边三座坊、东边七条巷，串联起 200 多座古厝，宛若喧嚣市中心的一颗耀眼明珠。

西晋时期，中原八姓入闽，衣冠南渡。士人望族日渐聚居于此，亲密无间、诗书传家。19 世纪以来，风雨飘摇中，觉醒的思想之光刺破迷雾，照彻神州大地，林则徐、沈葆桢、严复、林觉民等一批风云人物从三坊七巷走出，担时代之梁、唤民族之志。

徜徉坊巷间，科学与爱国的思想之光璀璨依旧；"苟利国家生死以"的赤诚情怀、"十无益"的谆谆家训荡气回肠；《与妻书》的英雄气概与儿女情长催人泪下……

历史，是偶然性与必然性交织而成的艺术。福州，这座远离政治文化中心的城市一跃成为近代思想解放的烽火台，与崇文重教的优良传统密不可分。

宋朝时期，崇文重教的基本国策达到空前高度。随着经济重心逐渐南移，福建的文教也空前兴盛，两宋间福建进士及第者有近 6000 人。

"东周出孔丘，南宋有朱熹。中国古文化，泰山与武夷。"朱熹在闽北南平"琴书五十载"，继承孔孟儒学的基础，对中国传统文化进行系统性的继承、整合与创新，创立了具有哲学意义的朱子理学，对中国社会影响深远，并远播东南亚和欧美等地。其学术前辈与精神源头，有号称"南剑三先生"的杨时、罗从彦、李侗，也皆为南剑州（今南平）一带人。

这些文化根系，伸展在福建的丹山碧水间。寻访朱熹园、五夫镇等地朱子文化遗址遗存，依稀可见这位儒学大师治学、传道、授业的飘逸身影，亦可从《建宁府崇安县五夫社仓记》中探源其民本思想；从陆游《游武夷山》"三十六奇峰，秋晴无纤云"、辛弃疾《游武夷作棹歌呈晦翁十首》"费尽烟霞供不足，几时西伯载将归"中，一窥被当地人称为"三翁"谈儒论道、吟诗作对的真挚友情。

——向海而歌，铸就爱拼会赢之"魂"。

自古以来，福建就有经略海洋的历史，人们以海为田，以舟为车，在陆地之外，建造出一个"海上福建"。

宋元时期，福建泉州就是海上丝绸之路的起点，泉州港一度成为世界第一大港口。

即便是清朝"闭关锁国"的海禁政策，也未能封锁住闽人对海洋的向往。当时，漳州月港是全国唯一的"特区"，中国商人可以由这里出洋贸易。

19世纪末，许多闽南人纷纷"下南洋"，依靠吃苦耐劳的性格和拼搏精神，在远离故乡的地方创造出一个又一个奇迹。

改革开放以来，唱着"爱拼才会赢"的福建人，不断发展民营经济、续写"晋江经验"新篇章。

向海而歌，于艰辛中锤炼百折不挠的筋骨，在交流中涵养开放包容的气度。璀璨的海洋文化就这样刻进福建人的基因里，融进福建人的生活中，迸发出蓬勃的生命力。

行走在厦门鼓浪屿，钢琴声与海浪声交错，闽南韵味、南洋气息和欧陆风情交融，烙印着古老中国"开眼看世界"的历史；在泉州城南万寿路的李贽故居，从《童心说》中探寻其独特思想与东西交融、兼容并纳的泉州地域文化之联系；在福州马尾的中国船政文化城，则记载着一桩桩"向海图强"的故事，见证了船政作为中国近代海军的摇篮、中法马江海战的历史。

在街头巷尾，海的味道也处处可见，在晋江深沪湾弹跳的鱼丸里，在一碗鲜掉眉毛的莆田卤面中，在"佛跳墙"的小罐里，也在一碗清亮的锅边中。

找到海，也就解开了福建文化旅游的重要密码。

——感恩奋进，赓续党的红色血脉。

拥有"红旗不倒"美誉的福建，党史事件多、红色资源多、革命先辈多。中央苏区创建、古田会议、反"围剿"、中央红色交通线、松毛岭战役等许多重大党史事件都发生在福建；《古田会议决议》《星星之火，可以燎原》《才溪乡调查》等关于中国革命道路理论的重要文章在此诞生；包括福建子弟兵在内的十万红军，以忘我牺牲精神、艰苦奋斗精神，蹚出了一条走向新生、走向胜利的革命道路。

革命文物、红色遗存构成了福建文化遗产的重要内容。按 2012 年全国革命遗迹普查统计，全省共有 2683 处革命遗迹，居全国第六位。

对历史最好的致敬，就是不忘来时路、继续书写新历史。

当下，学习贯彻习近平新时代中国特色社会主义思想主题教育的热潮正全面兴起。而福建开展主题教育最宝贵的资源，也在闽山闽水间焕发生机。

"这里的山山水水、一草一木，我深有感情。"习近平同志在福建工作 17 年半，创造了宝贵的思想财富、精神财富和实践成果。筚路蓝缕、艰辛创业的光辉足迹和感人故事，吸引着全国各地的人们。

下党乡春意盎然，古朴的鸾峰桥横跨修竹溪；在中央歌剧院的舞台上，《鸾峰桥》生动讲述下党乡从贫困村到全国乡村旅游重点村的故事。

走过千山万水，仍需跋山涉水。福建的山水，不仅清新动人、风光旖旎，更给人以精神的滋养、灵魂的涤荡、奋进的力量！

如何"唤活"宝藏?

文化是旅游的灵魂，旅游是文化的重要载体。

从旅游发展历史来看，一个地区拥有历史文化和生态环境两类资源中的一个，就具备发展旅游的基础。如果同时拥有两类资源，打造出具备文化和旅游特色的项目，它的市场就更广阔、吸引力就更大。

多年来，坚持在发展中保护、在保护中发展，福建以星罗棋布的文物古迹、丰富多彩的文化遗产和瑰丽多姿的自然风貌，延续八闽文脉，传承民族血脉。福建的世界遗产数量位居全国第二，是全国第二个实现市市有 5A 级景区的省份。然而，不少文化和自然"宝藏"仍"养在深闺人未识"，资源碎片化、线路节点化、品牌行政区域化等问题亟待破解。

如何"唤活"宝藏，推动文旅产业从碎片化迈向系统化、从低端化迈向高端化？福建需要答好"点、线、面"3 道必答题。

——丰富载体，推动"点"的物化。

漫步桃溪畔的永春老醋文创旅游园区，工业遗存烟囱、露天陈列的醋缸、侨新老醋现代化生产车间……穿梭其中，历史与现代交汇碰撞，既可参与体验永春老醋的传统制作工艺，也可探寻侨乡开拓进取的精神。

对于永春人来说，"侨新"二字代表着一种传承。这一由印尼侨领创办于 1954 年的品牌，沉寂多年后，在社会资本介入下，于 2022 年秋天重新走进人们的视野。

这种将文化遗产转化为旅游产品的尝试，使得体验具有可参与性——既让永春老醋这一省级非物质文化遗产有了创造性转化的载体平台，带动了文化的传播，又为工业旅游注入丰富内涵，增强了旅游获得感。

"福建拥有许多极具特色的非遗资源，是我国首个入选联合国教科文组织非物质文化遗产保护全序列的省份。"专家建议，要制定系统完备的中长期专项规划，深挖福建非遗文化，创新表现方式和互动形式，激活深厚文化底蕴。

——山海相连，推动"线"的优化。

2023年3月31日，福建地区当年首趟旅游专列由江西赣州开出，搭载400名旅客顺利抵达泰宁，开启为期两天的丹山碧水之旅。

泛舟大金湖，"水上丹霞"气象万千；寻访有着"江南第一民居"美誉的全国文保单位泰宁尚书第，聆听这一恢宏明代建筑群历经百年的风雨故事；听一出国家非物质文化遗产、泰宁传统戏剧梅林戏，感受当地风土人情……

文旅市场呈现强劲复苏态势，当地正锚定目标，加快整合旅游资源，引进龙头企业参与市场化运作，通过串点成线、串珠成链，打造一批高品质的文旅线路。

对于全省而言，串点成线、串珠成链也是"破题"之道。

"同质化竞争倒逼精准化发展，推动线路提质增效，精准是基础，文化是灵魂，服务是保障，持续靠机制。"业内人士认为，对于福建而言，可以聚焦细分领域，做好古建筑、海岸线等文旅特色文章。

闽在山中，闽也在海中，山与海塑造了福建文化。打造山海相连的精品旅游线路，无疑有助于攥指成拳。

——融合发展，推动"面"的活化。

2023年以来，"世遗之城"泉州频繁"出圈"：蟳埔"簪花围"造型引发打卡热潮，"蟳埔女"抖音话题超3.2亿次；泉州南音登上央视春晚，热度持续升温……

在全国各地铆足劲拼经济的当下，福建如何在竞争中突出重围？

"传统旅游业正迎来脱胎换骨的嬗变，以往那种'上车睡觉、下车拍照'的初级形态，正逐渐被个性化、沉浸式休闲旅游所替代。推进地域文化与旅游要素融合尚存巨大空间，新的业态更需悉心培育。"业内人士认为。

放眼全国，文旅跨界融合"爆品"不断。西安大唐不夜城"不倒翁小姐姐"与"盛唐密盒"频频出圈；数字化加持的"亲近敦煌"，使得昔日晦涩难懂的"高冷文化"，渐变生产生活中的"共情体验"；千年瓷都景德镇，通过活化利用冶陶技艺等方式，以多元业态为以文塑旅探新路……

"品牌策略在旅游领域甚为常见，但对于文化旅游而言，则需在系统梳理、深入挖掘福建文化内涵的基础上，打造统一运作的区域文旅品牌，'固化'文化内涵定义。"业内人士认为，这需要加强顶层设计，一体谋划、一体推进，推动文化资源向旅游产品创造性转化。

文化产业与旅游产业的融合促进了中华文化的传承。经过历史洗涤的传统文化因旅游的有效结合而不断走进大众。

文是旅的品质，旅是文的知音。谁说不是呢？

游历于时间隧道和天地人之间，这是文化最温暖的存在。

（作者：谢婷、林宇熙、戴艳梅，发布于新福建客户端2023年4月17日）

闽地"梅花"次第开

屏息。偌大的剧场，观众席上落针可闻。

台上，千年前的唐琬双目凝泪，欲语还休。

牢狱中的林觉民书至激烈处，以手捶胸。

曲终，观众大梦初醒。掌声和泪水交融，不同的现场响起同样雷鸣般的叫好声。

这是 5 月里，福建选送的越剧《唐琬》、歌剧《与妻书》在广州参加梅花奖竞演的情景。

在 2023 年 5 月 21 日举行的第九届中国戏剧奖颁奖典礼上，唐琬的扮演者郑全、林觉民的扮演者孙砾荣获第九届中国戏剧奖·梅花表演奖，我省成为本届摘得两朵"梅花"的唯一省份；与此同时，闽剧《生命》也获评第九届中国戏剧奖·曹禺剧本奖。

作为全国中青年戏剧表演艺术、戏剧领域专为剧作家设立的专业最高奖项，屏山君认为，这份沉甸甸的荣誉是对我省戏剧事业的高度肯定。

屏山君发现，在本次戏剧奖上，我省也成为唯一同时收获三项国家级大奖的省份，总成绩名列全国榜首。

何以折桂

2023 年正值"梅花奖"创办 40 年。屏山君梳理发现，40 年来，梅花奖共评出京剧、昆剧等 55 个戏曲剧种和话剧、歌剧等戏剧艺术门类的获奖演员，现每届仅设 15 个获奖名额。而作为全国戏剧文学创作全国性奖项，曹禺奖现每届只有 5 部作品获奖。

在高手如云、竞争激烈的情况下，十五占二、五占其一，这三部作品何以脱颖而出？

屏山君认为，缘于守正创新。以《唐琬》为例，该剧独具匠心地将越剧〔张（云霞）派〕艺术、昆曲、古琴、话剧四者结合；而舞台也摒弃了"大舞美"的做法，嵌入素净、空灵的现代审美，第一场戏仅用一棵枯柳、一枚残月，第二场戏只有一堵白墙、一棵病树，用极简的笔墨勾勒出感伤的氛围，将大片的舞台"留白"给演员。

汲古润今，演员站在舞台的中心，全力接通剧中主人公的命运，又把这些命运重重地抛向观众席，带来的心灵共振可想而知。

缘于以人为先。走近闽剧《生命》，作为革命题材，它没有塑造"高大全"的英雄形象，被委任为孕妇队长的陈大蔓一开场就唱"自家的事应该自己去管，我不想伺候这些婆婆妈妈！"；在后有追兵的紧急场合，孕妇刘雪鸣背包被队长拿走后，"任性"大喊"谁要是抢走我孩子的东西，我就要跟她拼了，拼了！"。

......

观众被有血有肉的形象吸引，从情理之中入门，同主角一起蹚过爱之觉醒的幽微之境，最终和演员一起在剧情中成长，读懂战争中生命的意义。

缘于关照细节。《生命》中出现了一个场景，在风餐露宿的突围中，剧中最土气的李大脚拿出一包凤仙花染指甲；在《与妻书》中，两广总督张鸣岐的大人看到书写《与妻书》的手帕后，边看边流泪。林觉民决意赴死后，她捧起手帕说："我一定把这封书送交你的家人！"

绳子的力量由千百根细线聚集，戏剧也一样。前者在战争中依然关照女性意识的存在，后者则抓住了"敌对阵营"中的人性共通之处，正是由于这些细节的存在，三部作品才呈现出丰富立体而迷人的魅力。

厚积薄发

"拿着这份沉甸甸的荣誉，我深知它并不完全属于我个人。从剧本到舞台的呈现，凝聚了福建戏剧界太多的心血。"《生命》编剧陈欣欣的获奖感言，说出了诸位获奖者的共同心声。

梅花香自苦寒来。无论梅花奖还是曹禺奖，表面上看是授予个人或单个剧本的荣誉奖项，但它背后是一个剧团、一个剧种，乃至一个省份艺术水准与综合实力的集中体现，是方方面面厚积薄发的结果。

屏山君认为，这里有个人数十年如一日的坚持。孙砾十几年来曲不离口，从没有一天间断过练声，在扮演林觉民时，他自加难度，唱出了男中音的极限——高音a；郑全和唐琬这个角色共处了15年，时时揣摩唐琬的眼神身段气息，为了练出场的50秒，整整走了一个礼拜的台步，"到后来自己怎么走路都忘了"；陈欣欣半年内改稿16次，与导演磨合，为演员量身打造，字斟句酌。

这里有集体的通力合作。此次郑全申"梅"，福建芳华越剧院派出了近百人的演出团队，与她配戏的是第二十九届中国戏剧梅花奖获得者陈丽宇；孙砾申"梅"，省歌舞剧院派出了超 300 人的演出团队，除了主演、配演，还包括音控、字幕、乐队、灯光、舞美……参与演出的每个人都不可或缺；《生命》创作过程中，省文旅厅召开近 10 次"火花茶会"，聚集省内外戏剧专家、艺术管理者，与创作单位、主创人员一起进行深度研讨，提出很多犀利而中肯的意见，使得这部剧本在修改中不断进步。

这里有省委、省政府对戏剧事业的不懈扶持。早在 2009 年，我省就发文对获得梅花奖的演员进行重奖，其力度之大，被全国公认为党委、政府重视戏剧传承发展和人才队伍建设的标杆。为了栽"梅"、育"梅"，我省还举办梅花奖省级选拔赛，与本省水仙花戏剧奖比赛对接，"水仙"助力"梅花"，力推和鼓励拔尖人才。

在全省上下的不懈努力下，福建已蝉联 11 届梅花奖，共有 19 人 20 次摘得该项荣誉，并有两个年度同届"双梅绽放"。

同时，近年来我省通过举办剧本征文、创作采风、剧作家夏令营、剧本改稿会等活动，有效地催生了一批优秀剧本。从曹禺戏剧文学奖设立以来，全省共有 26 部剧本获得该奖项。2021 年，中国剧协选编《百部优秀剧作典藏》，福建 7 位剧作家的剧本名列其中，入选数量位居全国前茅。

与时偕行

无论对于个人还是全省戏剧艺术发展，得奖都是逗号而不是句号。

"忽然一夜清香发"后，要想"散作乾坤万里春"，屏山君认为，还需面临几道必答题——传统戏剧的"后浪"在哪里？观众在哪里？如何让年轻一代亲近戏剧？

　　戏剧是角儿的艺术。人才从哪来？梅花奖演员们以亲身实践回答，从口耳相授、从实践中来。第二十三届梅花奖得主周虹在繁忙的演出之外还担任闽剧班青衣科的主教老师，成功带出一批在省中青年演员比赛、水仙花戏剧比赛中崭露头角的"新角"；2023 年 4 月，福建"二度梅"获得者曾静萍在泉州举办"海丝"人才培养项目首期"曾静萍训练场"，将自己多年来的艺术创作经验倾囊相授给省内外戏剧演员和戏剧研究者。

　　"随着时代的变化，传播渠道、互动方式变了。但只要让观众近距离接触精品戏剧，他们就没有不喜欢的。"周虹的这句话在抖音发布的《2022 年非遗数据报告》中得到了佐证。报告显示，90 后、00 后已经成为抖音听非遗戏剧的主力，濒危非遗视频播放量同比增长 60%。

　　2023 年举办的新时代舞台艺术优秀剧目展演，福建莆仙戏《踏伞行》、歌仔戏《侨批》晋京演出，同步线上直播观看人数达 323 万，传统艺术在新媒介上的受欢迎程度令人惊喜。

　　此外，戏曲还可以走出剧院，成为文旅融合的生力军。省文旅厅副厅长、省文联副主席、省剧协主席吴新斌介绍，五一期间，首届海丝泉州戏剧周暨 2023 年全国南戏展演在泉州举办，吸引了近两万名戏迷观众及中外旅客的观赏，各媒体网络关注流量超过 300 万人次，抖音话题播放量超 1000 万人次。

　　"对于游客来说，高质量的戏剧表演让旅行充满惊喜，而对于戏剧来说，这是覆盖更多观众的有效方式，是一种双赢的解题思路。"吴新斌说。

　　值得一提的是，我省还积极举办"戏剧进校园"活动。去年，在中国少儿戏曲小梅花荟萃活动中，全省共获得 13 朵"小梅花"的骄人佳绩。而已开展 29 届的全省戏剧会演剧本征文活动，本届共收到超过 100 个新创剧本。"'小梅花'的涌现、剧本征文的踊跃，表明福建戏剧事业后继有人，未来可期。"吴新斌说。

与时代偕行，为时代放歌。屏山君由衷地相信，八闽戏剧能赢得年轻人，也可以赢得更美好的未来！

（作者：谢婷、陈尹荔，发布于新福建客户端 2023 年 5 月 30 日）

年中"答卷"的背后

闽江奔腾，百舸争先。地处东南沿海的福建，使命不凡。

2023年是全面贯彻落实党的二十大精神的开局之年。新春伊始，省委即部署实施"深学争优、敢为争先、实干争效"行动。半年工作告一段落，全省各地交上一份怎样的年中"答卷"？如何准确把握当前形势，进一步做好下半年工作？

"争优"的内力

2023年以来，全省经济运行呈现稳中有进、稳中向好态势，主要指标5月以来持续回升，增速逐步加快。

这份"答卷"来之殊为不易。发挥福建独特优势，以实施"深学争优、敢为争先、实干争效"行动为特色载体开展主题教育，各地各部门全力促经济、惠民生、防风险、保安全，着力做好学习贯彻习近平新时代中国特色社会主义思想的深化内化转化文章。

"稳"的根基进一步夯实。得益于四大主导产业龙头企业集聚上下游配套企业200多家，产值百亿元以上的11家，上半年宁德市GDP增长继续领跑全省；福州市化工全产业链成为全省工业重要增长点，2023

年有望突破千亿元；漳州市推行"拿地即开工""竣工即投产"等做法，上半年工业投资、制造业投资分别增长22%、23%。放眼全省，重点项目投资、财政收入等指标实现"双过半"，消费市场持续转暖，特别是旅游人数已恢复到2019年同期的118%。

"进"的动能进一步增强。向"绿色"要发展，南平市持续培育绿色生态优势产业，加快打造千亿竹产业集群；向土地要效益，作为盘活利用低效用地试点，泉州市实施"工业园区标准化建设"专项行动，全省新增千亩以上规模用地超30个、5000亩以上5个。2023年以来，以数字中国建设峰会、中国·海峡创新项目成果交易会、全省文旅经济发展大会、央企深化合作推进会等重大活动为载体，一批数字经济、海洋经济、绿色经济、文旅经济新项目在我省集中签约，高质量发展新动能正加快塑造并转化。

"争先"的潜力

当前，全国各地都铆足干劲拼经济、谋发展。素来敢拼会赢的福建人民，自当奋楫争先。

为深入学习贯彻习近平新时代中国特色社会主义思想和党的二十大精神，连日来，省委省政府工作检查组赴全省各地开展检查督导，深入基层一线，倾听企业、群众呼声，摸实情、找痛点、寻良策，营造比学赶超、奋勇争先的浓厚氛围，进一步推动党中央决策部署和省委工作要求落地落实。

行走八闽，检查组看到：各地各部门聚焦制约经济社会发展的突出问题，注重调研成果运用，用改革的办法、创新的举措，着力破解深层次体制机制障碍，为经济社会发展提供强劲动力。

看沿海，厦门自贸区推出全国首创举措 126 项，金砖创新基地推出示范项目 104 个，上半年进出口总额 4800 亿元、增长 8.4%；莆田市在全国率先建立"白名单"融资机制，创新"诚信系统＋"监管模式，新登记经营主体增长 55.1%；平潭综合实验区全面推行"免申即享""直补快办"，产业政策兑现提速。看山区，龙岩市持续用好闽西革命老区高质量发展示范区建设等政策，省市县重点项目完成年度投资计划的 65.36%；三明市持续深化沪明对口合作，纬景储能、墨砾新材料等重大项目成功签约。

检查中，也发现一些问题和不足，如市场需求不足、经济恢复基础还不稳固等。更好应对困难挑战，激发"争先"的潜力，需要我们全面辩证长远分析研判形势、发挥优势、引领态势。

既看当下，也看长远。2022 年全省三次产业结构为 5.8∶47.2∶47，与经济总量高于我省的省份相比，二产占比最高，充分说明实体经济是福建发展的鲜明特色和重要支撑。特别是福建民营经济呈现"七七七八九"的贡献格局，决定了我省经济韧性强、后劲足、潜力大，长期向好的基本面没有变。

既看全省，也看国内。当前，我国正处在经济恢复和产业升级的关键期，结构性问题、周期性矛盾交织叠加。把福建发展放在全国发展大局中来审视，可以看到：当前，我省正处于抢抓重要战略机遇的关键期、推动经济恢复向好的关键期、推动高质量发展爬坡过坎的关键期。

"争效"的合力

如何把握"关键期"，把"争效"的要求体现在工作落实上？7 月 21

日，省委上半年工作会议暨省委省政府工作检查总结会召开，部署下一步工作，重点突出强化五个"着力"。

屏山君梳理发现，落实好五个"着力"，需要处理好以下几组关系：

一是"大写意"与"工笔画"，即把战略层面的"大写意"变为具体行动的"工笔画"。会议要求，要着力落实国家重大战略，加强对上沟通和全省统筹，建立任务清单、项目清单、责任清单，逐条逐项推进，确保党中央、国务院支持我省探索海峡两岸融合发展新路决策部署落到实处、取得实效。

二是存量与增量。无论是着力恢复和扩大有效需求，千方百计促消费，全力以赴扩投资，多措并举稳外贸稳外资，还是着力建设现代化产业体系，抓实农业生产、工业运行、现代服务业发展与基础设施建设等，都需要我们做优存量、扩大增量，最终提高发展质量。

三是市场与政府。会议明确，实施新时代民营经济强省战略，引导民营企业心无旁骛聚焦实业、做强主业，促进民营经济发展壮大。对政府而言，要着力打造一流营商环境，增强服务意识，提高服务质量，强化服务保障，加强政务诚信建设等。

一切发展为的是人民。当前，要抓好省委省政府为民办实事项目、高校毕业生及农民工等重点群体就业、生态环境保护、重点领域风险防范等工作，着力保障和改善民生。

善谋者行远，实干者乃成。只要团结一心、步调一致，敢拼会赢的福建人民一定能逢山开路、遇水架桥，不断书写高质量发展新答卷。

（作者：林宇熙、周琳，发布于新福建客户端 2023 年 7 月 21 日）

"升、争、进、稳"
——四个关键字解读福建经济运行

2023 年 10 月 24 日，省委召开三季度工作会议。会议重点分析研判三季度全省经济社会发展情况，具体部署推进下一步工作。紧扣前三季度经济社会发展情况，九市一区作了发言或书面汇报，发改、工信、商务、文旅等省直部门主要负责同志汇报了各自领域工作，提出下一步发展思路、措施和建议。25 日，省政府紧接着召开专题会议，进一步研究部署推进下一阶段经济工作。

屏山君连续聆听了两场会议，整体感受是：全省各级各部门始终把经济建设作为中心工作，直面挑战、克服困难，在顶住压力、固本培元中实现总体回升、持续恢复的向好态势，积极的因素、动能在不断积累。

"升"——信心比黄金更"金贵"

回顾 2023 年三个季度工作，屏山君发现，在各地各部门的共同努力下，福建主要经济指标从二季度开始，呈现逐月逐季回升、向好的态势。

从全省看，先行指标中，工业用电量稳步回升，1—9 月增长 4.7%，其中9月单月增长7.9%;31个制造业行业中,28个行业实现正增长;文旅市场供需两旺,接待旅游总人数增长35.8%,实现总收入增长50.1%;全省税务开票金额增长5.8%,增速比全国快1.7个百分点;新能源汽车零售额同比增长28.7%……这些指标,都显示我省经济回升向好的势头比较足。

分地市看,各地坚持高质量发展,通过开展项目攻坚、提升等行动,在"9·8"投洽会、世界航海装备大会等"加持"下,经济工作可圈可点。比如,福州深入开展"项目攻坚增效年"行动,项目投资增长34.1%,全省第一;泉州深化"项目奋战年"活动,固定资产投资增长13.2%,全省第一;宁德继续保持强劲势头,GDP、规上工业增加值、进出口等指标增速全省第一;平潭主动发力消费、旅游,中秋国庆日均接待游客超10万人次,实现旅游收入增长45.7%……

形在当下,势在长远。从整体看,全省发展"稳"的态势在加固,发展质量"进"的动能在增强,市场主体"干"的信心在恢复,经济工作在回升、上升的势头明显。这些,都是来之不易的成绩,让我们对奋力冲刺四季度,同时谋划好明年工作,有了更足的前行底气、更强的发展信心。

信心赛过黄金,团结就是力量,面对机遇与挑战,我们要坚定信心、保持定力,精准施策、落地见效,保持经济持续向好势头,全力实现质的有效提升、量的合理增长。

"争"——争取最好结果

疫情之后看大势,经济恢复是一个波浪式发展、曲折式前进的过程，绝非一马平川，但也事在人为。

编筐织篓，关键在收口。2023 年仅剩两个多月，经济工作也迎来了第四季度的决胜季、收官季。面对四季度这一关键时期，我们要紧盯目标不放松，积极破解发展的难点堵点，咬紧牙关、甩开臂膀作最后的冲刺。

一方面，要拓展经济向好态势。消费是扩大内需的关键所在，要抢抓"双十一""双十二"等节点，深入开展"全闽乐购""跨年消费季"等促销活动，抓大宗消费、文旅消费，挖掘新消费形式，让消费领域的"火"烧旺一整年，释放更大潜力。

稳增长关键是要稳市场主体，要大力实施新时代民营经济强省战略，政策上再落细、环境上再优化、服务上再提升，千方百计帮助各类市场主体解难题。

另一方面，要攻坚冲刺力求更好的成绩。从现有进度看，有的工作存在差距，完成起来有压力，但越是背水一战，越是要有"关关难过关关过"的勇气，心无旁骛、迎难而上、一抓到底，锚定全年目标，付出最大努力，争取最好结果。比如投资和项目建设方面，要抢抓四季度施工黄金期，推动重大活动签约项目加快落地，尽快生成实物投资量，见到实际效果。外贸外资方面，应加强重点行业、行业龙头跟踪协调服务，帮助企业稳订单拓市场，巩固培育贸易新增长点，推动促稳提质。

恢复、企稳、向好并非一片坦途，但大趋势是笃定的。当前，我们要结合开展第二批主题教育，深入实施"深学争优、敢为争先、实干争效"行动，以学促干、担当作为，确保实现四季度好于三季度、下半年好于上半年，争个更好的 2023！

"进"——推进高质量发展

近期，党中央、国务院对推进新型工业化作出重要部署。

福建是传统制造业大省，在高质量发展爬坡过坎的关键期，更应持续在转方式、调结构、增动能上发力。

从行业看，1—9月规上工业增加值增长2.5%，9月份增长6.7%，高于全国2.2个百分点，技改投资增长9.8%，工业生产逐月向好。值得注意的是，电气机械和装备制造业增加值增长10.9%，装备制造业正挺起福建现代产业的"脊梁"。

究其原因，一方面，抓紧抓牢新兴产业集群发展，在宁德时代、上汽宁德基地等龙头带动下，动力电池、新能源汽车、储能装备行业表现亮眼。另一方面，加快传统产业数字化转型智能化改造，船舶制造、机电装备等我省传统装备制造领域瞄准市场动向，拓展新能源、新材料领域发展空间，"回暖"趋势渐显。

从地区看，宁德市之所以保持强劲经济发展势头，得益于其坚定不移夯实工业基础，锂电新能源、新能源汽车、不锈钢新材料、铜材料四大主导产业集群增加值增长28.4%，以宁德时代为龙头的锂电新能源产业，已集聚上下游产业链企业80多家，形成了完整的全产业链集群，储能电池市场占有率已连续2年全球第一，为地方高质量发展构筑坚实脊梁。

实践充分证明，越是经济处在调整时期，越是调整优化经济结构的最佳时机，越要苦练高质量发展内功。可以说，比追求完成既定目标任务更重要的，是把更多注意力、着力点，放在转型升级、推动高质量发展上。

本次工作会议明确了推进新型工业化的具体要求：要强化科技自立自强，坚守实体经济，加快传统产业数字化转型、智能化改造，大力培育新兴动能，加快园区标准化建设，推进绿色低碳发展，引导各地重视发展县域重点产业链，用好两个市场、两种资源，充分提高要素保障市场化水平。

"稳"——确保大局安定稳定

屏山君了解到，2023 年前三季度，我省有效防抗台风、暴雨等自然灾害，出台灾后恢复重建措施和民生救助保障政策，社会治安形势平稳向好。

四季度正值岁末年初，防风险、护安全、保稳定的各项任务也更加繁重。年度赛道上，要有奋力冲刺的身姿，还需要强化风险防范、兜底保障的意识。因此，不管抓经济工作的节奏、力度如何，都要统筹处理好发展与安全的关系，以时时放心不下的责任感抓早抓小，以全省一域稳定确保全国大局稳定。

"抓经济抓发展，归根到底是为了增加民生福祉、促进共同富裕。"对于年初省委省政府制定的 29 件为民办实事项目，要一件一件、不折不扣地落实完成，向全省人民兑现庄严承诺。

就业是民生的头等大事，就业不仅是民生问题，同样是发展问题。要继续保持对市场主体特别是中小微企业稳岗、重点群体就业的政策支持，千方百计通过稳就业来稳民生、稳增长。

在加强安全生产以及防范化解金融、房地产市场风险等方面，要始终做到思想绷紧弦、责任扛在肩，精准研判施策，着力化解风险，努力营造一个安全稳定的发展环境。

新形势新机遇，奋力冲刺全年目标的同时，我们也要及早谋划明年工作，提早谋划政策措施、重大项目、重大活动，做到心中有方向、有思路、有对策，确保明年工作平稳开局。

（作者：周琳、严顺龙、林宇熙，发布于新福建客户端 2023 年 10 月 25 日）

福建两场首次召开的大会，传递鲜明信号

12月初，福建连续召开两场全省大会，分别聚焦新型工业化和知识产权保护发展。这两场大会，都是福建首次召开的。

聆听了两场重要会议，屏山君感受到：虽然主题不同，但是可以看出省委省政府近期主抓的工作，重点突出、方向明确、谋划长远，牢牢把握住中国式现代化和高质量发展的"关键所在""重中之重"，即抓工业优产业、强基础壮筋骨、抓创新护创新、强动力增活力。

一

新型工业化，近期颇为热门。2023年9月，党中央首次召开全国新型工业化推进大会，习近平总书记专门作出重要指示。之后，全国各地纷纷召开推进大会，落实中央精神、部署推进工作，争先抢占新型工业化的桥头堡。

为何这项工作如此重要？习近平总书记深刻指出，工业是我们的立国之本，工业化是一个国家经济发展的必由之路，中国梦具体到工业战线就是加快推进新型工业化；新时代新征程，以中国式现代化全面推进强国建设、民族复兴伟业，实现新型工业化是关键任务。

立国之本、必由之路、关键任务，从这些关键词，我们不难看出当前形势下，推进新型工业化的重大意义。工业是国民经济命脉所系，在当今世界百年未有之大变局下，产业链、供应链绝不能在关键时刻掉链子，要在任何情况下确保国民经济循环畅通。

而知识产权的保护，也是党中央始终强调的重点工作。因为知识产权保护工作，关系高质量发展，关系人民生活幸福，关系国家对外开放大局，关系国家安全。全面建设社会主义现代化国家，必须更好推进知识产权保护工作。

推动新型工业化不断跃上新台阶，加强知识产权保护和发展，都是新时代新征程上，全省上下需要面对的重大课题。唯有把握重大意义、把握内涵要求、把握目标任务，敢为人先、实干为要，方能在"你追我赶、竞相发展"的竞争中，走在前、走得好、走得远。

常言道，知己知彼，百战不殆。多年来，福建上下积极推进先进制造业强省建设，全省工业呈现5个鲜明特点：实体经济标识度高、民营经济活跃度高、县域经济集聚度高、数实融合紧密度高、对外合作开放度高。这"五个高"，既是福建的特色，也是优势，为下一步新型工业化打下了坚实基础。

尽管有特色有基础，但福建工业整体上还处于产业链中低端，存在创新能力不足、龙头企业缺乏、产业集群化发展水平不高等短板。只有保持清醒头脑，正视这些不足和差距，我们方能更加坚定抢抓机遇、改革创新、勇立潮头、力争上游的信心和决心。

二

当前，福建正处于由工业大省迈向工业强省的重要关口。也在12

月初，省委常委会会议审议通过了《关于加快推进新型工业化的实施意见》。屏山君了解到，"实施意见"提出了到 2027 年积极争创国家新型工业化示范区、到 2035 年率先基本实现新型工业化的发展目标。

国家示范区、率先基本实现新型工业化，这明确了福建在新一轮发展的定位和方向。新目标新阶段，福建的新型工业化之路怎么走？屏山君用三个"级"来探讨。

第一是"能级"，持续提升产业集群的发展能级。

纵观全省，目前福建形成了较为完善的产业体系，产值超千亿元产业集群 21 个，其中电子信息、先进装备制造等四大支柱产业规模超过或接近万亿元，2022 年我省工业增加值居全国第五位。但同时面临产业集群化发展水平不高、缺少在全国乃至全球有影响力的产业集群等问题，进步空间大。

大会上传递的信号也十分清晰，就是要通过优化布局、集聚资源、提升核心竞争力，做强福建产业集群的"能级"。比如，重点打造新能源、现代纺织鞋服等具有国际竞争力的先进制造业集群，做强做优不锈钢新材料、高端装备等国内领先的先进制造业集群。以县域为关键区域，2023 年 9 月，福建发布了全国首份县域重点产业链发展白皮书，推动每个县培育 1—2 条重点产业链，促进省内重点产业链统筹布局、合理分工、错位发展。此外，我省着力推动建立以"链主"企业为牵引，单项冠军、专精特新等企业为中坚，创新型中小企业为支撑，大中小企业融通的产业生态。

第二是"升级"。推动福建工业行稳致远，必须在坚守实体经济主阵地的基础上，走持续优化、不断升级的路子。

一方面，要巩固提升支柱产业，拓展产业优势、发展空间；另一方面，要改造升级传统产业，大力实施技术改造升级，切实把质量搞上去、品牌立起来、环保做到位，实现"老树发新芽"。此外，还要重点培育新产业、占领新赛道，超前布局和奋力抢占新兴产业、未来产业，在长远竞争中立于不败之地。

新型工业化近期很热，也在于"数字化、智能化、绿色化"备受关注。屏山君感到，这三个"化"，是产业转型升级的重要方向。加速跑甚至实现弯道超车，应充分发挥"数字福建""生态福建"等优势，推动工业加快"智改数转"，擦亮绿色底色，加速发展方式转变、动力变革和效率提升，真正用数字化、智能化、绿色化赋能新型工业化，澎湃强劲动力。

第三是"安全级"，持续提升产业链供应链韧性和安全水平。

工业是立国之本。面对美国的遏制打压、发达国家加速先进制造业回流等不利外部环境，新型工业化之路也面临更多风险挑战。因此，自主可控、安全可靠的产业体系，是新型工业化的前提条件和战略支撑。

推进新型工业化，要统筹好产业发展和产业安全，提高协同处置能力，做好极端情景下应对准备。把好科技安全关，聚焦基础短板，大力实施产业基础再造和重大技术装备攻关，争取一批突破性成果；同时加快推进国产化替代，强化首台（套）、首批次等推广应用。严格落实产业政策，加强规划和引领，严格把好投资安全关和能源安全关。

新型工业化，亦是充满光荣和梦想的远征。统筹处理好三个"级"，相信福建的新型工业化道路定能阔步前行、一片光明，成为推动高质量发展的强劲活跃增长极。

三

创新是推进新型工业化的根本动力。

改革开放以来，我国科技和产业发展经历了从"跟跑"到"并跑"，再到现在要"超越"的过程，许多新的领域没有先例可循、没有现成的路可走，只有依靠创新创造，才能打开一片新的天地。

从福建来看，一方面，受历史等因素影响，科技创新基础较"薄"；另一方面，福建经济结构以民营经济发展为主，从过去"三来一补"到劳动密集型产业逐渐发展，科技投入不足是一大短板。可喜的是，随着企业做大做强，宁德时代、福耀、安踏、九牧等一批闽企成为行业龙头，自觉主动加大科技研发投入，推动创新链和产业链不断融合。

对于党委和政府而言，要创造更好环境，强化要素保障，让企业大胆创新、放心创业、放手创造。突出"强主体"，强化企业创新主体地位，聚焦关键核心技术创新；突出"活机制"，深化科技管理体制改革，鼓励政产学研用融通创新；突出"优平台"，加快建设高水平产业科技创新平台，优化产业科技创新服务；突出"聚人才"，建强企业家、科研人才、产业工人队伍。

鼓励科技创新，前提是保护好创新的动力。而知识产权保护，正是创新的动力源泉之一，也是塑造良好营商环境的重要抓手。

2022年，福建率先在省级党委层面成立加快建设知识产权强省领导小组。近年来，知识产权强省建设迈出坚实步伐，现有有效发明专利8.46万件，建成3个国家级知识产权和2个快速维权中心，在2022年度国家知识产权保护工作检查考核中获评优秀等次。

但与高质量发展和先进地区相比，提升专利转化率、创造更多高价值知识产权等也迫在眉睫。在保护的基础上，推动更多创造和转化运用，由此显得更为重要。

从全省知识产权保护和发展大会可以看出，福建下一步将从知识产权的"创造、保护、运用、服务、合作"各环节发力，着力打通全链条。特别是在高效益运用方面，提出要在科研院所、企业、市场间架起高效便捷的桥梁，真正把产学研用"拧成一股绳"；在高水平服务方面，坚持"快、优、信、严、廉"，持续优化营商环境，加强诚信建设，严格行业监管，弘扬清廉之风，推动专利审查提速提质提效。

大道至简，实干为要。在高质量发展的新征程上，政府与企业携手同心、相向而行，敢闯敢干、爱拼会赢的福建人民，定能创造更加优异的成绩、更加美好的生活。

（作者：周琳、严顺龙、林宇熙，发布于新福建客户端 2023 年 12 月 7 日）

提气，"高质量发展"响彻会场

走过不平凡的 2023 年，福建交出怎样的"成绩单"？

今天上午，屏山君与代表委员们一起聆听了赵龙省长所作的政府工作报告，特别注意到，"高质量发展"在今年的报告中出现 34 次。可以说，"高质量发展"既贯穿全篇，也贯穿政府工作始终。

过去一年，走得怎么样？新的一年，如何继续向前走？实现 2024 年目标任务，有何基础与优势？如何走好福建高质量发展的必由之路？屏山君和你一起学习报告，寻找答案。

稳的底色更足

报告提出，2023 年挑战前所未有，困难超出预期。全省干部群众接续奋斗、攻坚克难，取得了来之不易的"成绩单"：经济持续回升向好，社会大局保持稳定，高质量发展迈出坚实步伐。

"稳"字当头，底色更足。

民营经济，始终是福建高质量发展的生力军，也是福建社会各界和代表委员关注的焦点之一。

"民营经济稳，福建经济稳；民营经济强，福建经济强；全省发展的点点滴滴，人民群众的衣食住行，都与广大民营企业息息相关，受益于民营经济的发展壮大。"去年初，在民营经济代表人士座谈会上，省委主要领导的一番话让人心头暖暖的。

从《关于实施新时代民营经济强省战略推动高质量发展的意见》和19份配套政策文件，到完善省领导挂钩联系机制，推出三期共300亿元提质增产争效专项贷款、惠及2万多家企业……党委政府持续的支持，给足民营企业家继续闯、继续拼的信心和底气，民营经济发展迎来前所未有的良好政策环境。

以"不变"筑牢"稳"的根基。宁德时代获中国工业大奖、动力电池出货量连续7年全球第一，福耀汽车玻璃市场占有率达34%、长期保持全球第一，安踏入选全球十大最具价值运动服饰品牌……正如报告所说，福建民营企业家"努力把一片叶、一根竹、一张纸等做到极致，把一双鞋、一块玻璃、一组电池等做得更好，坚实地走在高质量发展的康庄大道上"。

以"变"增强"稳"的韧性。身处世界百年未有之大变局中，不稳定不确定因素增多，福建民营企业积极主动作为，多方位增强抗风险能力。例如，总研发投入不减反增，2023年福建省民营企业100强年度研发经费投入总计394.3亿元，比上年增加125亿元，同比增长46.4%。越是严峻复杂，越是加大研发，这是保持产业链供应链韧性与稳定的高瞻远瞩。

"民营经济贡献了全省近70%的地区生产总值、70.6%的税收、70%以上的科技创新成果、80%以上的城镇劳动力就业和94%的企业数量，越来越多的民营企业为福建增了光、添了彩，为高质量发展作出了重要贡献。"铿锵话语，赢得会场雷鸣般的掌声。

屏山君还特地采访了参与今年报告起草工作的福州大学经贸系主任龙厚印。

龙厚印认为，在国际政治经济环境不利因素增多和国内周期性和结构性矛盾叠加背景下，2023年福建实现GDP54355亿元、增长4.5%，成绩来之不易。"面对疫情防控转段、有效需求不足、风险压力等冲击，在省委省政府坚强领导和科学部署下，全省各行各业行动起来、敢闯敢拼，实现整体经济在二季度回升向好，全年呈现向上增长的曲线。"

"进"的成色更优

坚持稳中求进，是全省上下抓经济工作一以贯之的"总基调"。屏山君感到，一年来，把握"进"的方向，培育"进"的动能，福建在高质量发展的路上蹄疾步稳。

稳中求进，成色更优。

推进新型工业化，是关键任务。改革开放以来，我省从昔日海防前线一跃成为发展高地，得益于工业"脊梁"的强大支撑。如今，面对"卡脖子"及能源环境成本居高不下等难题，更需要以新型工业化支撑推动高质量发展。

——以"新"促进。紧紧抓住科技创新这个"关键变量"，过去一年，福建在科技创新方面按下了"快进键"、跑出了"加速度"：重组入列全国重点实验室2家，新增国家级科技企业孵化器4家、专精特新"小巨人"企业42家，全社会研发投入超千亿元。

在强化科技创新支撑方面，福建要下更大力气，报告对此作出谋划：推动创新要素向企业集聚，支持企业领衔国家和省级重大创新任务和工程，参与到基础研究、科技创新、"卡脖子"攻关中来。

——以"融"促进。统筹传统产业转型升级和新兴产业培育壮大，去年，福建实施省重点技改项目 1704 个，两化融合达标企业数居全国第二位，关键业务环节全面数字化企业占比居全国第三位；工业战略性新兴产业产值占规上工业产值比重 28.3%、提高 3.4 个百分点。

面向未来，福建正加快发展新质生产力，布局抢占新赛道。报告指出，要培育壮大新一代信息技术、新能源、新材料、生物医药等战略性新兴产业，支持宁德建设新能源新材料产业核心区；前瞻布局人工智能、量子科技、氢能等未来产业，推进福州、厦门、泉州人工智能产业园建设。

——以"群"促进。引一家企业、建一个园区、造一个集群，链式发力助力构建产业新生态的故事正在福建持续上演。例如，在福州，18 兆瓦海上直驱风电机组不久前下线。正是在三峡集团的带动下，上游的金风科技、东方风电、中国中车、中国电建等企业纷纷入驻园区，园区已涵盖电机、叶片、整机封装、海上吊装等全产业链各环节。

县域重点产业链，是我省经济发展的重要基础和特色亮点。去年 9 月，福建发布了全国首份县域产业链发展白皮书。报告对这项工作再强调：今年，福建将加快打造县域重点产业链，制定专项政策和考核评价体系，引导每个县域做强 1—2 条重点产业链，进一步促进省内重点产业链统筹布局、合理分工、错位发展。

注意把握和处理好速度与质量，不断巩固和增强经济回升向好态势，福建高质量发展将"百尺竿头，更进一步"。

好的势头更强

今年政府工作报告提出，2024 年 GDP 增长 5.5% 左右。

"5.5% 的经济增长，是研判世界与我国宏观大环境，根据福建经济发展基本情况制定的科学目标，既体现今年发展信心，也体现发展的决心。"龙厚印表示。

正如报告所说的，信心在于，我们有习近平总书记的掌舵领航和党中央的坚强领导，有习近平新时代中国特色社会主义思想的科学指引，有中央丰富宏观调控经验实践的有力引导，有国内超大规模市场的需求牵引，有经济发展潜力强、回旋余地大的韧性，特别是习近平总书记对福建工作始终高度重视、关怀备至。

中央经济工作会议提出，综合起来看，我国发展面临的有利条件强于不利因素，经济回升向好、长期向好的基本趋势没有改变。2023年的步伐，我们走得很坚实、很有力量。2024年，牢牢扭住高质量发展这一"牛鼻子"，巩固向好的势头，我们有信心，也更有底气。

势头强，强在基础好、动力足。随着新时代民营经济强省战略深入实施，福建民营企业增信心、挑大梁，实体经济根基更稳，投资兴业环境更优，新质生产力加速形成。传统产业加快"智改数转"，今年将滚动推进省重点技改项目1000项以上，全省关键业务环节全面数字化企业比例力争达67%；预计2024年全省数字经济增加值达3.2万亿元，全社会研发投入增长18%以上，国家高新技术企业突破1.3万家。

势头强，强在有能力、有干劲。福建，具有光荣的革命传统和敢拼会赢的奋斗精神。经过三年疫情大考，全省上下直面挑战、攻坚克难的劲头更足，化危为机、应变求变的意识更强，承压前行、开创新局的本领更高，干事创业的精气神不断磨砺，比学赶超的氛围进一步鼓浓。在建设新福建的征程中，全省上下更加深刻理解"推进中国式现代化是最大的政治，推进中国式现代化福建实践必须坚持高质量发展"，更加完整、准确、全面贯彻新发展理念，勇立潮头不退缩，锚定目标再向前。

　　势头强，强在有活力、有张力。作为改革开放先行省份，福建始终与国家发展大局同脉动。在党中央、国务院重视支持下，两岸融合发展示范区等多区叠加优势更加凸显，开放格局更大、改革张力更强。比如，高质量服务祖国统一大业，福建将继续勇探新路，做好"社会融合、经济融合、情感融合、全域融合"文章，促进"两岸一家亲、闽台亲上亲"。服务和融入新发展格局方面，福建将积极融入全国统一大市场，供需两侧发力，畅通内外循环，在投资、消费、改革开放等方面挖潜力、再发力，牢牢把握高质量发展的战略主动，实现经济行稳致远。

　　2024 年是新中国成立 75 周年，是习近平总书记亲自擘画"机制活、产业优、百姓富、生态美"新福建宏伟蓝图 10 周年。

　　重任千钧再奋蹄，闽山闽水物华新。屏山君相信，全省上下团结一心、全力以赴、勇毅前行，一定能保持经济社会发展"稳、进、好"的势头，拼个高质量的 2024！

（作者：林宇熙、严顺龙，发布于新福建客户端 2024 年 1 月 23 日）

图书在版编目(CIP)数据

敏言细读/屏山君编著.--福州:海峡文艺出版社,2024.11
　　ISBN 978-7-5550-3874-0

Ⅰ.I253

中国国家版本馆 CIP 数据核字第 2024EM0833 号

敏言细读

屏山君　编著

出 版 人　林　滨
责任编辑　张琳琳
出版发行　海峡文艺出版社
经　　销　福建新华发行(集团)有限责任公司
社　　址　福州市东水路 76 号 14 层
发 行 部　0591-87536797
印　　刷　福州力人彩印有限公司
厂　　址　福州市晋安区新店镇健康村西庄 580 号 9 栋
开　　本　700 毫米×1000 毫米　1/16
字　　数　274 千字
印　　张　21.25
版　　次　2024 年 11 月第 1 版
印　　次　2024 年 11 月第 1 次印刷
书　　号　ISBN 978-7-5550-3874-0
定　　价　65.00 元

如发现印装质量问题,请寄承印厂调换